RUI ZINK APOKALÜPSE NAU

RUI ZINK

APOKALÜPSE *NAU*

Roman

Aus dem Portugiesischen von Martin Amanshauser

Deuticke

»Tausend wirst du erreichen,
zweitausend nie«
NOSTRADAMUS, POP-VERSION

»The horror … The horror …«
JOSEPH CONRAD

»Hast du etwas Zeit für mich
singe ich ein Lied für dich«
NENA

0

Die Welt wird untergehen. Ich kenne sogar schon den Zeitpunkt. Und ich darf ihn weitersagen. Kein Grund für Geheimnistuerei.

Die Welt wird in knapp fünf Stunden untergehen: um Null Uhr Null Sekunden. Exakt zu Beginn der Geisterstunde. Genau dann, wenn der heutige Tag, der 31. Dezember 1999, die Grenze zwischen heute und gestern überschreitet. In diesem Augenblick wird sich alles in Luft auflösen, in Erinnerung, in einen imaginären Wohlgeruch. Wenn ich *alles* sage, dann meine ich auch wirklich *alles*. Die Straßen, die Autos, die Bäume, das Licht, die Nationalstaaten, die Menschen. Vor allem die Menschen. Und glotzen Sie bitte nicht so blöd! Ich führe lediglich Befehle aus. Der Mechanismus ist mir unbekannt – doch selbst wenn ich ihn stoppen könnte, ich würde es niemals tun. Falls ich die Anweisungen des Meisters bei der letzten Versammlung richtig verstanden habe, dann funktioniert die Sache wie eine Zeitbombe: ein kinderleichtes, aber furchtbar effizientes System. Die Welt geht tatsächlich unter. Seien Sie unbesorgt! Vertrauen Sie mir!

Fluchtversuche haben keinen Zweck: Alle Ausgänge sind bewacht. Hier im Jenseits haben wir normalerweise nichts gegen Selbstmord oder gewaltsamen Tod. Aber heute gelten andere Regeln. Wir möchten Euch alle schön brav beisammen haben. Gemeinsam ist es amüsanter, nicht so langweilig. Gemeinsam ist weniger einsam. Da der Untergang der Welt also in jedem Fall feststeht, gibt es naturgemäß eine gute und eine miese Art, ihn zu arrangieren. Und weshalb sollte man eine Sache auf gute Art durchführen, wenn es auch auf miese Art geht, und noch dazu bedeutend einfacher?

Mein Arbeitsbereich beschränkt sich auf eine ziemlich triste Stadt – Lissabon. Treten Sie näher, liebe Leser, zoomen sie sich ganz nah heran wie mit einer Fernsehkamera. Nach ein paar Sekunden landen wir im vierten Stock eines Gebäudes ohne Lift. Unser klinisch scharfer Blick dringt durch ein Fenster, bahnt sich den Weg durch einen Spalt zwischen die ohnehin nur halb geschlossenen Rollos.

Also, was haben wir hier? Eine 3-Zimmer-Wohnung. Wohnzimmer, Schlaf- und Kinderzimmer, Küche und Bad. Das Wohnzimmer ist notdürftig in ein Büro umgewandelt worden. Blauer Papierkram liegt über den Tisch verstreut. Auf dem Boden türmen sich Bücher. Eine Architektenlampe vervollständigt das lagerartige Stilleben.

Der Kerl, der sich über den Tisch beugt, hält einen Kugelschreiber in der Hand. Sein Name ist Jorge. 49 Jahre, Übergewicht, Halbglatze, Kandidat erster Klasse für einen eventuellen Myokardinfarkt. Eine Lesebrille thront auf seiner mächtigen Nase, über geplatzten Blutgefäßen, die auf schlimmen Alkoholmißbrauch hindeuten.

Wie alle manischen Leute faselt er vor sich hin. Und weil wir nun schon einmal hier sind, werden auch wir zu Adressaten seines Gefasels. Dieser gute Mann, wer würde es glauben, wird versuchen, sich das Leben zu nehmen. Man würde nicht auf diese Idee kommen, wenn man die entschlossene Miene betrachtet, mit der er sich gerade in irgend etwas verbeißt. Aber meine Informationen sind eindeutig: Er möchte sich heute abend umbringen. Damit hängt auch meine Mission zusammen: Ich soll verhindern, daß dieser Mann auf einen Stuhl klettert und sich hier oder in der Küche erhängt. Gut, mir soll's recht sein.

»Na großartig. Toll. Und da unten steht das gleiche ein zweites Mal. So ein Schwachsinn. Das darf doch nicht wahr sein!«

Jorge zieht eine Uhr aus der Tasche. Und stöhnt auf:

»Mein Gott! Schon fast acht.«

Er kritzelt irgendwas auf das Papier. Zögert. Jammert:

»Das nimmt ja nie ein Ende. Ausfüllen, korrigieren, ausfüllen. Wofür die ganzen Formulare? In Verzug bin ich auch noch. Was für ein Berg an Korrekturarbeit ...«

In diesem Augenblick tritt Helena ins Zimmer, vollgepackt mit Plastiksäcken. Bei Helena handelt es sich um die werte Frau Gemahlin. Sie ist ein Jahr jünger als er. Eine hübsche Frau. Obwohl ihr der Frühherbst des Lebens schon die eine oder andere Furche ins Gesicht gegraben hat.

Helena hat den vorvorletzten Satz aufgeschnappt. Nur für den Fall, daß Sie ihn schon vergessen haben, spulen wir kurz zurück: »Wofür die ganzen Formulare?« Und als wäre sein Gebrabbel für sie bestimmt gewesen, antwortet sie:

»Solltest schon wissen, wofür die Formulare sind.«

Jorge wirft ihr über den Rand seiner Brillen einen Blick zu.

»Ah, du bist wieder zurück«, pariert er trocken. Trocken wie weißer Wermut.

Helena kann sich nicht zurückhalten, es ist stärker als sie. Und sie ist wiederum stärker als er:

»Weißt du überhaupt, was für ein Tag heute ist?«

Jorge zuckt mit den Schultern.

»Der letzte Tag des Jahres. Und?«

»Es ist nicht nur der letzte Tag des Jahres. Es ist auch der letzte Tag des Jahrtausends! Wie kommst du überhaupt auf die Idee, heute zu arbeiten?«

Jorge starrt auf seine Papiere.

»Wo liegt da das Problem?« sagt er.

»Eigentlich sollten wir heute feiern. Würde dir auch guttun, denn in letzter Zeit führst du immer öfter Selbstgespräche.«

»Und? ...«

Helena stellt die Säcke auf den Boden.

»Nichts *und*«, sagt sie. »Selbstgespräche sind der erste Schritt in die Senilität.«

Jorge seufzt verdrießlich.

»Selbstgespräche helfen mir beim Denken. Ich sehe da absolut kein Problem.«

Helena nimmt ihm gegenüber Platz und lehnt sich zurück.

»Du führst also Selbstgespräche, weil sie dir beim Denken helfen. Nun gut. Aber dann ...«

»Die normalste Sache der Welt, oder?« protestiert Jorge. »Etwas zu machen, das einem beim Denken hilft.«

Helena lächelt mit falscher Engelsgeduld.

»Bis du eines Tages draufkommst, daß dir die Selbstgespräche nicht nur beim Denken helfen. Daß du sie mittlerweile brauchst. Weil du dich gerne reden hörst. Weil dich deine Stimme antörnt. Weil dir deine Stimme gefällt, im Gegensatz zu den anderen Stimmen. Im Gegensatz zu meiner Stimme. Weil dir deine Stimme nur Angenehmes sagt. Weil sie dir nur das sagt, was du hören willst.«

Jorge atmet tief ein.

»Und was will ich hören?«

Helena zuckt mit den Achseln.

»Vermutlich das gleiche wie jeder. Lobeshymnen. Erfreuliche Sachen. Ist doch klar.«

Jorge spielt den Übergescheiten:

»Sachen, die jemand wie du niemals über die Lippen bringt?«

Wenn sie will, kann Helena ganz schön stur sein. Sie rückt nicht einen Fingerbreit von ihrer Strategie ab.

»Sachen, die jemand wie ich niemals über die Lippen bringt? Wenn du meinst ...« Sie will es schon dabei bewenden lassen, aber dann schiebt sie der Präzision halber nach: »Sachen, die meine Stimme niemals sagt.«

Der Schlag hat gesessen. Jorge wehrt sich mit einem fratzenhaft galligen Lächeln, das ihm seine schlaffe Mundwinkelgestik gerade noch erlaubt.

»Ich wollte dich nicht kränken. Du hast eine recht hübsche Stimme.«

Ist eine Detailbeschreibung von Helenas nun folgendem Abwehrlächeln wirklich nötig? Ein müdes Grinsen, gut geraten! Über Helenas Gesicht huscht das, was die Menschen als müdes Grinsen bezeichnen.

»Ich weiß, mein Lieber. Du würdest nie etwas tun, was mich kränkt.«

Bumm, Treffer. Jetzt folgt ein Schweigen. Und das Schweigen jubelt bravo, bravo.

Denn Jorge ist auf einmal gezwungen, seine Deckung aufzugeben.

»Entschuldige, aber dieses Projekt hier gibt mir gerade den Rest.«

Helena akzeptiert den Waffenstillstand.

»Hast du noch viel zu tun?«

Jorge seufzt und ringt sich ein Nicken ab.

Helena beißt sich auf die Lippen. Mitleid? Wut? Wutleid oder so ähnlich.

»Selber schuld! Du zögerst alles immer bis zum letzten Augenblick hinaus. Und am Schluß weißt du weder ein noch aus vor Arbeit. Wenn du die Sache früher ...«

»Mir ist schon klar, ich hätte die Sache längst abgeben sollen. Ich weiß es ja selbst.«

Helena wüßte eine passende Fortsetzung, aber sie behält sie für sich: *Du siehst zu oft fern. Du wirst noch zum Analphabeten.*

Jorge errät ihre Gedanken. Rafft sich fast zu einer Antwort auf, schweigt aber schließlich. Es gäbe ja wieder nur eine einzige Antwort, und die wäre auch in diesem Fall: *Es hilft mir beim Denken.* Man könnte sich leicht vorstellen, wie Jorge einen unsichtbaren Körper umarmt, die Wangen an einen Bildschirm geschmiegt. Was für ein grandioser Kuß: Jorge und das Fernsehgerät, ein bis zum Ende der Sendung glücklich umschlungenes Liebespaar!

Helena feuert mit lauter Stimme die nächste Breitseite ab:

»Du bist wahrscheinlich der einzige auf der Welt, dem Fernsehen beim Denken hilft.«

»Gut möglich.«

»Jetzt aber ehrlich, was tust du eigentlich wirklich den ganzen Tag? Nur rumsitzen?«

Jorge preßt Lippen und Gesichtsmuskulatur in ein Lächeln aus rosa Plastik:

»Ich arbeite.«

Helena setzt nach.

»Davon sieht man aber wenig.«

»Wer nie daheim ist, sieht natürlich wenig davon.« Sein Lächeln fällt hinunter. »Du hast ja ein ziemlich turbulentes Leben.«

»Ich arbeite«, antwortet Helena sphinxenhaft unbeeindruckt.

»Und ich arbeite eben auch.«

Helena schaltet den Fernseher an.

»Man sieht's«, sagt sie.

Jorge erhebt sich. Und schaltet den Fernseher wieder ab:

»Was meinst du damit?«

Man fühlt, daß Helena gute Lust hätte, das Gerät wieder anzustellen. Aber sie verzichtet auf die Fortsetzung des Spielchens. Weil sie ahnt, daß Jorge einfach wieder abschalten würde.

»Nichts.«

Jorge wartet. Nachdem Helena keine Anstalten macht, schaltet er selbst den Fernseher wieder ein.

»Klar willst du damit etwas sagen.«

Helena nimmt die Fernbedienung vom Tisch. Richtet sie auf den Bildschirm und betätigt den Off-Knopf.

»Bleib ruhig«, sagt sie, »wozu regst du dich so auf?«

»Wenn sich ein Projekt rechnen soll, muß es erst einmal angenommen werden. Von einer Jury. Man fühlt sich wie ein Verbrecher, der auf seinen Prozeß wartet. Wie soll ich mich also nicht aufregen? Und zuerst muß es entworfen werden, und dann muß es präsentiert werden. Und mit einem Begleittext versehen.«

»Diese Leier kenn ich auswendig«, sagt Helena, die das Thema mindestens so interessiert wie ein Massaker an kanadischen Babyrobben.

Jorge tut so, als würde er den Unterton in ihrer Stimme überhören. Vielleicht versteht er ihn wirklich nicht. Ich bezweifle heftig, ob dieser arme Tropf meine Hilfe verdient.

»In der Regel sind es fünf Seiten. Stell dir das einmal vor: Auf fünf Seiten soll man ein Projekt beschreiben, an dem man jahrelang gearbeitet hat! Jah-re-lang.«

Helena macht sich nicht einmal die Mühe, beim Gähnen die Hand vor den Mund zu halten, was ihr das Aussehen einer alten Löwin verleiht.

»Ich weiß.«

Jorge läßt nicht locker. Der Ärmste besteht auf einer Fortsetzung des Spiels. Obwohl er keinen Trumpf mehr in der Hand hält. Wäre ich ein Verfechter der Genetik, dann würde ich sagen, solche Verhaltensweisen sind genetisch bedingt. Er plappert sich unaufhaltsam in die Katastrophe hinein:

»Manchmal lesen die Juroren auch das nicht. Lesen nicht einmal das, wofür sie bezahlt werden. Keiner liest heutzutage überhaupt noch was.«

~~Nun wird Helena zum Kern des Problems vorstoßen~~. Was mir da schon wieder rausrutscht! Ein völlig überflüssiger Satz, meilenweit entfernt von einem bloßen Ansatz zu einer gewissenhaften Chronik. Klar, man könnte ihn nach Belieben streichen und durch einen besseren ersetzen. Aber nachträgliche Beschönigungen sind meiner Ansicht nach das Allerletzte.

»Unser Sohn liest zum Beispiel. Er liest sogar viel.«

Kaltes Schweigen. Das kalte Schweigen ist für die beiden von grundlegender Bedeutung. Es läßt sie nicht nur wieder zu

Atem kommen und hilft ihnen bei der Verdauung – es haucht ihrer Konfrontation auch Sinn ein.

»Mir fehlt die Stimmung für deinen schwarzen Humor«, sagt Jorge schließlich.

Helena ist durchaus zufrieden mit dem, was sie gesagt hat. Folgerichtig sagt sie nun das Gegenteil dessen, was sie denkt:

»Du hast recht. Es war geschmacklos. Entschuldige.«

»Außerdem muß er jeden Moment kommen.«

Helena zieht die schlechte Kopie eines überraschten Gesichts:

»Ich dachte, er wäre schon hier. Glaubst du, er bringt seine Freundin mit, diese Sofia?«

Jorge antwortet etwas überkorrekt, als würde das Thema vollständig an ihm vorbeigehen:

»Kann schon sein. Hast du sie nicht ohnehin eingeladen?«

Im Klartext heißt das: Du hast sie eingeladen, obwohl du von meinem Abgabetermin wußtest. Und jetzt spielst du die Unschuldige.

Helena ändert ihre Taktik. Vorläufig will sie einen Zusammenstoß vermeiden:

»Soll ich dir beim Ausfüllen helfen?«

Jorge antwortet wie ein Mann.

»Nein danke. Ich komme schon zurecht.«

Er tut so, als würde er in den Formularen herumkritzeln.

Helena steht auf.

»Wieviel wirst du verlangen? Zwanzig? Oder fünfzehn?«

»Zwölf.«

Jorge ist sich sofort im klaren, daß er für diese Antwort büßen wird.

Und er büßt auch sofort. Helena kann sich ein Lachen nicht verkneifen.

»Hab' ich mir schon gedacht.«

Jorge gräbt sich tiefer in sein Loch.

»Hast du was daran auszusetzen?«

Helena mustert ihn mit einer Mischung aus Verachtung und Haß. Bei oberflächlicher Betrachtung könnte es auch Zärtlichkeit sein. Ironische Zärtlichkeit. Oder zärtliche Ironie. Was weiß ich.

»Ob ich was daran auszusetzen habe? Daß mein Mann in Geldsachen so schlappschwänzig ist? Nein. Wieso sollte ich daran was auszusetzen haben?«

Es ist ungefähr halb acht. Und einer wie Jorge muß zu dieser Uhrzeit nur eines fürchten: die Vollstreckung der Todesstrafe. Die Hinrichtung. In der Regel wird die Höchststrafe an den Ehemännern um halb acht vollstreckt. Nach dem Tee. Vor dem Abendessen.

»Vielleicht hältst du mich für eine Pflaume.«

»Eine Pflaume?«

»Ein Weichei. Jemand, der nichts zustandebringt. Ein Eunuch. Ein Kastrierter.«

Helena korrigiert das Portugiesisch von Jorge:

»Ein Frustrierter, willst du sagen«, sagt sie, scharf. Auf der iberischen Halbinsel gilt die verbale Motorsäge in solchen Situationen durchaus als legitime Verteidigung.

Jorge stellt sich auf die Hinterbeine:

»Nein, ein Eunuch.«

Helena setzt sich neben ihn. Ihr Gesichtsausdruck arbeitet an der Imitation eines menschlichen Wesens weiblichen Geschlechts, das sein Lachen nur mit Mühe unterdrücken kann. Sie legt die Hand in seinen Schoß.

»Du bist doch kein Eunuch.«

Jorge küßt ihren Handrücken.

»Ich hab das selbst metaphorisch gemeint.«

Helena lächelt.

»Ich weiß. In metaphorischer Hinsicht bist du ja auch wirklich kein Eunuch.«

Wie kann die Frau so erbarmungslos sein? Sie geht selbst für menschliche Begriffe ziemlich weit. Und noch dazu meint sie es wahrscheinlich ernst. Sehen Sie nur die Art, wie sie die Lippen zusammenpreßt! Ihre Lippen werden jetzt immer schmaler. Am Ende sind sie so schmal, daß sie nicht einmal mehr einen Lufthauch durchlassen. Die geübte Haifischgattin zeigt ihre Zähne erst ganz zum Schluß. Und Jorge? Was kann Jorge schon machen? Fressen und den Mund halten kann er. Zum Beispiel. Er kann sie aber auch verstohlen anschauen. Oder er kann denken: Soll sie mein Schweigen doch deuten wie sie will. Als Zustimmung. Als Aufbegehren. Als gar nichts.

Helena tut überrascht:

»Und ... möchtest du mir keine reinhauen?«

Jorge hat den Verdacht, daß sie genau darauf aus ist: auf die Opferrolle. Eben aus diesem Grund wird er die Opferrolle mit allen Mitteln verhindern. Er schüttelt den Kopf.

Helena ist enttäuscht:

»Ich bin enttäuscht. Ich hätte gedacht, du haust mir eine rein.«

Jorge schaut sie noch einmal von der Seite an und zieht die selbstbeherrschteste Leidensmiene der Welt.

Helena seufzt.

»Die echten Männer sind ausgestorben.«

Jorge sagt gar nichts. Einer, der sonst immer unter die Räder kommt, genießt es, wenn er einmal Oberwasser hat. Kriegt Auftrieb, wenn der andere unter Druck kommt.

Stehe ich eigentlich auf Jorges Seite? Und wenn ja, würde ein objektiver Zuhörer das gleich bemerken? Liegt es nur allzu deutlich auf der Hand?

»Läßt du mich jetzt arbeiten?« fragt er.

Wenn der Zuhörer meine Parteilichkeit tatsächlich bemerkt, dann bleibt mir gar nichts übrig, als diesen Eindruck zu korrigieren. Entschuldigen Sie meinen Ausrutscher. Nichts ist schlimmer als ein unobjektiver Chronist. Ab sofort gilt wieder jene unbestechliche Neutralität, die mein Fach auszeichnet.

Helena starrt ihn an. Er starrt zurück.

»Du hast recht«, sagt sie. »Tut mir leid. Ich laß dich jetzt arbeiten.«

Sie steht auf.

»Wann mußt du das eigentlich abgeben?«

»Morgen.«

»Morgen?!?« Helena lacht gnadenlos. »Morgen ist Feiertag. Tag Eins des neuen Jahrtausends.«

Eine Aussage, mit der sie im Prinzip recht hätte. Gesetzt den Fall, es würde ein Morgen geben.

Es wird aber keines geben. Kein Morgen wird es geben, das singt, kein Morgen, das lacht, kein Morgen, das weint, keines, das Schluckauf kriegt, vor Kälte friert, keines, das kotzt oder Magenkrämpfe verursacht. Es gibt kein Morgen, Punkt. Aus. Schluß. Tut mir leid, ist nicht persönlich gemeint. Von unserer Warte aus betrachtet, machen wir einfach, was wir immer gemacht haben: Show Business. Business as usual. Der Meister überlegt, dem Beispiel seines Großen Widersachers zu folgen, und der hat seine Zelte schon lange woanders aufgeschlagen. Von dem Jammertal hier kriegt man nur allzu leicht die Nase voll. Deshalb macht sich der Meister heute abend einen besonderen Spaß. Wir wissen ja aus Erfahrung, daß der Meister keinen Witz ausläßt. Keinen guten Witz – aber einen schlechten genausowenig.

1

Helena beißt sich auf die Unterlippe.

»Also gut. Ich werde dich jetzt wirklich arbeiten lassen.«

»Danke.«

Helena beißt sich auf die Oberlippe, steht auf.

»Ich glaube, ich gehe jetzt in die Küche.«

Sie lächelt, nicht überzeugend. Sieht irgendwie kuhäugig drein.

Jorge sagt nichts.

»Ich habe eine Menge eingekauft«, fährt sie fort, »was soll ich kochen?«

Sie wartet mit verschränkten Fingern auf seine Antwort.

»Glaubst du, daß Pedros Mädchen Lammbraten mag?«

Jorge sagt noch immer nichts. Helenas Frage klingt etwas ratlos:

»Und du, hast du Hunger?«

Endlich gibt er sein Schweigen auf. Großmütige Seele, dieser Jorge. Mir ist er offenbar nicht nachgeraten.

»Nicht besonders.«

Helena schluckt. Bekommt Schlagseite, jetzt, wo endlich Land in Sicht ist, nach Monaten der Irrfahrt. Aber das ist nur eine Metapher.

»Aber du mußt doch was essen«, insistiert sie.

Ihre Stimme klingt wie eine, die langsam von der Geduld verlassen wird:

»Der Arbeiter muß essen, wenn er von der Arbeit heimkommt. Eine richtige, komplette Mahlzeit. Gut zubereitet von seiner braven Gattin. Er braucht Speisen mit viel Eiweiß. Besonders nach der Verrichtung geistiger Arbeit, denn die strengt am meisten an. Geistige Arbeit strengt mehr an als körperliche, sagt man. Und wenn man was sagt, dann gibt es immer einen Grund dafür. Weißt du, was du brauchst? Ein Essen mit ordentlich viel Phosphor. Phosphor für das Gehirn. Genau das. Ich werde dir was mit Phosphor kochen.«

Jorge stiert sie an wie eine Fremde.

»Wo warst du?« sagt er. Aber in Wahrheit meint er etwas anderes. So etwas wie: Bist du high oder was? Hast du dir eine Straße Kokain hineingezogen?

Helena tappt im Dunklen.

»Wo ich ... was?«

Jorge wiederholt schlicht seine Frage. Das ungeduldige Heben seiner Augenbrauen steht im Gegensatz zu seinem butterweichen Tonfall:

»Wo du warst?«

Helena ist verwirrt. Und sie verwirrt ihn. Pardon, sie bekennt ihm:

»Ich verstehe nicht, worauf du hinauswillst.«

Jorge zuckt mit den Achseln.

»Nirgendshinaus. Ich möchte dich nur fragen, wo du dich herumgetrieben hast. Weil du so spät zurückkommst. Es ist eine ganz normale Frage.«

Sie heftet den Blick auf ihn, ungläubig und gleichzeitig herausfordernd. Jorge hat etwas sehr Gefährliches getan. Er hat seine Frau provoziert. Wodurch diese wieselflink aus ihrer Trance erwacht.

»Hast du die Plastiksäcke nicht bemerkt? Wo soll ich mich schon groß herumgetrieben haben? Ich war einkaufen.«

Jorge, das schwerfällige Walroß, reitet die nächste Attacke. Ist er wirklich so blöd, bemerkt er nicht, daß er auf der falschen Flanke angreift?

»Ich war den ganzen Nachmittag daheim«, erklärt er trokken. Und schließt: »Der ganze Nachmittag zum Einkaufen, das ist aber eine Menge Zeit.«

Helena, die flotte Gazelle, greift hingegen auf der richtigen Flanke an:

»Du bist also den ganzen Nachmittag daheim gewesen und hast nur dieses einzige Formular …«

Sie nähert sich dem Tisch und wühlt in dem Papierberg, so als würde sie die Blätter zählen. Zerstreut läßt sie ein paar von ihnen auf den Boden segeln:

»Wieviel Seiten hast du geschafft?«

Jorge spürt ein Ziehen im Unterleib. Ich habe noch nicht erwähnt, daß er nur wie durch ein Wunder noch kein Magengeschwür hat. Ein wahres Wunder, zieht man die Menge in Betracht, die er so tagtäglich in sich hineinsäuft.

»Zwei. Zwei Seiten habe ich geschafft.«

Diese Meldung hätte er sich sparen können.

»Zwei Seiten hast du also geschafft?« stichelt Helena mit stumpfer Nadel. »Das ist recht wenig, Jorge.«

Der angetraute Gatte läßt den Knochen nicht so schnell aus dem Maul fallen:

»Du hast meine Frage nicht beantwortet.«

Doch Helena (oder besser: der Knochen) ist nicht mehr zwischen seinen Zähnen.

»Ich dachte, wir haben das Thema abgehakt.«

Friedlich legt sie ihm die Hand auf die Schulter. Ein eindeutiges Signal für einen Waffenstillstand. Fünf Minuten Pause. Zeit zum Zigarettenrauchen und zum Frischeluftschnappen. Jorge schaut sie an. Sie zieht die Hand zurück.

»Wenn du nicht antworten willst, laß mich wenigstens weitermachen.«

Helena tut so, als wollte sie aufstehen. Sie hat es immerhin versucht. Sie hat getan, was sie konnte. Ihr Gewissen ist ganz rein.

»Du hast recht. Entschuldige. Ich laß' dich jetzt in Ruhe und gehe etwas kochen.«

Jorge schluckt. Ein Schwall von Bitterkeit aus dem Magen kommt ihm in den Mund. Sein Mund wird trocken, seine Zunge pelzig.

»Großartig«, kommentiert er.

Helena steht auf. Sie geht zur Tür, nimmt die Plastiksäcke hoch. Als keiner mehr damit rechnet, dreht sie sich noch einmal um. Das nennt man wahre Kunst. Dreht sich der eine zu früh um, dann errät der andere sein Manöver vorzeitig. Man braucht also das richtige Timing. Nicht jeder beherrscht den ehelichen Fechtkampf – obwohl die meisten Menschen früher oder später in dieser Disziplin antreten müssen.

»Sollen wir Sofia auch zum Essen einladen, falls Pedro sie mitbringt?«

Eigentlich gibt es keinen Anlaß zur Wiederholung dieser Frage. Sie hat das Mädchen bereits eingeladen, und falls sie das noch nicht getan hat, wird sie es wohl oder übel tun müssen.

Wie auch immer, die Frage erfüllt ihren Zweck. Sie trifft Jorge in dem Moment, als er das Schwert gerade in die Scheide gesteckt hat. Er antwortet nicht. Er tut so, als würde er schreiben. Aber was zum Teufel soll er schon schreiben, wenn seine Hand zittert?

»Ich glaube es wäre nett, sie auch einzuladen«, sagt Helena, »Findest du nicht?«

Ohne aufzublicken, ringt sich Jorge zu einer Antwort durch:

»Wie du meinst.«

Das Wetter schlägt um. Der Wind hat einen anderen Geruch gebracht, und der neue Geruch gefällt mir absolut nicht. Das Gespräch hat jetzt einen anderen Tonfall. Denn Helena ist nicht bereit, diesen Punkt so schnell fallenzulassen:

»Nein, du mußt schon selbst wissen, ob es dich stört.«

»Warum sollte es mich stören?« entgegnet Jorge, und man bemerkt sehr deutlich, wie verstört er ist.

Helena äußert gewichtige Bedenken:

»Sie könnte dich bei der Arbeit unterbrechen.«

Jorge blickt sie an, zitternd vor Wut schießt ihm das Blut in den Kopf.

»Die Arbeit muß ich doch auf jeden Fall unterbrechen, oder?«

Helena ist erschöpft. Beschließt dennoch, das Visier nicht hochzuklappen.

»Schau mich nicht so vorwurfsvoll an. Ich hab' nichts getan.«

Jorge lügt:

»Ich schaue dich überhaupt nicht vorwurfsvoll an.«

Helena nimmt ihn beim Wort. Beim Buchstaben. Beim Satz:

»Doch, genau das tust du gerade. Nach achtzehn Jahren des Zusammenlebens werde ich doch wohl wissen, ob du mich vorwurfsvoll anschaust oder nicht.«

Jorge wird das Naheliegendste machen. Er wird sagen, daß sie sich das nur einbildet. Die alte goldene Regel der Männer: abstreiten, immer abstreiten, Defensivtaktik bis zur finalen Katastrophe.

»Du bildest dir was ein, meine Liebe.«

Meine Liebe. Hab' ich richtig gehört? Meine Liebe. Ein wunderschöner Ausdruck ist das. Warum klingt er für mich nur so häßlich? Selber häßlich, denken Sie sich jetzt vielleicht. Gegen mich läßt sich ja vieles einwenden – unter anderem, daß ich häßlich bin. Aber meine Häßlichkeit erklärt nicht, wieso Jorge von seiner Frau angekeift wird:

»Immer das alte Lied! Du bist frustriert und hast schlechte Laune wegen deiner Arbeit. Und die läßt du dann an mir aus. Das ist unerträglich. Wie soll das einer aushalten?«

Vermutlich halte ich schon wieder ein bißchen zu ihm. Aber was wollen Sie? Bleibt mir was anderes übrig? Hätte ich ein Geschlecht, dann wäre ich aller Voraussicht nach ein Mann. Das ist eine Frage von Testosteron. Doch wenn Jorge weiterhin so idiotische Antworten gibt, wird er nicht viel länger auf meine Hilfe zählen können. Außerdem ist meine Anteilnahme ohnehin zwecklos. Sonst würde er nicht so ungeschickt kontern:

»Du drehst mir das Wort im Mund um.«

Schwachbrüstige Replik! Doch auch was Helena erwidert, ist mehr als kümmerlich:

»*Du* drehst doch *mir* das Wort im Mund um. Wenn du nicht willst, daß wir das Mädchen einladen, brauchst du es nur zu sagen. Und wir laden sie nicht ein.«

Wieder so ein matter Hieb. Aber er zeitigt offenbar Erfolg. Jorge zieht den Schwanz ein.

»Ich habe nichts gesagt«, murmelt er.

Ich habe nichts gesagt. Ich habe nichts gesagt. Also bitte! *Das war der da drüben, Frau Fesser, das war nicht ich. Ich habe nichts gesagt.*

»Das ist noch schlimmer. Du hast nichts gesagt, aber ist so, als hättest du es gesagt. Da ist mir lieber, du sagst es gleich frei heraus.«

Sehr schön. Gib ihm ruhig eine drauf, Helena. Der Schweinehund hat es verdient. Schon allein wegen seiner nervtötenden Verteidigungsstrategie. Nervtötend zumindest für meine Nerven:

»Was zum Teufel soll ich *gleich sagen*? Es gibt absolut nichts zu sagen.«

Wirklich, Jorge, du enttäuschst mich. Und ich glaube, ich bin nicht der einzige, den du enttäuschst.

»Du sollst endlich zugeben, daß du gegen Sofia bist«, sagt Helena. Und rumms.

Jorge legt die Arme auf den Tisch.

»Ich bin gegen Sofia«, schnarrt er. »Bist du jetzt zufrieden? Kann ich weiterarbeiten?«

Helena rückt keinen Zentimeter ab, sie steht majestätisch, einsam und steif im Raum. Sie ist eine gealterte Frau – ein doppelter Nachteil in der menschlichen Gesellschaft – aber sie ist sehr hübsch in ihrer abgezehrten Würde mit ihren angegrauten Haarwurzeln, die sich unter der falschen Farbe einen Weg durch die Kopfhaut bahnen. Sie hat ganz recht damit, ihre Haare zu färben. Die Natur ist eine miserable Stiefmutter.

»Du bist also im Grunde dagegen?« resümiert sie, »daß ich Sofia einlade?«

Das Gesicht von Jorge hat sich vor Ärger fast schon ins Kohlrabenschwarze verfärbt. Ich verstehe ihn gut. Ärger ist eine Konstante in seinem Leben. Nicht, daß ich ihn verteidigen möchte. Doch ich kann es ihm nachfühlen. Die beiden sind schon viele Jahre zusammen, und da kann es leicht passieren (ich spreche aus Erfahrung), daß man die Achtung verliert vor dem Menschen, den man liebt. Es geschieht, ehe man sich's versieht. Denn zuviel Nähe tötet nicht die Liebe – das ist eine glatte Lüge –, sondern die Achtung vor dem anderen.

»Um Gottes willen«, fleht Jorge scheinheilig. »Wir wissen doch nicht einmal, ob dein Sohn sie heute mitbringt.«

Hab' ich etwa vergessen zu erwähnen, daß sie einen Sohn haben? Daß es *Pedro* ist, den sie als Sohn bezeichnen? Wo habe ich nur meinen Kopf gelassen!

»Es ist auch dein Sohn«, merkt Helena mit bitterer Verzweiflung an.

»Du weißt genau, was ich meine«, entschuldigt sich Jorge. Aber es ist unübersehbar: Seine Miene verdüstert sich.

»Für ihn bist du aber sein Vater«, ergänzt Helena.

Habe ich auch vergessen zu erwähnen, daß Pedro zwar ihr Sohn ist, aber Jorge nicht der Vater? Wirklich, wo habe ich nur meinen Kopf gelassen! Probleme auf dem Erinnerungssektor: Ist es nicht so seit Anbeginn der Zeiten? Will sagen, seit den Anfängen der Christenheit.

»Ich weiß«, brummelt Jorge mit gesenktem Haupt vor sich hin.

Helena steht mehr oder weniger ratlos vor diesem lapidaren *Ich weiß*. Ein so kurzer Satz hätte Stärkere entwaffnet. Es ist ein klassischer Fall: Man kann niemanden schlagen, der ohnehin schon in Selbstgeißelung begriffen ist. Geht nicht.

Das wirft eine interessante theoretische Frage auf: Ist regelmäßig geübte Selbstzerfleischung nicht ein gutes Mittel, um eine härtere Strafe abzuwenden? Nach dem Motto: Leiden, um Leiden zu vermeiden?

Helena sagt:

»Ich mache das Abendessen.« Eine ausgezeichnete Idee.

Jorge ist frech:

»Wenn du willst, mache ich es.«

Helena wackelt mit dem Kopf:

»Das sagst du immer ...«

Jorge ergänzt:

»*Aber du machst es nie.* Ich weiß. Aber du willst ja nie eine Hilfe.«

»Ich will sehr wohl eine Hilfe. Aber ich will kein Opfer.«

Jorge spürt wieder das Ziehen im Magen. Aber diesmal beherrscht er sich.

»Es ist kein Opfer. Wenn du möchtest ...«

Helena bekräftigt ihre Position.

»Nein. Du mußt doch arbeiten. Ich komme schon alleine zurecht.«

Das macht sie ausgezeichnet. Sehen Sie? Ich bin ganz neutral. Es klingt gar nicht nach mir, aber ich bin von Berufs wegen neutral. Wenn Jorge sich nicht zusammenreißt, werde ich ihm die Gelbe Karte zeigen müssen. Ich verweise ihn am Ende gar noch des Feldes. Sie lasse ich hingegen einfach monologisieren, sie kommt ganz gut mit sich zurecht. Ein Selbstgespräch kann viel interessanter sein als ein Dialog. Vor allem, wenn eine der beiden Seiten die Spielregeln nicht.

Sagen Sie mir jetzt nicht, daß der letzte Satz kein Verbum hatte! Fehlende Verben, das hätte mir gerade noch gefehlt, mir, der ich meinen Kopf irgendwo gelassen habe.

Inzwischen ist Helena schon in der Küche. Ohne sich von seinem Sitz zu erheben, ruft er ihr nach:

»Das Wichtigste hast du vergessen.«

Helena hört ihn nicht, oder sie tut so, als würde sie ihn nicht hören.

»Was?« brüllt sie. »Hast du etwas gesagt?«

Jorge brüllt jetzt ebenfalls:

»Du hast vergessen zu sagen: *Ich komme schon alleine zurecht. Alleine wie immer.*«

Helena hat es nun gehört, aber noch nicht verdaut. Oder sie tut so, als hätte sie es noch nicht verdaut.

»Ah, ja. Allein wie immer«, murmelt sie zerstreut.

Jorge lauscht aufmerksam. Für einen Moment Stille. Dann das Geräusch von zerbrechenden Gläsern. Ein Schrei. Ein Wutschrei. Jorge lächelt, der Hund. Er wendet sich wieder dem Ausfüllen seines Papierkrams zu.

Außerdem beschließt er, auf Opfer zu machen. Sie haben sicher schon bemerkt, daß Jorge nicht gerade ein Modellarbeiter ist. In dieser Hinsicht, und nicht nur in dieser, ist er ein exzellentes Musterstück von Adams Nachkommen. Er beschwert sich über die Welt, aber vielleicht täte er besser daran, sich über sich selbst zu beschweren. Weil er es ist, der die Welt erfindet, der die Hölle erfindet, in der er lebt. Ich bin es nicht. Das schwöre ich. Ich bin lediglich ein kleiner Chronist. Na gut, ich folge ihnen auf ihren verschlungenen Wegen, ich berichte und kommentiere alles. Aber da endet mein Aufgabenbereich schon wieder. Ich bin so gut wie unschuldig. Schauen Sie lieber Jorge an. Schauen Sie ihn an, wie er frech vorgibt, in diesem Formular zu lesen:

»Ich glaub' es einfach nicht. Ich glaube nicht, daß man so viele nutzlose Fragen beantworten muß. Ich glaub' es einfach nicht.«

Habe ich schon erwähnt, daß Jorge Architekt ist? Nein? Wo habe ich nur meinen Kopf!

2

Die Welt schunkelt. Wie lange noch? Zweihundertfünfzehn Minuten trennen uns vom Ende des Millenniums. Die Stunde des Abendessens naht. Unausweichlich. Unausweichlich kriecht die Stunde des Abendessens auf Helena und Jorge zu, langsam und beklemmend, wie ein Alptraum, der genau weiß, was er will.

Jorge sitzt noch immer am Wohnzimmertisch. Er hält sein Territorium besetzt. Will um jeden Preis den Anschein erwecken, daß er weiterarbeiten könnte. Das klassische Prinzip der Entropie laut dem Zweiten Hauptsatz der Wärmelehre: Müll zieht weiteren Müll an. Falls Sie interessiert sind, hier ein Hausrezept: Zuerst lasse man ein, zwei Teller vom Abwasch für den nächsten Tag stehen. Am folgenden Tag füge man weitere zwei Teller hinzu, und jeden Tag zwei mehr. Nach einer Woche türmt sich ein schmutziger Stapel.

Jorge ist Alkoholiker. Um Himmels Willen?! Sagen Sie mir jetzt nicht, ich habe das ebenfalls vergessen zu erwähnen? Ah, nein, uff, ich hab' es zum Glück bereits gesagt. Auch wenn ich jetzt lache, in Wirklichkeit schäme ich mich. Das muß ja so aussehen, als ob meine Fähigkeit, Dinge zu beschreiben, ziemlich unterentwickelt sei. Und das in meinem fortgeschrittenen Alter, in meinem Zustand, wo doch manche sogar behaupten, daß ich das Geschichtenerzählen erfunden hätte. Ziemlich schmeichelhaft – viel Feind, viel Ehr. Wenn man bedenkt, daß ich lediglich ein kleiner Chronist der Menschenwelt bin. Nun, Jorge ist tatsächlich Alkoholiker. Heute abend hat er nur aus einem Grund noch nichts getrunken: Weil er sich zusammenreißt wie der Böse. Und das würde ich ihm auch geraten haben. Verstehen Sie mich bitte nicht falsch! Ich wollte keineswegs andeuten, daß er zu jenen Alkoholikern gehört, die nach einem Glas flachliegen wie eine Omelette. Keineswegs. Ich bin die Diskretion in Person. Meine Lippen sind versiegelt, verriegelt und mit Vorhängeschlössern versperrt.

Na schön, das mit den Vorhängeschlössern können Sie streichen.

Ist nun unser Jorge das Opfer? Oder eher unsere Helena? Es ist wohl das beste, wir entschließen uns, beide als Opfer zu betrachten – weil die Opferrolle ja sämtlichen Männern und Frauen und Menschen auf den Leib geschnitten ist.

Besonders den Frauen. Ich habe hunderte Frauen gekannt. Was sage ich? Tausende waren es, Tausende und Abertausende. Ihnen allen waren zwei Dinge gemeinsam: Sie waren ausnahmslos unmöglich – und sie waren ausnahmslos Opfer. Sogar Salome, die sich den Kopf von Johannes dem Täufer auf einem Tablett servieren ließ. Salome war vielleicht das größte Opfer von allen. Johannes der Täufer ist ein banaler Name. Im Telefonbuch stehen hunderte Johannes Täufer. Vielleicht hat der Meister deshalb entschieden, den ganzen Spaß zu beenden. Er hatte keinen Bock mehr, weiter Regie zu führen in der Hölle der irdischen Banalitäten. Ist der Welt so überdrüssig geworden wie einer eiernden Schallplatte.

Früher, wenn ein Mann die Nacht mit einer Frau verbringen wollte, fragte er so etwas wie: *Hast du in den nächsten zwanzig Jahren Zeit? Ich will mit dir eine Familie gründen.* Klar, es war eine Lüge. Aber heute gönnen sich die Menschen nicht einmal mehr den Luxus solcher Lügen. Über allen Täufern und Getauften schwebt also – ohne Ausnahme – die Drohung, daß man sie um einen Kopf kürzer macht. *In der Kürze liegt die Würze*, sagen manche, aber sie haben keine Ahnung, wovon sie reden. Auch so wird der Folterknecht, falls es einen gibt, mit zu den Opfern gehören.

Das Problem daran, daß die Frauen »unmöglich« sind – ich hoffe, Sie bemerken, daß ich den Ausdruck in Anführungszeichen setze –, hat mit der Erwartungshaltung zu tun. Die Männer erwarten sich einfach zu viel von ihnen. Da würde ein kleines Runterschrauben der Erwartungen Wunder wirken. Es hat absolut keinen Sinn, die Frauen für die Enttäuschung der überdrehten Männererwartungen verantwortlich zu machen. Frauen sind per definitionem banale Wesen. Ohne Ausnahme. Eine Regel, die auch für die Männer gilt. Aber die Männer sind zusätzlich noch Arschlöcher. Schufte. Kleine Scheißer. Aber auch in diesem Fall liegt das Problem in der Erwartungshaltung. Ich persönlich habe nie übertriebene Hoffnungen in die Menschheit gesetzt. Dafür mußte ich auch einen hohen Preis bezahlen: Systematisch werden wir Realisten in dieser Welt als Zyniker diffamiert – und das ist noch der harmloseste Vorwurf, der gegen uns erhoben wird. Weshalb eigentlich? Wegen unserer Ehrlichkeit. Ehrlichkeit gilt hier als das schlimmste Verbrechen. Ein Mensch kann seinen Nächsten abschlachten, er kann die schrecklichsten Massaker begehen, das alles ist bald Schnee von gestern, wird der Gesellschaft angelastet, keiner habe von den Scheußlichkeiten gewußt, heißt es dann, man habe nur seine Pflicht erfüllt, undsoweiter undsofort. Aber kaum verkündet jemand die Wahrheit, wird er gleich abgemurkst wie Johannes der Täufer.

Ich kannte ihn persönlich. Er war kein schlechter Kerl. Aber auch keineswegs der Heilige, als den sie ihn gerne darstellen. Die Geschichte wird grundfalsch erzählt – allein schon, weil man sie aus seiner und nicht aus Salomes Perspektive erzählt.

Wer hat von Jorge verlangt, sich in Helena zu verlieben? Genau da liegt der Hund begraben. Brechen Sie also nicht vorschnell den Stab über Helena. Sie folgt nur ihrem Naturell. Und ihr Naturell besteht – vom männlichen Standpunkt aus gesehen – in ihrer »Unmöglichkeit«. Von ihrem Standpunkt aus dient jede ihrer Handlungen lediglich der Selbstverteidigung. Keine weiteren Fragen theoretischer Natur, meine

Damen und Herren? Hervorragend. Wir können also beginnen mit dem letzten menschlichen Countdown.

Jorge sitzt unbeweglich auf seinem angestammten Platz, liest inzwischen eine Tageszeitung. Es sieht aus, als habe er sich fest geschworen, den heutigen Tag wie jeden anderen zu begehen. Keinen Unterschied zu machen. Was sollte denn am 31. Dezember 1999 schon so besonders sein? Der 31. Dezember ist nichts weiter als ein x-beliebiges Datum im Kalender. Und seine holde Helena ist unterdessen die ganze Zeit in der Küche gewesen. Sie trägt eine Schürze. Die Schürze steht ihr gut. Kommen Sie jetzt bitte nicht und sagen, einer Frau kann eine Schürze nicht gut stehen!

»Na? Wie schreitet die Arbeit voran?«

Durch diese Frage wird Jorge erst so richtig zum Opfer gemacht. Er hätte jetzt gern einen Schluck zu trinken. Aber er reißt sich zusammen.

»Ich bin müde«, sagt er, obwohl er gar nicht müde wäre, wenn er sich jetzt einen Drink genehmigen könnte.

Helena übt sich in Fürsorge:

»Wieviel Seiten hast du noch vor dir?«

Jorge setzt auf Körpersprache. Er öffnet und schließt die linke Hand ein, zwei, drei Mal.

Helena pfeift durch die Zähne.

»Dann wirst du wohl die ganze Nacht aufbleiben.«

Sie lacht:

»Geschieht dir recht.«

Er lacht nicht.

»Ich finde das überhaupt nicht komisch«, sagt er.

Helena findet's aber doch komisch. Und das genügt ihr, um weiterzukichern. Eine wie sie kichert selbst dann weiter, wenn ihr Kichern dem Rest der Welt schon wie ein Jumbojet in den Ohren dröhnt:

»Die ganze Nacht. Durchmachen! Wie in alten Studentenzeiten.«

Jorge starrt sie an, bis ihre Blicke sich kreuzen.

»Sehe ich etwa aus wie zwanzig?«

Helena legt den Zeigefinger an den Mund.

»Ich weiß nicht. Laß mich mal sehen ...«

Sie führt die Hand bis zum Kinn, grübelnd.

Jorge wartet steif auf eine Antwort. Zu guter Letzt lächelt sie wie jemand, der eine Lösung gefunden hat:

»Nein, wie zwanzig siehst du tatsächlich nicht aus.«

»Wie alt sehe ich dann aus, hm?«

»Du siehst aus wie einer, der früher mal zwanzig war ... aber es ist ganz schön schwierig, das nach all diesen Jahren zu erkennen. Man müßte dich in ein Laboratorium bringen, um eine Analyse von deinen Kleidungsstücken und deiner Knochenstruktur zu machen, naja ... die üblichen Untersuchungen.«

Jorge interpretiert diese Wendung auf seine Weise. Im Grunde liebt mich Helena, denkt er. Und was sie da aufführt, das ist nur ein Spiel. Sie nennt mich nicht direkt einen alten Knacker, sie spielt nur mit der Idee, daß ich ein alter Knacker bin. Für den Außenstehenden klingt es vielleicht nicht so, aber Jorge hat eine beachtliche Gabe, sich selbst zu betrügen.

»Noch nie hat mich jemand so stilvoll als Dinosaurier bezeichnet.«

Augenblicklich wird Helena zum wohlerzogensten Menschen der Welt:

»Dankeschön.«

Wenn Helena der wohlerzogenste Mensch der Welt ist, warum steigert sich der Selbstbetrüger Jorge auf einmal so fürchterlich hinein?

»Du hast recht«, sagt er, keine Ahnung, wieso ihn der Ärger gepackt hat. »Ich bin nicht mehr im Alter zum Durchmachen.«

Und weiter, du Idiot? Ich sage dir nur, Jorgelein, Helena hat schon recht, wenn sie auf dir herumhackt:

»Dir wird wohl nichts anderes übrigbleiben als durchzumachen«, sagt sie. »Falls du übermorgen tatsächlich ein fertiges Projekt abliefern willst. Am ersten Werktag des Jahres 2000.«

Jorge atmet tief durch, um Zeit zu gewinnen. Der Trick zieht. Sein Ärger verpufft.

»Ich werde eine Menge Kaffee brauchen dafür«, sagt er gefaßt.

Helena lächelt. Wieso nur ist ihr Lächeln immer so vulkanerloschen? Kann mir einer erklären, wieso?

»Kaffee ist schlecht für die Nerven.«

Auch Jorge kann lästig sein, wenn er möchte.

»Ich werde wirklich eine Menge Kaffee brauchen«, wiederholt er wie ein Automat.

Helena ist selbst dann hartnäckig, wenn sie es gar nicht möchte.

»Keine Sorge, den mach ich dir schon.«

Jorge versucht, dem gegnerischen Druck standzuhalten.

»Nein danke. Ich mach' ihn mir selbst.«

Helena spielt den Kaffeeball zurück.

»Ich mach' ihn dir aber gerne. Bereitet mir wirklich keine Mühe.«

Das ist interessant. Ich sage das, obwohl ich fast schon Genickstarre kriege vom ewigen Hin und Her. Ping. Pong. Ping. Pong. Ping. Pong. Kinder, wollt ihr nicht endlich mal aufhören damit? Mir ist schon ganz schwindlig.

»Ich werde auch eine Menge Ruhe brauchen«, sagt Jorge.

Helena ist schlagartig Mutter Teresa von Kalkutta.

»Wenn du willst, laden wir Sofia einfach nicht ein«, sagt sie und zieht einen Schmollmund. »Obwohl ich sie eigentlich miteinberechnet habe bei der Zubereitung des Abendessens.«

Gibt es einen Ausweg für Jorge? Natürlich nicht. Er braucht den Mund erst gar nicht aufzuklappen. Heutzutage kann man schon in jedem Supermarkt Kassetten kaufen, auf denen man diesen Dialog hört.

»Nein, ist doch egal«, lächelt er tölpelhaft, »Essen müssen wir ja ohnehin, oder?«

Helena ist ein Teufelsbraten. Vor zwei Minuten noch Opfer, wird sie im Handumdrehen wieder zum Täter.

»Ich kann mit ihnen in der Küche essen, wenn du willst.«

Jorge läßt zum Zeichen der Kapitulation die Arme sinken.

»Von dort würde ich euch doch hören. Außerdem hast du recht. Heute ist ein Feiertag. Ich muß auf jeden Fall eine Pause einlegen.«

Helena bedankt sich:

»Du bist so nett heute.«

Jorge tut so, als habe er ein Rückgrat, und richtet sich auf.

»Findest du das schlecht?« fragt er.

Sie schiebt die Unterlippe über die Oberlippe. Ihre Wangen blasen sich etwas auf, so als würde sie über die Albernheit der Männer lachen.

»Nein ...«

Jorge hat sich in ein fünfjähriges Kind verwandelt. Eine Kunst für einen Fünfzigjährigen. Bemerkenswert ist vor allem die Geschwindigkeit, mit der sich diese Verwandlung vollzieht. Wenn der menschliche Körper automatisch auf jede Veränderung des Geisteszustands reagieren würde, wären die Leute ein wandelndes Spiegelkabinett. Stellen Sie sich Jorge vor, einen halben Meter hoch und zwei Meter breit, peinlich berührt bis zur Wurzel der wenigen Haare, die ihm geblieben sind ...

»Also ich ...«, sagt er, als wollte er hinzufügen: Warum hast du immer was herumzumäkeln an mir? Die Antwort könnte zum Beispiel lauten: Warum darum, du Schafskopf.

Aber die Chromosomen von Helena sind heute ziemlich gut geölt, deshalb kommt sie ihm zuvor:

»Ich finde es seltsam.«

Sie findet seine Nettigkeit seltsam – wie hübsch! Gegenüber dieser Frau ist der Würger von Boston ein Schulmädchen.

Wenn das hier ein Boxkampf wäre, dann müßte Jorge seine Zähne bereits vom Teppich aufsammeln.

'it 'ühe 'robiert 'r 'u 'ächeln.

»Keine Angst«, antwortet er, »ich bin das personifizierte Wohlbenehmen.«

Helena – es ist stärker als sie – nimmt ihn schon wieder beim Wort. Als wäre der Austausch von verbalen Flüssigkeiten zwischen zwei Personen eine wortgetreue Gleichung.

»Alt genug dafür wärst du ja«, sagt sie kühl, »Schon wegen Sofia ist Wohlbenehmen angebracht.«

Schon wegen Sofia ist Wohlbenehmen angebracht! Wuah, die trifft aber ins Schwarze! Zum Teufel, wenn sie nur wüßte, was sie sagt! Jorge hält sich die Hand vor den Mund, automatische Geste eines Wohlbenehmers, der sich räuspern möchte.

»Wir wissen ja gar nicht, ob sie überhaupt mitkommt.«

Helena spielt die Wissende:

»Sie kommt bestimmt.«

Jorge, Selbstbeherrschung in Person, darf nicht die leiseste Emotion durchscheinen lassen. Wieso? Verrate ich nicht. Großes Geheimnis!

»Woher willst du das wissen?« Seine Frage kommt ganz aus dem Handgelenk, so als würde ihn das Thema gar nicht berühren.

»Ich weiß es eben.«

Jorge ist sich im klaren, daß übertriebene Gleichgültigkeit nur entlarvend sein kann. Er breitet die Arme aus, versucht es mit Ironie.

»Du weißt es eben?!«

Zu seinem Glück drängt sie dieser Einwurf in die Verteidigung zurück. Gar nicht schlecht. Ich könnte dem Jorge ein paar Kniffe zeigen. Zum Beispiel: Wenn man etwas verbergen möchte, darf man es nicht allzu offensichtlich verstecken. Man muß einfach nur die Aufmerksamkeit der anderen davon ablenken. Und es gibt nur eine hundertprozentig wirksame Methode, jemanden abzulenken: ihn mit seinem eigenen Verhalten zu konfrontieren. Denn er selbst kommt sich in jedem Fall bedeutender vor als die ganze restliche Welt.

»Wir Frauen wissen solche Dinge eben«, bestätigt Helena und bittet damit die ganze restliche Hälfte der Welt um moralische Unterstützung.

Jorge ist überzeugt, daß er Sofias Namen ohne beschleunigte Herztätigkeit aussprechen kann, ohne herzblutrot zu werden. Mit einem siegreichen Lächeln erhebt er die Arme und ergibt sich.

»Ah, die hatte ich glatt vergessen. Die uralte weibliche Intuition.«

Helena blickt ihn an, aber nicht sehr freundlich. Eigentlich sogar äußerst unfreundlich. Oft wird gesagt, *wenn Blicke töten könnten*, doch das Verbum *töten* schießt meiner Ansicht nach weit übers Ziel hinaus. Die meisten Blicke möchten keineswegs töten, sie begnügen sich damit, eine gehörige Tracht Prügel in Aussicht zu stellen. So wie im vorliegenden Fall.

Jorge wird wieder alles verpfuschen. Das steht fest. Und behaupten Sie jetzt bitte nicht, ich hätte im Text vorgeblättert. Verdächtigungen dieser plumpen Art verletzen meine Gefühle. Ich weiß, daß er alles verpfuschen wird. Sein Rindviehhaftigkeitsfaktor ist einfach zu hoch. Er führt sein inneres Rindvieh seelenruhig am Abgrund spazieren und pfeift sich ein harmloses Wiederkäulied dazu:

»Als nächstes wirst du sagen, daß zwischen Pedro und ihr ...«

Sein Blick fleht danach, daß sie die Absurdität dieser Unterstellung anerkennt. Doch Helena antwortet nicht. Sie beherrscht die rhetorische Kraft des Schweigens, und das gefällt mir.

Jorge öffnet seinen Mund. Wie den meisten Feiglingen schaudert ihm vor der Stille.

»Jetzt einmal ehrlich, Helena. Sofia ist sehr nett und lieb zu

Pedro aber … aber … nett zu sein, das ist ihr Beruf. Alles, was sie mit Pedro macht, kann nicht …«

Helena bringt das lächerlichste aller Argumente.

»Sie sind im gleichen Alter.«

Es ist zum Lachen. Das heißt, im Grunde wäre es zum Lachen. Aber ich persönlich verspüre momentan keine Lust dazu. Man kann in meiner Position nicht jedesmal seinen Impulsen nachgeben. Dazu ist die Lage der Menschen zu ernst, dazu wissen wir Unmenschen zu viel.

»Ja, aber …«

Helena hat ein zweites, ähnlich tolles Argument auf Lager:

»Er ist ein Mann. Sie ist eine Frau.«

Und Schnaps ist Schnaps, Brot ist Brot, und eine Posaune ist eine Posaune. Helena, meine Liebe, produziere doch bitte nicht soviel Poesie, sonst werden meine Ohren ach so lyrisch. Versuch es doch bitte einmal mit Prosa. Wäre das eventuell möglich?

Jorge ist ins Schleudern geraten. Ganz wie ich prophezeit habe. Später wird es wieder heißen, ich sei schuld gewesen, da ich ihn *in Versuchung geführt* hätte, dabei habe ich rechtzeitig gewarnt. Mir schiebt man immer alles in die Schuhe. Oder besser gesagt: in den einen Schuh, dessen Schuhgröße mittlerweile Legion ist.

»Ja, aber …« Das Rindvieh beugt sich über den Abgrund.

Helena ist stolz auf ihren Einfall. *Er ist ein Mann. Sie ist eine Frau.* Perfekt. Schlechthin perfekt.

»Es wäre nicht das erste Mal, daß sowas passiert.«

Jorge, total entnervt:

»Klar. In Filmen, im Theater, in Büchern, aber …«

Ich bin schon fast am Platzen. Klar, man sollte die Spannung nicht zu früh rausnehmen, aber ich kann einfach nicht mehr. Ich werde Ihnen jetzt ein Geheimnis verraten. Bleibt zu hoffen, daß Sie nicht von meinem Schlag sind und es gleich überall herumerzählen.

Jorge ist in Sofia verknallt.

Fertig, das war's auch schon. Was für eine Erleichterung! Als habe jemand ein Eisengewicht von meinem Gewissen genommen. Jaja, Gewissen, hab ich ja keines, das weiß jeder, das steht in allen Büchern, aber ... aber so nennen die Menschen es eben.

Hmmm? Einen Moment mal. Da geschieht etwas Unvorhergesehenes. Helenas Plapperorgan wird auf einmal schrill. Sagen Sie nur nicht, daß sie hinter das Geheimnis gekommen ist!

»Pedro ist doch kein Monster. Er ist ein Mensch!«

Ah, es war nur Fehlalarm. Sie ist lediglich leicht hysterisch wegen dem tragischen Schicksal ihres tragischen Sohnes. Bin schon wieder halbwegs beruhigt. Genauso beruhigt wie Jorge, der Hundsfott:

»Du hast natürlich recht, Liebling. Wie kannst du so etwas auch nur denken? Aber ...«

Aber ... wir müssen vernünftig sein, oder? Der schlimmste Verbrecher der Menschheit war keiner von denen, die uns sofort einfallen, wenn wir hören *der schlimmste Verbrecher der Menschheit*. Es war der Mann – oder die Frau oder das Kind oder der Tattergreis – der das Wörtchen »aber« in die Welt gesetzt hat.

Helena ist am Rande eines Tränenausbruchs. Da kommt Wasser wie bei einer satten Klospülung.

»Pedro«, stammelt sie mit einer Klarheit, die auf ihre angespannten Nerven zurückzuführen ist, »ist ein vollständig ... normaler ... Junge!«

Sehr gut Helena. Jetzt ist es raus! Du hast gesagt, was du sagen mußtest.

Jorge, der Elende, fühlt sich ganz seltsam. Einerseits ist er erleichtert, weil Helena nichts von seinem Geheimnis gewittert hat. Andererseits bereut der halbruinierte Gentleman in ihm, Helena so regelwidrig angegriffen zu haben.

»Helena.«

Falls er nur vorhat, die drei Silben ihres Namens einzuüben, wäre es gleich besser, den Mund zu halten.

»Mein Sohn ist doch … ist doch ein ganz normaler Mensch.« Wen versucht sie da eigentlich zu überzeugen? Egal. Ihre Kraft ist beeindruckend. Ich stehe auf ihrer Seite.

»Helena!«

Rindvieh! Rindvieh! Ausgewachsenes Rindvieh! Verschwinde aus meinem Blickfeld, bevor ich dich zerreiße! Ich hätte die Macht dazu. Du weißt, ich hätte sie, du Rind. Helena, glaube mir, wenn ich könnte, würde ich dich jetzt in den Arm nehmen, ich würde dir meine Schulter geben, an die du dein Köpflein lehnen könntest, oh zärtliche Vereinigung, dein Haupt und meine Schulter, wie schön wäre das! Du hast meine ungeteilte Solidarität. Ich schwöre es. Ich schwöre es bei der Anzahl meiner Zähne.

Du weißt, es sind viele.

»Mein Sohn ist …«

Schauen Sie sich die Ärmste an. Sie kann kaum sprechen. Sie krümmt sich zusammen. Sie verbirgt ihr Antlitz zwischen den Händen. Und rutscht auf den Boden.

Nein, es ist kein Theater. Wäre es Theater, dann würde ich sie reinen Gewissens bewußtlos hinfallen lassen. Wenn sie nun an der Wand entlangschrammt, ist das nicht nur, weil ihr die Beine versagen, sondern auch, weil ihr Mut sie verläßt.

»Helena!« ruft Jorge. Endlich kommt ein bißchen Leben in die Bude. Ich weiß wohl, daß er ein Mann ist, aber sogar für einen Mann ist er zu passiv. Eben ein Rindvieh.

Er erhebt sich.

Er ergreift sie.

Er schüttelt sie.

»Helena. Um Himmels Willen!«

Die Gattin befindet sich im Schockzustand. Ihre Augen

sind aus den Höhlen getreten. Klassische Überdosis. Den Schmerz darf man nicht zu rasch injizieren, nicht zu brutal, man muß den Kolben ganz langsam drücken, sonst bricht die Nadel mitten in der Vene ab.

Zu allem Überfluß schrillt jetzt auch noch die Klingel. Jorge schaut eine Nanosekunde in Richtung Tür, dann mit Sorge zu Helena.

»*Helena. Sie kommen.*«

3

»*Helena. Sie kommen.*«

Jorge tätschelt ihr die Wange. Es hätte eine Art Streicheln sein sollen, aber der Mann ist plump und roh. Andererseits ist Tätscheln vielleicht das beste in dieser Situation. Er schüttelt sie. Dann schaltet er auf eine sanftere Frequenz. »Helena. Liebling. Nimm dich zusammen!«

Helena steht auf. Trocknet sich die Augen. Nickt.

Jorge verharrt einen Moment, um die Diagnose zu bestätigen. Die Türklingel läutet wieder.

»Ich schaue nach, okay?«

Helena nickt abermals. Dabei verschwindet ihr Gesicht hinter einem Haarvorhang.

»Gut. Es geht schon wieder. Ich weiß gar nicht, was in mich gefahren ist. Entschuldige.«

Währenddessen hat sie sich die Kleidung gerichtet, und das Haar. Die Tränen trocknet sie mit den Handrücken ab. Diese Geste ist immer hübsch. Für mich zumindest, mich berührt sie. Wenige Dinge berühren mich so wie ein hübscher Handrücken. Doch Helenas Haut ist schon ein bißchen trocken. Die Venen stehen heraus. Blau über weiß, gold über blau. Von der Tür her kommen Stimmen. Die von Jorge – und noch eine andere. Helena erkennt sofort, welche Stimme die andere ist. Nein, es ist nicht die Stimme ihres lieben Sohnes.

Es ist die Stimme der Liebe ihres Lebens.

»Einen wunderschönen Abend«, sagt diese Stimme. Sie hat einen fröhlichen Tonfall, sie hat Präsenz. Sie hat *Körper*, wie die Menschen vom Wein sagen, wenn er Präsenz hat.

»Darf man eintreten?«

Abgesehen von seinen Eigenschaften als Rindvieh, Schwächling, Einfaltspinsel, mieser Architekt, Versager, Glatzkopf,

Midlife-crisis-Exponent und Schurke, der seine Frau schlecht behandelt, ist Jorge auch ein begnadeter Heuchler.

»Vítor«, ruft er fröhlich, »was verschafft uns die Ehre? Ich dachte es sei Pedro! Aber komm nur, komm nur rein!«

Komm nur rein, du Schwein! Helena verschwindet wie ein Wirbelwind durch die Küchentür. Jorge und Vítor treten ein. Vítor ist tatsächlich eine imposante Erscheinung. Mich beeindruckt er zwar nicht besonders, aber ich bin eben ich, ein Wesen, das alles weiß und das nichts aus den Socken haut. Der Mann ist sechsundvierzig Jahre alt, gut gebaut, trägt ein dunkelblaues Sakko, das er jetzt ablegt, wodurch er in gestreiftem Hemd und Krawatte dasteht. Vítor ist Fernsehmoderator. Er hat ein Buch geschrieben, besucht wichtige Konferenzen an allen Ecken und Enden der Welt. Er ist das, was man gemeinhin einen *Wahnsinnserfolg* nennt. Er kleidet sich, als würde er auf Safari gehen. Und wenn er das gerade nicht tut, kleidet er sich, als würde er gerade von einer Safari kommen. Das ist zum Beispiel heute der Fall. Sein Sakko ist kariert, klassisch und leger – aber lassen Sie sich nicht vom Äußeren blenden, es ist ein teures Sakko! Ich würde keine Hand dafür ins Feuer legen, daß er es selbst bezahlt hat, denn der Mann wird auch schon mal von einem Sponsor ausstaffiert. Aber ich schwöre, der Preis bürgt für Qualität. Heutzutage muß ein Sakko sehr gut sein (und das heißt sehr teuer), um billig und schlicht auszusehen und seinem Träger gut zu stehen.

Ich weiß nicht, wieso ich den Kerl hasse. Mit meinen Wertmaßstäben, meinen persönlichen Moralvorstellungen, müßte ich ihn eigentlich lieben. Vielleicht mag ich einfach keine Konkurrenz. Nein. Wie dumm von mir. Klar mag ich Konkurrenz.

In der einen Hand, die nicht voll von Ringen ist, hält Vítor eine Flasche Veuve Cliquot, des besten Champagners der Welt. Ja, besser als Dom Perignon. Nun muß ich aber korrigieren: Vítor hat keinesfalls eine Hand voll von Ringen. Ich wollte Sie nur auf die falsche Fährte führen. Ich verspreche, daß das nicht mehr.

Vorkommen wird.

Oder jedenfalls nicht mehr.

Sehr oft.

»Schönes neues Jahrtausend, großer Weltenbauer«, grüßt Vítor und macht den Ansatz zu einer weit ausholenden Geste, die eine Umarmung von Jorge andeuten soll. Zu dessen Erleichterung führt er sein Vorhaben nicht aus und betritt statt dessen das Zimmer.

»Na, wie laufen die Projekte? Ein Haus? Eine Stadt? Ein ganzes Land? Weißt du, ich finde, alle großen Jahrtausende sollten mit einer gigantischen Zerstörung begangen werden. Ein halbes Dutzend Atombomben an die richtigen Stellen plaziert, und die Welt würde sich entschiedenermaßen bessern. Einer wie du, Jorge, einer wie du kann dabei nur gewinnen. Denk nur an all die Aufträge, die man dir antragen würde für den Bau neuer Siedlungen, neuer Straßenzüge, neuer Städte. Für den Bau neuer Länder sogar, wer weiß?«

Vítor hat blendende Laune. Kein Wunder. Für ihn läuft alles perfekt. Er hat die (zumindest bis vor kurzem) wichtigste Spielregel unserer Gesellschaft brav eingelernt: Erfolg steigert den Erfolg, Mißerfolg generiert noch mehr Mißerfolg.

Definition von Leidenschaft: die Verpfändung der Zukunft für ein kurzfristiges Glück. Wieso ich das jetzt einwerfe? Geduld, meine Damen und Herren.

Jorge schaut dumm aus der Wäsche. Der weiß schon wieder einmal nicht, was er sagen soll. Ja, es fehlen wirklich nur noch drei Stunden bis zum Ende des Jahrtausends. Ja, er selbst hatte schon öfters, einige Male gedacht, wie die Welt wäre ohne ein paar Milliarden Einwohner, vor allem, Einwohner mit seinem Beruf. Ja, er kann Vítor nicht ausstehen. Aber all das hindert ihn nicht daran, sich wie eine heuchlerische Gebetsmühle zu wiederholen:

»Vítor! Komm rein, komm nur! Ich dachte, es wäre Pedro.«

Vítor ist eine Maschine. Die personifizierte glänzende Laune, mit Alkalibatterien ausgestattet.

»Ah, Pedro ist noch gar nicht daheim?« frohlockt er, Schutzheiliger des Optimismus, »ein gutes Zeichen. Der Kleine macht Fortschritte!«

Jorge erstarrt, ohne genau zu wissen weshalb. Er mag Vítor einfach nicht, diesen eitlen Fatzke, der sich bei ihm daheim aufführt wie in seiner eigenen Wohnung. Aber das hier ist Jorges persönliches Territorium. Es ist der Geruch seines Pipis, das die Grenzen dieser Wohnung im vierten Stock eines Lissaboner Mietshauses markiert. Dessen ungeachtet krümmt sich Jorge zusammen wie ein Regenwurm, steckt den Kopf zwischen die Schultern, steckt ihn noch tiefer hinein als nötig, obwohl ihn Mutter Natur schon mit Kurzhalsigkeit gesegnet hat. Er duckt sich, der Kriecher, um Seine Arroganz König Vítor vorbeizulassen. Und zu allem Überfluß sieht er sich auch noch zu Rechtfertigungen bemüßigt:

»Nein, Pedro ist noch nicht zurück. Kann sein, daß er heute abend mit einem Mädchen vorbeikommt, einer Arbeitskollegin …«

Die ich auf verlorenem Posten liebe, wie der ewige Verlierer. Willst du damit nicht auch gleich herausplatzen, Jorge? Wo du doch schon so weit bist?

»Hmm, mit einem Mädchen?« witzelt Vítor, »er hat offenbar Fortschritte gemacht. Und wo ist Helena?«

Kaum ist er im Wohnzimmer, kommt sie ihm strahlend entgegen.

»He-Lena!«

Sie küssen sich auf die Wangen.

»Ich hoffe, ich komme nicht ungelegen!«

»Dummkopf«, lacht sie, »du kommst nie ungelegen!«

Ehrlich, ich weiß nicht, ob diese Höflichkeit nicht doppeldeutig ist. Ein Widerhaken, so auf die Art: es gibt hier ohnehin nichts von Bedeutung, das du unterbrechen könntest. Und das weißt du auch sehr gut. Vítor schwenkt die Flasche. Helena nimmt sie ihr aus der Hand.

»Die stell' ich gleich in den Kühlschrank«, sagt sie. Sie liest das Etikett. »Veuve Cliquot! Es hat dich sicher ein Vermögen gekostet! Du hättest wirklich nicht ...«

»Also Helena!« erwidert er mit ausholender Geste. Irgendwas sagt mir, daß dieser Kerl überhaupt nur ausholende Gesten auf Lager hat. »Das Ende der Welt feiert man nicht jeden Abend!«

Helena lächelt, mit hängenden Mundwinkeln. Niemand wird so gerne daran erinnert, daß seine Lebenszeit nicht unbegrenzt ist. Seine Lebenszeit als junger Mensch vor allem. Das Millennium wird bald zu Ende gehen. Aber der Körper von Helena hielte vielleicht noch das eine oder andere Jahrzehnt durch, jedenfalls laut ihrer persönlichen Rechnung. Falls sie nicht vorher eine Schachtel Tabletten schluckt. Aber die Knochenstruktur und Hautstruktur geht jetzt schon den Bach runter.

»Idiot«, ist das einzige, was ihr dazu einfällt. Sie hat ausnahmsweise den Punkt getroffen. Der Mann ist wirklich ein Idiot, wenn auch nicht auf die Weise, die sie meint.

Jorge versucht zu zeigen, daß er auch noch da ist:

»Du rufst Helena, und pof!, steht sie da«, scherzt er, »dieses Geheimnis mußt du mir verraten.«

Vítor reicht Helena das Sakko. Sie hat schon die Flasche in der Hand und trägt nun wie ein braves Satteltier beides nach hinten.

»Sag nicht, du bist eifersüchtig!« versetzt er mit Wucht.

Jorge zieht eine verdatterte Miene.

»Ich, eifersüchtig? Ach komm ...«

Vítor läßt seine Beute nicht los. Mit gespieltem Unernst holt er zum nächsten Wurf aus: »Du hättest gar keinen Grund dazu. Immerhin warst du es, der sie geheiratet hat.«

Jorge verschanzt sich hinter seinem traurig galligen Lächeln.

»Wie recht du hast. Ich war es, der sie geheiratet hat.«

Unvermutet spürt er einen Blutschwall, der ihm ins Gehirn schießt. Er würde gern etwas sagen, aber er beherrscht sich. Der Drang, es zu sagen, ist beinahe unwiderstehlich. Er wird es sagen. Er wird es nicht sagen. Die Kräfte des Guten und des Bösen liefern sich einen titanischen Kampf in Jorges Brust. Die Guten verlieren jedoch immer. Erfreulicherweise. Er sagt:

»Aber ich war es nicht, der ihr das Kind gemacht hat.«

Wenn jetzt jemand auf den Fußboden blickte, könnte er die Erde beben sehen. Ein kleiner unregelmäßiger Riß zieht sich quer über den Kampfplatz. Zum Glück sieht keiner hin. Und falls die Erde wirklich gebebt hat, dann hat sie es geschickt überspielt.

Vítor sieht Jorge an. Der klammert sich an sein abbröckelndes Gallenlächeln. Vítor grinst. Zahlt sich nicht aus, sich über ein Gegentor zu ärgern. Er hat die stärkere Mannschaft, man befindet sich noch in der ersten Halbzeit. Und wenn das Spiel nach neunzig Minuten nicht entschieden sein sollte, geht es in die Verlängerung. Wenn nötig, bringt das Elfmeterschießen die Scheidung. Wenn nötig. Denn Vítor nimmt keinesfalls an, daß es so weit kommt.

Helena ist, wie alle Frauen, die Retterin des Augenblicks.

»Vítor«, sagt sie, »möchtest du dich nicht setzen?«

Vítor blickt sich um. Das Wohnzimmer ist ein Schlachtfeld. Papiere über Papiere, wo man nur hinschaut. Der Laptop von Jorge gähnt über den Resten einer Wochenzeitschrift und dem Time-Magazine. Vítor findet das spaßig: Er hätte schwören können, daß die Time schon längst eingegangen ist. Mit einem belustigten Ausdruck antwortet er auf Helenas Frage.

»Wohin denn? Hier herrscht ja ein wüstes Durcheinander«, reckt er schulmeisternd den Zeigefinger, »ich wette, dafür bist du verantwortlich, Jorge.«

Jorge begeht den idiotischen Fehler, sich zu entschuldigen. Rindvieh. Meine Mission ist, dich nicht sterben zu lassen, bevor sie alle hier gemeinsam sterben, doch ich bezweifle, ob sich der Aufwand lohnt.

»Bis morgen muß ich ein Projekt einreichen. Heute ist der letzte Tag.«

Vítor würde am liebsten gleich herausplatzen, daß ohnehin der letzte Tag ist. Daß es keinen Tag nach morgen gibt. Weil es vermutlich schon kein morgen mehr gibt. Vítor hält das für einen ausgezeichneten Witz. Nur ist es kein Witz, Vítor, das schwöre ich dir. Das kann ich dir jetzt schon sagen, das muß ich dir sogar schon jetzt sagen, denn morgen, da hörst du mich nicht mehr. Keiner von euch wird mich mehr hören.

»Ah! Ein Projekt ...«

Er macht das unschuldigste Gesicht, das er im Repertoire hat. Mit dem kann er vielleicht die Kameras täuschen, mit Hilfe des Make-up, aber live kommt er der Unschuld keinen Millimeter näher. Vítor hat ein zu lebhaftes Mienenspiel, um als unschuldig durchzugehen. Nicht einmal, wenn du dich in Unschuldsparfum wälzt, mein Lieber.

»Vielleicht sollte ich lieber wieder gehen.«

Helena legt die Hand auf seinen Arm. Sie zwingt ihn, sich zu setzen. Er läßt sich auf dem Sofa nieder, mitten auf einem Haufen Papier. Er tut so, als würde er von ihr dazu genötigt. Als hätte er keine Ahnung, daß er sich auf sogenannte *wichtige* Papiere seines Rivalen setzt.

»Jetzt stell dich nicht so an, Vítor«, sagt Helena, »du bleibst natürlich zum Abendessen. Eine gute Gelegenheit, Pedros Freundin kennenzulernen.«

Helena äugt zu Jorge hinüber.

»Du willst doch auch, daß er bleibt. Oder, Jorge?«

Der hat keine andere Wahl.

»Klar, Vítor. Es ist uns eine Ehre, wenn du die zwölf Glockenschläge mit uns feierst.«

Jorge faßt Helena ins Auge. Wahrscheinlich wütend. Aber von meinem Blickwinkel aus erkennt man das nicht, und er verstellt sich auch einigermaßen gut. Innerlich fühlt er sich jedoch wie ein singender, pfeifender Teekessel.

»Ich weiß nicht so recht«, sagt Vítor, »euch zu stören ist das letzte, was ich möchte. Vor allem, wenn Jorge zu tun hat.«

Oh, dieser Vítor ist ein wahrer Künstler. Er ändert die Taktik und fragt in aller Unschuld, so als wäre ihm die Frage peinlich:

»Ist euer Telefon eigentlich kaputt?«

Helena und Jorge blicken sich an. Was kommt wohl jetzt?

Jorge springt für die Antwort ein:

»Nein. Soweit ich weiß, nicht. Wieso?«

Schweigen.

Vítor kratzt sich am Kopf. Ein echter Künstler.

»Ich wollte euch anrufen, um zu fragen, ob euch mein Besuch recht ist«, hustet er, »aber es war immer besetzt.«

Ob beabsichtigt oder nicht, Helena gibt ihm Schützenhilfe.

»Keine Ahnung. Außer, Jorge hat telefoniert.«

Jorge hat keine Chance. Sie sind schlauer als er. Sofort ist er definitiv der Angeklagte, Beschuldigte und Zu-lebenslänglich-Verurteilte, denn Helena schmettert ihm entgegen:

»Hast du telefoniert, Jorge?«

Was kann er schon sagen? Nichts. Er kann seine Revolte stöhnen und den Prügel schlucken, den ihm der Teufel hingeworfen hat. Schauen Sie mich nur nicht so streng an. Das war nur ein Ausdruck, ein harmloser Ausdruck. Ich persönlich habe nichts damit zu tun.

»Nein«, antwortet er.

Und nun passen Sie auf, wie der Matador zum Gnadenstoß ansetzt. Vítor, der Großmütige, räumt plötzlich ein:

»Dann muß ich mich geirrt haben. Wahrscheinlich die falsche Nummer gewählt. Sicherlich. Oder das Telefon war schuld.«

Helena bemerkt – sie kann es nicht übersehen –, daß Vítor lügt. Nur so ist zu erklären, daß sie vom Thema ablenkt, ohne den Ewigen Gatten weiter zu bestrafen.

»Natürlich störst du hier keinen«, sagt sie hastig, »gute Idee, daß du trotzdem gekommen bist.«

Vítor nimmt die Entschuldigung an. Er ist wirklich erste Klasse.

»Ich bleib' aber nur kurz. Jorge muß sein Projekt fertigbringen, und das allerletzte, was ich möchte, ist ...«

Das allerletzte, vielleicht aber auch das allererste. Die Extreme berühren sich, wie die Menschen dummerweise zu sagen pflegen. Doch wen interessiert es schon? Helena, die die schmutzige Wäsche der Ehe schon gern mal vor anderen wäscht, fährt brutal dazwischen:

»Das Projekt von Jorge kann warten. Wollt ihr etwas trinken?«

Vítor sieht Jorge an, als würde er von ihm eine Bewilligung erbitten. Aber er erbittet gar nichts, es ist nur eine Finte.

»Einen Whiskey vielleicht. Einfach. Ohne Eis.«

Helena lächelt:

»Ich weiß.«

Wenn ich Helena nun in die Küche begleite, stelle ich fest, daß sie mit der Situation zufrieden ist. Vítors Anwesenheit stört sie nicht, ganz im Gegenteil. Sie ist erleichtert, daß sie Jorge nicht noch länger alleine ertragen muß. Aber sie ist auch etwas besorgt wegen der Verspätung von Pedro und Sofia. Sie werden aber bald kommen. Alles wird und muß gutgehen, jetzt wo Vítor hier ist. Vítor gibt ihr ein außerordentliches Gefühl der Sicherheit. Es behagt ihr, Vítor hier zu haben, hier bei ihr, auch wenn er nur kurz dableibt. Auch wenn er dann verschwindet und erst nach Monaten wieder auftaucht. Genauso hat er es übrigens gemacht, als er mit ihr zusammenlebte, vor langer Zeit. Um die Wahrheit zu sagen: Helena hat in jener Zeit diese Sicherheit nie verspürt. Aber jetzt, nachdem sie nicht mehr mit ihm rechnet, nachdem sie weiß, was sie von ihm kriegen kann und was er von ihr möchte, ist alles einfach und gut geworden. Es wird also ein angenehmes letztes Abendmahl des Jahres sein. Des Millenniums. Glaubt sie. Mein Gott, denkt sie, als sie die Auflaufform in den Ofen stellt, es ist die erste Jahrtausendwende seit tausend Jahren. Zweifellos etwas Tolles. Muß so sein. Die ganze Stadt wird ein riesiges Feuerwerk sein. Die ganze Welt wird ein riesiges Feuerwerk sein.

Wird sein. Werden und sein. Das sind zwei tolle Menschenverben.

Hier ist es noch neun Uhr abends, aber in Singapur, oder in Sydney, wurde die Jahrtausendwende schon gefeiert. Wie die wohl feiern, am anderen Ende der Welt? Ob sie noch immer feiern? Es muß eine riesige Flutwelle gewesen sein, die da wie ein Ungeheuer über die Wolkenkratzer geschwappt ist, sie niedergewälzt hat wie Baukastenklötzchen, Schaumkronen auf dem Wellenkamm, die an todbringende Krummsäbel erinnern. Ob es das andere Ende der Welt überhaupt noch gibt? Oder ist das Ende der Welt schon am Ende? Ist es nicht schon ausgelöscht worden, weggespült wie ein dünner Bleistiftstrich? Das sind interessante Fragen, die weit über das akademische Interesse hinausgehen. Es sind Fragen, von denen ich auf einmal nicht mehr weiß, ob Helena sie stellt oder ich selbst. Wahrscheinlich war ich es. Aber ganz sicher kann man sich da nie sein. Sicher ist nur, daß Helena glücklich ist und der Lammbraten mit den Kartoffeln bald durch sein wird.

Im Wohnzimmer steht Vítor vor einem Regal. Er tut so, als würde er die Buchrücken betrachten.

»Was für ein Projekt ist das eigentlich?« fragt er.

Jorge ist klar, daß sich der andere nicht dafür interessiert. Schale Konversation. Oder schlimmer noch, Kriegslist. Vítor will irgendeinen Vorteil erringen. Jede Aussage, die man in solchen Momenten macht, kann, soll und wird gegen einen verwendet werden. Mürrisch antwortet er:

»Ach, wie immer. Ein stinknormales Projekt. Genau wie alle anderen.«

Vítor steht noch immer mit dem Rücken zu Jorge. Meine edle Vorderseite ist zerstreut, scheint dieser Rücken zu sagen. Macht höchstens Smalltalk. Ich bin nur ein Baumstamm, sagen die Krokodile, die halb untergetaucht in den morastigen Wassern des Nil schwimmen. Du kannst ohne weiters herüberkommen zu mir. Nur zu!

»Aber glaubst du, daß du irgendeine Chance hast?«

Metonymie ist die Kunst der Täuschung. Die Richtung rutscht davon, der Gegner gleichfalls, es ist wie eine Bowlingkugel auf ihrem Weg zu den Kegeln. Man trinkt nicht das Glas, man trinkt den Inhalt des Glases. Man segelt nicht, man fährt mit dem Segelschiff. Und es ist nicht Jorge, der lausige Chancen hat, es ist seine Arbeit. Vítor weiß das.

Jorge entzieht sich der Beleidigung gar nicht ungeschickt. Er tut so, als würde er sie überhören, und nimmt ihn beim Wort.

»Naja«, überlegt er, »eine gewisse Chance besteht immer. Kann schon sein. Kann man nie wissen, oder?«

Solange es im Leben Hoffnung gibt. Genau, Jorge. Wenn man deine Gemeinplätze hört, dann sieht es gar nicht so aus, als würdest du in einer Stunde versuchen, dein Leben auszulöschen. Gib mir doch einfach einen Grund, deinen Selbstmord zu verhindern. Einen einzigen Grund, bitte!

Vítor dreht sich um. Er sieht ihn lächelnd an: ein gerissenes Raubtier.

»Dann ist es also ein Projekt, das ganz anders ist als die anderen?«

Jorge hat keine schnelle Antwort parat. Niemand hat das, wenn man ihm einen Haken hinschleudert, der gegen die Schläfe kracht, bevor man die Deckung hat aufbauen können.

Viele glauben, daß in erster Linie Schläge gegen das Kinn zur höchsten Stufe der Bewußtlosigkeit führen. Falsch. Vor allem jener Schlag, der in einem Winkel von neunzig Grad an den Kopf trifft, schüttelt uns das Gehirn durcheinander und läßt die Sinne schwinden. Er löst ein Phänomen aus, das wir als K.O. bezeichnen.

Jorge duckt sich. Das Atmen bereitet ihm Mühe. Er beschränkt sich darauf, zuzugeben:

»Naja. Du hast recht. Ich dachte gar nicht dran. Vielleicht liegst du richtig.«

Vítor führt seinen dritten Schlag innerhalb einer Minute. Er legt ihm väterlich die Hand auf die Schulter.

»Super«, sagt er, »dann laß uns einen darauf trinken.«

Sie schauen einander in die Augen. Und werden vom Gong gerettet. Der Gong heißt Helena, die just in diesem Augenblick den Raum betritt. Sie trägt ein Tablett mit drei Gläsern.

Helena nimmt das Gespräch dort auf, wo es ihrer Vorstellung nach unterbrochen wurde. Es liegt nahe, daß sie das absichtlich macht.

»Eine gute Idee von dir, bei uns vorbeizuschauen, Vítor. Pedro wird sich freuen, dich zu sehen.«

Vítor gibt das Kompliment zurück. Wieso nicht. Das Jorgeprojekt, der Projektjorge kann warten.

»Es ist auch wirklich schön bei euch, Helena.«

Er wirft einen raschen Blick auf Jorge und lächelt mit schamlos entblößtem Gebiß.

»Schön zu wissen, daß man wo willkommen ist.«

Vítor nimmt das Glas, das er als das seine ausgewählt hat. Wahrscheinlich wird es ein guter Whiskey sein – falls es sich um jenen handelt, den er beim letzten Mal mitgebracht hat. Er stößt mit einem Glas an, das er Helena zuteilt, während sie noch immer das Tablett hält. Jorge nimmt das dritte, das übriggebliebene Glas. Helena stellt das Tablett ab. Sie umarmt sich selbst, reibt sich die Arme, als wäre ihr kalt.

»Wie spät ist es, Jorge?« fragt sie, »ist es nicht schon spät?«

Vítor guckt auf die Uhr auf seinem Handgelenk, bevor Jorge seine Taschenuhr herausziehen kann.

»Es ist neun Uhr, Helena.«

Helena wechselt einen furchtsamen kurzen Blick mit Jorge, aber es ist Vítor, der ihn beruhigend auffängt.

»Ich weiß nicht, was mit diesem Jungen los ist. Der sollte schon hier sein.«

Vítor lächelt. Nun werden wir seiner Spezialität beiwohnen. Er legt einen schützenden Arm um Helena. Bevor Jorge es überhaupt bemerkt, ist er aus dem Spiel.

Vítor kann selbst Banalitäten ungestraft aussprechen:

»Na ja, Helena, du weißt ja, wie das ist ... Die Liebe, die Liebe ...«

Jorge! Mach doch was, du alte Ruine! Und wenn du es schon nicht schaffst, etwas für dich zu machen, dann mach es doch wenigstens für mich! Ich bin ein einfacher Beamter, ich bin nur hier, um Befehle auszuführen. Nein, ich werde dir nicht vorspielen, daß es nicht wehtut. Denn es wird wehtun. Natürlich wird es wehtun. Aber wenn du unbedingt willst, kann ich dir versprechen, daß es dir nicht sehr wehtun wird. Es wird nicht *sehr* wehtun, Jorge. Einfach weil du schon daran gewöhnt bist.

4

Na ja, Helena, du weißt ja, wie das ist … Die Liebe, die Liebe …

Noch kein Lebenszeichen von Pedro. Aber wieso kommt er nicht? Ob alles in Ordnung ist mit ihm? Ja, alles in Ordnung. Ob er in guter Gesellschaft ist? Machen Sie sich keine Sorgen, das ist er. Mehr darf ich leider im Augenblick nicht verraten. Alles zu seiner Zeit.

Vítor und seine Opfer sind bereits verloren. Verloren im intergalaktischen Raum einer Wohnung im vierten Stockwerk in einem der ödesten Viertel der Stadt. Sie hocken da und halten ihre Gläser in der Hand – ein jämmerliches Bollwerk gegen das Böse in der Welt. In einer arithmetischen Gleichung würde die physische Distanz zwischen diesen Einzelwesen umgekehrt proportional sein zur Vertrautheit, die sie einander vorspielen. Die Unbekannte X wäre dabei die Chronik einer angekündigten Katastrophe.

Helena spielt den Part eines Eisbrechers.

»Vítor, wenn du Hunger hast, können wir gleich mit dem Essen beginnen.«

Ich frage mich nur, ob sie glaubt, daß eine Frau nur für Hungerfragen zuständig ist. Oder interpretiere ich wohl ihre Absichten immer zu bösartig?

Vítors Antwort trifft den Kern der Sache:

»Nein danke.«

Er hebt das Glas, das er mit beiden Händen hält:

»Das hier genügt mir vollkommen.«

Erstaunlich. Er sitzt auf einem Sofa, dem man alles nachsagen kann, nur nicht übertriebene Bequemlichkeit. Aber trotzdem gelingt es diesem Vítor, Haltung zu bewahren. Es ist eines dieser schnittigen Fellimitate: Im wabbligen Loch der geistig zurückgebliebenen Polsterfüllungen versacken die Hinterteile der Besucher hoffnungslos. Obwohl seine Hosenbeine nach oben rutschen, zeigt Vítor keine behaarte Haut – weil er vorsorglich mit diesen stilsicheren kniehohen Cabrioletsocken anmarschiert ist: eine nicht zu vernachlässigende Kleinigkeit.

Allerdings kenne ich seinen Schwachpunkt. Aber der wäre ohnehin nicht schwer zu erraten gewesen. Seine Schwäche ist die Angst vor der Lächerlichkeit. In seinen Träumen gibt Vítor oft eine peinliche Figur ab. Er erinnert sich selten an den Inhalt eines Traumes, aber wenn, dann spielt er immer eine lächerliche Rolle. Das Setting kann variieren. Zum Beispiel steht er nackt inmitten einer Menschenmenge – und dort, wo eigentlich sein Genitalapparat sein sollte, befindet sich nur ein großer schwarzer Fleck. Oder er steht bekleidet vor den Kameras, und ein Mikrofon dringt ihm in ein Nasenloch ein. Oder irgendeine düstere Gewalt hat ihn in eine Gefängniszelle mit wilden und hungrigen Gefangenen geworfen. Man muß kein Psychoanalytiker sein (eine der absurdesten menschlichen Erfindungen), um die sexuelle Paranoia als gemeinsamen Auslöser all dieser Traumvarianten zu erkennen. Ja, ich hab' dich ertappt, Vítor. Ich durchschaue dich. Wenn ich Lust danach verspüre, gehörst du mir.

Helena setzt auf Minimalismus:

»Ich verstehe nicht, wieso sich Pedro soviel Zeit läßt. Macht er doch sonst auch nicht.«

»Ich wollte ohnehin nicht zum Abendessen bleiben. Es ist schon eine ziemliche Unverschämtheit, zu so einer Zeit zu kommen, auch noch unangemeldet.«

Helena steigt darauf ein, glücklich, daß Vítor ihr Spiel des Smalltalks mitmacht:

»Unverschämter Junge! Ich bitte dich! Als ob du soviel Aufhebens machen würdest wegen uns! Wie auch immer, so wie es ausschaut, wird es kein Abendessen werden, sondern ein Nachtessen. Ein richtiges Silvesternachtessen.«

Vítor gibt den Billardstoß phlegmatisch zurück.

»Ein richtiges Nachtessen. Das letzte Abendmahl sozusagen. Klingt gut, als Vorschlag. Nun gut, wenn ihr mich einladet ...«

Ich vermute stark, Jorge wird sich nicht an diesem Blablagespräch beteiligen. Bis jetzt hat er sich einfach nur in sich selbst verkrochen, um gegen diverse Provokationen immun zu sein. Aber nun hat er definitiv seine Leichenbittermiene aufgesetzt.

»Als ich ins Lyzeum ging«, sagt er, »hatte ich einen Freund, der die seltene Begabung hatte, immer zur Essenszeit bei uns daheim aufzutauchen. Und natürlich mußte man ihn dann jedesmal einladen.«

Helena begreift mit kurzer Verspätung, daß Jorge gerade symbolisch eine Ming-Vase auf den Boden geschleudert hat, und versucht vergeblich, die Scherben aufzusammeln.

»Jorge!« weist sie ihn mit falscher Gutmütigkeit zurecht.

Jorge fährt ungerührt mit seiner Erzählung fort:

»Irgendwann verlor meine Mutter die Geduld. Sie fragte ihn, ob er denn woanders nichts zu essen kriege.«

Vítor tut so, als wäre er an der Geschichte interessiert:

»Kam er denn nur zum *Mitta*gessen?«

Jorge denkt einen Augenblick nach.

»Meistens ja.«

Vítor gibt zurück:

»Dann kann ich es also nicht gewesen sein. Ich bin der, der immer zum Abendessen kommt.«

Vítor lacht über seinen Witz. Doch verurteilen Sie ihn nicht, nur weil er ein widerlicher Kerl ist! Ich finde ihn ja auch zum Kotzen. Aber als objektiver Beobachter muß man zugeben, daß er jeden Grund hat, über seinen eigenen Witz zu lachen. Den Angriff, der vom Gegner initiiert wurde, hat er nicht nur abgeblockt, sondern er hat dem anderen auch den Ball abgenommen. Dazu gehört Talent. Es ist reizend von Ihnen, wenn Sie mit Jorge sympathisieren – mir geht es nicht anders, wir alle haben irgendwie eine angeborene Schwäche für die Schwachen. Doch treiben wir's nicht zu weit.

»Deine Mutter war aber auch ziemlich …«, beginnt Helena, »ich meine, man soll ja nichts Schlechtes über die Toten sagen, aber …«

Jorge verneigt sich in Gedanken.

»Du kannst über die Toten sagen, was du willst. Meine Mutter war wirklich ein bißchen rauh. Aber sie hatte ein Herz.«

Helena rümpft die Nase, eine absichtlich häßliche Geste.

»Ich weiß nicht, ob *Herz* im Zusammenhang mit deiner Mutter das richtige Wort ist.«

Vítor ist höflich. Mit aufrichtigem Interesse wendet er sich an Helena:

»Hat sie Jorge denn geschlagen?«

An dieser Stelle bemerkt Helena, daß sie sich einbremsen muß. Die Mutter eines anderen aufs Korn zu nehmen, ist immer eine riskante Sache. Es ist wie das Spiel mit den Ländern. Wenn man den Patriotismus des Nachbarn testen möchte, braucht man nur über dessen Land zu schimpfen. Diese Taktik funktioniert ausnahmslos, selbst bei Heimatlosen oder bei Ultralinken. Sobald es um die Mutter geht, tritt bei den Menschen ein ähnlicher Reflex auf. Selbst Kinder, die ihre Mutter nie kannten, würden diese verteidigen, sobald ein Fremder ihre Wut an ihr ausläßt.

»Geschlagen hat sie ihn nicht«, weicht Helena zurück, »aber sie hat ihn rausgeworfen, als er sechzehn war. Die Geschichte kennst du doch. Jorge hat sie schon tausendmal erzählt.«

Vítor klopft sich mit der Faust an die Stirn.

»Ah ja, das hatte ich vergessen. Damals, als sie einen ganzen Mann aus ihm machen wollte.«

Es ist eine fixe Vorstellung, daß Väter nur mit den Söhnen hart sind. Damit sie nicht schwul werden, damit sie echte Kerle werden mit allen Attributen der Männlichkeit. Charakter. Kraft. Opferbereitschaft. Entschlossenheit.

»Und das Resultat sieht man. Ein Mann im mittleren Alter, der ununterbrochen von seiner Mutter spricht.«

Vítor spielt Jorge nun den Ball zu, obwohl der das gar nicht bemerkt. Ich glaube nicht, daß es in guter Absicht ist. Dieser Typ ähnelt mir zu sehr – er macht Nägel mit Köpfen.

»Und was hat dein Freund gesagt, Jorge? Da bin ich jetzt aber neugierig.«

Doch Jorge hat bereits den Rolladen runtergelassen.

»Hm?«

Denn inzwischen ist genau das eingetreten, was ihm seine Gattin immer vorwirft: Jorge schwebt auf einem anderen Planeten. Helena gehört nämlich zu jenen Frauen, die der Meinung sind, ein Mann müsse rund um die Uhr verfügbar sein. Jorge repräsentiert tragischerweise genau das Gegenteil. Er legt einfach den Schalter um und startet mit Lichtgeschwindigkeit zum Zentaurus. Ziemlich beachtenswert: Denn es ist die einzige Sache, die dieser Mann mit Lichtgeschwindigkeit macht.

Was Vítor betrifft, der ist ein König an Geduld. Didaktisch, pädagogisch, Doktor der okkulten dunklen Wissenschaften, wiederholt er den Satz:

»Was hat dein Freund geantwortet? Als deine Mutter ihn fragte, ob er woanders nichts zu essen kriegte?«

Helena macht sich zu Vítors Komplizin. Sie spielen Mama und Papa. Sie stellen dem armen, etwas zurückgebliebenen Jungen ein paar Fragen.

»Ob er woanders nichts zu essen kriegte, Jorge! Du wolltest doch die Geschichte weitererzählen.«

Vítor:

»Ob er woanders nichts zu essen kriegte, Jorge. Genau.«

Es ist deprimierend zu beobachten, wie Jorge zusammengekauert dahockt, geschrumpft auf die Größe einer Erbse. Seit einigen Minuten berühren seine Füße den Boden nicht mehr.

»Ich weiß nicht«, antwortet er kleinlaut.

Die grausame Kindergartentante bestraft ihn. Was glaubt dieser Rotzbub eigentlich, wer er ist, glaubt er, daß er sie anlügen kann, ohne daß sie es bemerkt? Sie, mit ihren X Jahren von Erfahrung? Als ich bei der SS war, kannte ich solche Frauen. Sie waren blond, hatten die Krawatte stets streng über der Brust gebunden und ergötzten sich an der Gewalt gegen junge Mädchen aus dem französischen Widerstand, nackt und mit Baskenmütze, die in ihre Fänge geraten waren:

»Weißt du nicht? Eine Erinnerung an die Kindheit, die so wichtig ist ...«

Herr Viktor Himmler springt Frau Helena zur Seite:

»Oder besser, an die Jugend ...«

Jorge ist nahe dran, die Namen seiner Mitwisser zu verraten. Seit fünf Tagen und fünf Nächten hat er keinen Schlaf gekriegt. Sein Körper ist übersät mit Zigarettenverbrennungen. Und Helena hält das Feuer am Glosen:

»Gut, an die Jugend. So etwas Wichtiges hast du vergessen?«

Jorge, der gedemütigte Held, mobilisiert sein letztes Aufgebot an passivem Widerstand:

»Ehrlich, ich weiß nicht. Ich erinnere mich nicht. Wahrscheinlich ist er rot geworden. Glaube ich zumindest. Auf jeden Fall war er nicht gerade berühmt für seine tollen Antworten.«

Vítor findet diese Antwort amüsant, und es ist ihm wichtig, daß Jorge das auch erfährt.

»War er denn für irgend etwas berühmt?«

»Nein, glaub' ich eigentlich nicht.«

Helena endgültig mürrisch:

»Nur dafür, daß er knapp vor den Mahlzeiten auftauchte.«

Vítor läßt nicht locker. Er will es wissen und er wird es wissen. Nur auf diese Art kommt man weiter: mit der unbezwingbaren Gier nach Neuem.

»Und was wurde aus ihm? Minister? Rechtsanwalt? Rauchfangkehrer?«

Jorge lächelt traurig. Die letzte Pointe gehört ihm. Kein großer Wurf, so gut es halt geht, aber immerhin erreicht er seinen Zweck: den eifrigen Frager aus den Socken zu hauen, ihm den Boden unter den Füßen wegzuziehen.

»Er ist tot.«

Doch er hat sich getäuscht. Vítor ist ein erstaunlicher Kerl. Eine Nachricht wie diese, knapp vor Redaktionsschluß, sollte als Widerhall eigentlich mindestens dreißig gut abgezählte Sekunden betroffenen Schweigens abwerfen. Dieser Kerl ist jedoch zu abgebrüht: Er schießt aus der Hüfte.

»Ah, das tut mir aber leid. Eine Krankheit?«

Der Gegenschlag erwischt Jorge auf dem falschen Fuß. Er hatte schon sein Tor bejubelt. Aber der Schiedsrichter hat auf Abseitsposition entschieden.

»Bitte?«

Er leert sein Glas, um Zeit zu gewinnen. Doch es ist schon leer. Jorge schluckt dennoch. Ein bittersüßes Granulat bleibt ihm in der Kehle stecken.

Vítor erhebt sich. Er schüttet etwas aus seinem Glas in jenes von Jorge. Diese Geste hat, wenn ich mich nicht irre, biblische Konnotationen. Und ich bin versessen auf biblische Konnotationen. Eines meiner wenigen Laster.

»Ob er an einer Krankheit starb?« fragt Vítor, »Hmmm?«

Jorge trinkt den Schluck, den ihm Vítor zugestanden hat, um den Durst zu löschen. Es ist eine interessante Gleichung: Wenn auf dem Gebiet der Elektrizität Minus mal Minus Plus ergibt, macht dann auf ökumenischem Gebiet Tod mal Tod Leben?

»Nein. Er starb bei einem Autounfall.«

Vítors Nüstern zittern wie bei einem kleinen Hasen, der Karotten erschnüffelt oder die Balzgerüche seiner Hasen- und Häsinnenpartner wahrnimmt. Man spürt förmlich, wie lebendig ihn dieses Thema macht.

»Ah!« ruft er freudig aus, »der Tod des Jahrhunderts!«

Jorge weiß gar nicht mehr, wo ihm der Kopf steht. Helena ist ebenfalls verloren. Jorge ringt sich durch zu einem:

»Wie bitte?«

Vítor gestikuliert, mit offenen Fingern, perfekte Instrumente, Bodenluftraketen der Ausdrucksstärke. Fernsehen ist eine tolle Sache.

»Der Tod des Jahrhunderts. Jede Zeit hat den für sie charakteristischen Tod. Vor hundertfünfzig Jahren waren die Arbeitsunfälle, die Tuberkulose. Im zwanzigsten Jahrhundert sind es eben die Autounfälle.«

Helena schwenkt auf die neue Linie ein. Wie amüsant sind doch diese Gesellschaftsspiele!

»Ich dachte, Krebs wäre die zeittypische Todesursache …«

Aha! Vítor hat auf diese Frage nur gewartet. Wahrscheinlich werden ihm bei allen seinen Auftritten, überall auf der Welt und in sämtlichen Provinzschulen, immer dieselben Fragen gestellt.

»Krebs gibt es schon sehr sehr lange. Aber man nannte es eben nicht so.«

Helena gibt sich nicht geschlagen:

»Und was ist mit den Kriegen? Mit den großen Weltkriegen?«

Gute Frage.

Vítor zieht eine Grimasse mit der dringenden Botschaft: Weltkriege zählen nicht. Weltkriege sind weltgeschichtlich gesehen nur ein Klacks.

»Bah! Die einzige Sache, die die Kriege in unserem Jahrhundert von den früheren unterscheidet, ist die Anzahl der Leichen. Aber die Autounfälle …« – schauen Sie nur, wie seine Augen glänzen – »Die Autounfälle, ja. Das ist beinahe eine Exklusivität unserer Zeit.«

Jorge möchte einen Überraschungsschlag landen. Netter Versuch, aber zum Scheitern verurteilt.

»Beinahe?« fragt er.

Vítor atmet tief durch. Es ist frustrierend, vor Leuten zu dozieren, die ihre Lektion nicht ordentlich vorbereitet haben.

»Du lieber Himmel! Die chronologische Gliederung ist eben nicht perfekt. Ende des vorigen Jahrhunderts gab es bereits einige Automobile. Und im nächsten Jahrhundert wird es sie auch noch geben, wenn innerhalb von … », er wirft einen Blick auf die Uhr, »wenn innerhalb von drei Stunden die Welt nicht vor Überdruß in die Luft fliegt, wie Nostradamus es prophezeit hat.«

Helena weicht instinktiv zurück.

»Ach Vítor, ich mag nicht, wenn du so daherredest. Selbst wenn es nur zum Spaß ist.«

Aber auch Helena hat kein Glück. Denn Spaßen ist Vítors Hauptbeschäftigung.

»*Tausend wirst du erreichen, zweitausend nie.* Es steht schwarz auf weiß geschrieben, meine Liebe. Wir können absolut nichts dagegen unternehmen.«

Jorge ist inzwischen wieder vollkommen in seinen Gedanken versunken. Fast ohne darauf zu achten, spricht er laut aus, was ihm durch den Kopf geht.

»Ich hätte nie gedacht, daß mein Freund den Tod des Jahrhunderts stirbt.«

Glücklicherweise fehlt ihm die Vehemenz, all seinen Gedanken Worte zu verleihen: *Vielleicht hätte ihn das interessiert. Falls er mir einmal über den Weg laufen sollte, werde ich sagen: Schau mal, Junge, sei nicht traurig, immerhin hast du den Tod des Jahrhunderts gehabt. Du bist einer der Auserwählten, Mitglied der Verkehrsunfallselite. Du warst zwar ein Schwachkopf, meine Mutter hielt dich für einen Idioten, einen*

Schnorrer, einen Mundräuber, aber du bist immerhin den Tod des Jahrhunderts gestorben. Könntest du mir bitte ein Autogramm geben?

Jorge bemerkt gar nicht, daß sich ein dünnes Zitronenbitterlächeln auf seine Lippen gelegt hat. Wahrscheinlich ist es sogar der Grund für Vítors Rückzieher.

»Entschuldige. Es war unpassend von mir.«

Jorge hört den anderen nicht gleich.

Erst nach einigen Sekunden erreicht die Botschaft sein Gehirn, was zu einer ziemlich wirren Antwort führt:

»Du brauchst dich nicht zu entschuldigen. Es ist schon so lange her.«

Vítor will schon wieder mehr erfahren. Das menschliche Raubtier hat nun einmal dieses Laster – Berufskrankheit.

»Sehr lange?« fragt Vítor.

Jorge liefert mit trüber, aber scharfer Stimme die vom Absender verlangte Information:

»Er war vierzehn Jahre alt, als er überfahren wurde.«

Vierzehn Jahre. Bedenken wir, daß er ungefähr in Jorges Alter war, dann heißt das – wenn mich nicht alles täuscht –, daß der Junge (von dem wir nicht einmal den Namen kennen) vor fünfunddreißig Jahren gestorben sein muß. Es ist nicht selbstverständlich, daß sich jemand an einen erinnert, der schon so lange Zeit tot ist – so lange Zeit nach menschlichen Maßstäben –, und daß er das ungeheilte Wundmal so sichtbar lebendig hält.

Das schockiert Helena, welche die Neuigkeit nicht nur wie etwas Gemütsbewegendes aufnimmt, sondern auch als Angriff auf sie persönlich.

»Das hast du mir nie erzählt«, klagt sie. Kommt das nur mir so vor, oder ist da auch eine Spur Ressentiment in ihrer Stimme?

Jorge zuckt mit den Schultern. Eine äußerst unvorteilhafte Geste für ihn, denn er hat von Natur aus Hängeschultern.

»Es hat sich nie ergeben.«

»Das ist doch nicht zu fassen! Ein so einschneidendes Erlebnis, und du hast es nie erwähnt. Findest du das nicht unerhört, Vítor?«

Also war meine Vermutung doch nicht so falsch. Da war doch eine Spur Ressentiment in Helenas Stimme. Nicht nur eine Spur. Eine ganze Portion.

Jorge zieht die Schultern noch stärker zusammen. Sein Oberkörper würde nun bequem in eine Klomuschel passen. Wenn sein Anblick vorher schon Magengrimmen auslöste, dann möchte man jetzt furzend im Boden versinken.

»Ich bin nie auf die Idee gekommen, es dir zu erzählen. So wahnsinnig wichtig ist die Sache ja auch wieder nicht.«

Vítor muß immer ein Lieblingsspielzeug haben. Und der schönste Zeitvertreib ist für ihn nun einmal, trockene Holzscheite in ein loderndes Feuer zu werfen. Wenn er vor seiner Reinkarnation ein Deutscher gewesen wäre, dann hätte er vermutlich voller Ergötzen Bücher auf den Scheiterhaufen vor dem Reichstag geworfen. Und wenn er vor seinem Leben als Deutscher etwa Inquisitor gewesen wäre, hätte er sich mit besonderer Vorliebe an der Verbrennung von Menschenfleisch delektiert. Sehen Sie sich nur an, was ihm der Folterknecht in wohldurchdachter Unschuld hinknallt:

»Es war dein bester Freund. Das muß doch etwas Einschneidendes gewesen sein!«

Jorge ist eine perfekte Muschel. Wenn es eine Sache gibt, die er beherrscht, dann ist es die, sich in sein Inneres zurückzuziehen.

»So einschneidend aber auch nicht«, gibt er zurück.

Helena lacht markerschütternd schrill auf, allerdings ohne jeglichen Glaubwürdigkeitsfaktor. Ihr Lachen ist so falsch wie der Totenschädel von Johannes dem Täufer im Alter von zwölf Jahren, der wohlbehütet als Reliquie in einem halben Dutzend mittelalterlicher Knochenhäuser aufbewahrt wird.

»Unglaublich. Ich höre die Geschichte zum ersten Mal.«

Der Täufer war ein interessanter Kerl. Ein ziemlicher Galgenvogel. Habe ich Ihnen schon erzählt, daß er mir während meiner Ausbildungszeit über den Weg lief? Er hatte eine richtige Löwenmähne. Keine Ahnung, was Salome in ihm sah. Ich schwöre Ihnen, mit abgeschnittenem Kopf sah er viel vorteilhafter aus.

Vítor blickt Jorge mit verständnisvoller Miene an: die Technik eines feinen Psychologen, eines Mannes, der das Leben nimmt, wie es kommt. Den kann nichts aus der Bahn werfen:

»Er war dein bester Freund. Wieso streitest du das ab?«

Jorge möchte keinesfalls die Waffen strecken. Einen Augenblick lang denkt er: *Es wird schon nicht das Ende der Welt sein, wenn ich antworte.* Irrtum. Er möchte ja gar nicht antworten. Er hat nicht die geringste Lust, ein persönliches Geheimnis preiszugeben. Selbst als gescheiterter Architekt, gescheiterter Gatte, gescheiterter Vater und gescheiterter Mann hat man doch bitte sein Recht auf ein Mindestmaß an Privatleben.

Auf ein Mindestmaß.

»Und wenn schon?« brummt er, »was heißt schon *bester Freund* mit vierzehn?«

Vítor macht große Heiligenstandbildaugen, so als würde ihn das mangelnde Vertrauen eines guten Freundes schockieren. *Nach allem, was wir gemeinsam durchgemacht haben, stößt du mich jetzt so vor den Kopf?*

»Ich verstehe nicht, wo dein Problem liegt, Jorge. Uns kannst du es doch sagen. Mir. Und Helena.«

Jorge steigert sich künstlich in seine private Hysterie hinein. Hineinsteigern ist eine der Goldenen Regeln bei der Flucht nach vorne.

»Ich habe absolut kein Problem. Nur ihr seht hier ein Problem.«

Und wenn ich ein Problem hätte, ginge da die Welt unter?

möchte er hinzufügen. Nein, die Welt geht nicht unter, wenn du ein Problem hast. Die Welt geht erst in ein paar Viertelstunden unter. Egal, ob mit oder ohne deinem Problem. Es könnte ein symbolisches Ende werden oder ein reales. Auf jeden Fall sollte es, selbst wenn es bloß ein symbolisches Ende ist, zusätzlich hübsch real werden. Eine Erneuerung der Energien. Eine Klärung der Gewässer. Eine ordentliche Sintflut wie in der Bibel. Was auch immer kommt, die Köpfe werden rollen.

Jorges Denkweise ist originell. Seinen Scharfsinn hat er mit Johannes dem Täufer gemeinsam. Jorge, spürst du nicht zufällig einen sanften Luftzug, dort am Hals, ganz nahe bei deinem Adamsapfel? Adam, nun, Adam, das ist ein anderer Bruder Lustig. Was ich Ihnen für Geschichten erzählen könnte, wenn ich Zeit hätte! Eine über Jorge gefällig? Dieser Mann hat einen geheimen Traum: eine Architektur für das 21. Jahrhundert. Sein Traum ist klarerweise etwas lügensüchtig, etwas größenwahnsinnig und etwas schwachsinnig. Aber die Leute seines Kalibers – ich meine die Frustprofis – sind eben so.

»Begreifst du nun, was ich durchmache, Vítor?« steigert Helena sich um eine weitere Oktave, wofür sie sich auf ihre Hinterbeine gestellt hat. »Er macht ständig aus seinem Herzen eine Mördergrube.«

Und auch beim Versuch, ironisch zu sein, erweist sie sich als ziemlich talentfrei:

»Ich bin mit der Berliner Mauer verheiratet.«

Vítor wiegt die Metapher hin und her. Er wägt ab, ob er darauf reagieren soll, ob er sie für seine Zwecke nutzen kann. Er kann und er wird. Wieso auch nicht?

»Ein ganz schön bösartiger Vergleich, Helena! Die Berliner Mauer ist schließlich zusammengebrochen.«

Sie zuckt wortlos mit den Achseln und trinkt ihr Glas in einem Zug aus. Nicht ihr Glas, den Inhalt ihres Glases. Mein Gott diese Menschensprache. Die ist. Ein Irrsinn.

Vítor versucht sich weiter als Anwalt eines armen Teufels:

»Es ist doch verständlich, wenn Jorge bei einigen Themen reserviert ist«, sagt er und setzt genial hinzu: »Wir Männer sind eben so.«

Helena öffnet ungläubig den Mund, aber da dringt kein Laut aus ihrem Kopf. Selbiger rotiert um dreihundertsechzig Grad – wie in einem Horrorfilm.

»Also bitte Vítor. *Wir Männer sind eben so.* Eine blödere Entschuldigung hättest du dir auch nicht einfallen lassen können.«

Vítor lächelt.

»Ich habe nur versucht, die Wogen zu glätten«, gibt er zu. »Will nichts gesagt haben.«

Und, es ist unglaublich, der Kerl mimt das Unschuldslamm, tut so, als würde hier das falsche Schwein geschlachtet, tut, als wollte er sich für den Lapsus entschuldigen. Ungeheures Talent, dieser Vítor. Ein widerlicher Bastard, aber mit unglaublichem Talent.

Das Muttertier in Helena wird ganz weich, als sie das Witzchen ihres kleinen Jungen hört. Pedro ist noch immer nicht aufgetaucht, also muß der Vater an seine Stelle treten. Und das soll der berühmte weibliche Instinkt sein? So leicht abzulenken auf ein minderwertiges Ersatzobjekt? Die Eulenmutter ist so kurzsichtig, daß sie durch einen Stofflappen zufriedengestellt wird und trautes Heim spielt?

Helena geht zu Vítor hinüber. Sie streicht ihm über das Haar.

»Du wolltest immer schon der Anwalt des Teufels sein.«

»Anwalt des Teufels, müßte ich mir überlegen. Da würde ich mich zuerst erkundigen, was er verbrochen hat.«

Wahnsinnig geistreich, die beiden. Was für ein wunderbares Pärchen würden sie abgeben! Findest du das nicht auch, Jorge? Wenn nicht, dann sag es ihnen doch endlich, Mann. Schrei es doch einfach hinaus! Schlag mit der Faust auf den

Tisch! Zeig, daß es kein Zufall ist, daß dort, wo der Bauch seinen Namen verliert, stets griffbereit eine Gummiwurst baumelt, flankiert von zwei grimmigen lederhäutigen Wachteleiern. Sei ein Mann, verflucht nochmal!

Sei ein Mann – du hast ausreichend Zeit, solange sie sich noch miteinander beschäftigen. Komm schon, keine Angst. Nütze die Gelegenheit: Sie wenden dir den Rücken zu!

»Pedro ist genau wie du«, sagt Helena, während sie Vítors Kopf streichelt. Liebevoll, mit ihrer warmen Hand, nimmt sie ihm das Glas aus der seinen. »Möchtest du noch?«

Vítor wirft den Kopf in den Nacken. Schau dir doch seine Kehle an, Jorge! Bettelt sie nicht förmlich darum, aufgeschlitzt zu werden? Schau dir diese Kehle an. Jorge! Sag bloß, sie gefällt dir nicht.

»Einen kleinen Schluck, danke«, nimmt Vítor das Angebot an.

Helena begibt sich in die Küche. Die beiden Helden sitzen einander schweigend gegenüber.

In der Küche beschäftigt sich Helena mit dem Sinn des Lebens, respektive mit dem Lammbraten. Sie kontrolliert das Backrohr und stellt es ein paar Stufen höher. Dabei denkt sie an Pedro. Sie hofft, daß er Sofia mitbringt. Schließt die Augen und schickt ein großes Stoßgebet gen Himmel. Sie wünscht sich, daß er ein glücklicher Mensch wird, trotz all seiner Schwierigkeiten. Daß er einmal anders wird als Jorge und sie. Daß er ein zufriedenes Leben führt. *Ist das zuviel verlangt?* fragt sie in die Leere. Die Leere, in die Helena hineinfragt, existiert nicht, denn es gibt keinen Gott mehr. Und ich bin ein schwächlicher und perverser Stellvertreter, wenn ich an den Ort dieser Leere ein Vakuum mit kleinem *v* am Wortbeginn setze. Die Antwort auf Helenas Frage wäre: ja, sicher. Ja, Helena, das ist zu viel verlangt. Die Papiere sind schon ausgefüllt, die Zukunft bereits festgeschrieben. Erst wenn eine Stelle frei wird, kann man sie nachbesetzen. Wie auch immer, ich werde sehen, was sich machen läßt, aber große Hoffnungen möchte ich nicht erwecken. Ich bin ein kleiner Beamter. Vielleicht glaubst du mir nicht, gut. Aber ich schwöre, die Regeln legen andere fest. Das wäre ja auch der helle Wahnsinn, wenn jeder seine eigenen Regeln festlegen könnte! Es würde nur noch Happy-Ends geben. Und das wäre – Helena, das mußt du doch zugeben – das wäre doch ziemlich uninteressant, oder?

Als sie mit dem Glas zurückkommt, sind die beiden Männer ganz in ihren Gedanken versunken. Vítor bedankt sich, nimmt einen kleinen Schluck, gerade genug, um die Lippen und die Stimmbänder zu befeuchten und sie wieder in Gang zu setzen.

»Jorge, jetzt mach doch nicht so ein gequältes Gesicht.«

Eisiges Schweigen von Jorge. Vítor:

»Denk einfach nicht mehr daran.«

Jorge spielt den in die Arbeit Vertieften. Er hebt den Kopf nur, soweit es nötig ist, um den anderen von der Seite anblicken zu können. Dann sagt er mit einer gewissen Unverfrorenheit:

»Woran?«

Vítor erhebt die Hände, wie ein Westernheld, der sich ergeben will.

»Das war nur ein Witz, Jorge. Will nichts gesagt haben.«

Er hat's aber trotzdem gesagt. Das ist ja auch eines der Hauptprobleme. Mir ist noch nicht ganz klar, ob Vítors Anwesenheit für Jorge von Vorteil ist oder nicht. Auf der einen Seite ist das Zusammensein für mehr als vier Sekunden mit einem derart zynischen Menschen dazu geeignet, jeden beliebigen in die Depression, in den Alkohol, in die Drogensucht und am Ende in den Selbstmord zu treiben. Auf der anderen Seite ist Jorge auf seinem persönlichen Weg in den Selbstmord ja ziemlich weit fortgeschritten. Es ist kaum vorstellbar, daß ihm die Anwesenheit von Vítor noch besonders schaden könnte. Jedenfalls sind Jorge und Helena nicht alleine. Ich habe diese schmerzvolle Wahl schon getroffen. Besser in schlechter Gesellschaft als alleine. Vítor bleibt! Wenn jemand rausgeht, dann Jorge. Um frische Luft zu schöpfen.

Vítor versprüht sein Gift:

»Jetzt sag nicht, du bist schon so wie Helena. Pedro amüsiert sich wahrscheinlich irgendwo glänzend und hat auf die Zeit vergessen. Das ist normal. In seinem Alter hab ich das gleiche getan.«

Jorge befindet sich in einer akrobatischen, verzwickten Haltung, den Kopf eingetaucht in sein Glas, die Nase schwimmt in einem See von Whisky. Melde keine besonderen Vorkommnisse, bedeutet das. Einfach, weil sich die Eisstücke noch nicht ganz aufgelöst haben, riskiert er, mit dem Kopf an einen Eisberg zu stoßen.

»Nein, das ist es nicht«, sagt er. »Ich habe nur nachgedacht.«

Helena fährt dazwischen:

»Jorge ist wegen dem Projekt beunruhigt. Wenn Jorge beunruhigt ist, dann liegt es immer am Projekt.«

Vítor hakt ein:

»Ah, genau, das Projekt! Das berühmte Projekt! Ich muß gestehen, ich bin neugierig. Das berühmte Projekt für das dritte Jahrtausend! Muß schon eine tolle Sache sein ...«

Er lächelt Jorge erwartungsvoll an. Ein richtiger Mann würde sich eine solche Frechheit niemals gefallen lassen. Aber mit einem richtigen Mann hat Jorge rein gar nichts am Hut. Wenn er zwischen einer unbedarften Antwort und dem Schweigen wählen kann, entscheidet sich einer wie Jorge immer für letzteres. Meines Erachtens eine äußerst zweifelhafte Methode. Aber wer bin ich schon, um Kritik zu äußern?

»Willst du uns nicht etwas über dein Projekt erzählen?« stellt sich Vítor zur Disposition. Ganz rollengemäß, das macht er wirklich gut. Wie ich gerade gesagt habe, wer bin ich schon, um Kritik zu äußern?

Helena wirft noch mehr Steine aus ihrem Glashaus.

»Laß es, Vítor.« Sie zieht ein verächtliches Gesicht. »Es hat keinen Sinn. Du kennst ihn doch. Nicht einmal mit mir spricht er über solche Dinge.«

Und sie geht wieder ab in die Lamm- oder Hammelküche.

Sieht nicht gut aus für Jorge. Bitte, sag irgend etwas. Wenn nicht für dich, dann wenigstens für mich! Komm schon.

Jorge hört die Stimme der Vernunft. Die Stimme der Vernunft, das bin ich. Und die Stimme der Vernunft sagt:

»Es ist nicht besonders aufregend. Wenn du möchtest, erläutere ich es dir, Vítor, aber ich glaube, es ist genauso, wie du sagst. Es handelt sich um ein Projekt wie jedes andere.«

Er trinkt einen Schluck. Einen imaginären Schluck, denn sein Glas ist schon wieder leer. Aber weil Jorge nicht völlig phantasielos ist, zeigt der Phantasieschluck Wirkung. Es ist ein doppelter Bourbon, der im Hals brennt und eine direkte Adrenalinbotschaft ins Gehirn jagt:

»Und vermutlich wird es das gleiche Schicksal erleiden wie jedes andere«, fügt er hinzu.

Das gleiche Schicksal wie jedes andere? Jorges Karriere erinnert an einen Elefantenfriedhof. Der spektakulärste Auftrag, den er in all den Jahren ans Land gezogen hatte, war die Planung eines sozialen Wohnviertels in einer Provinzstadt. Das Viertel wurde tatsächlich errichtet, doch zu Jorges Schrecken wurden die Einzelhäuser ihren zukünftigen Eigentümern noch während des Bauvorganges übergeben. Und die Bewohner, die sich plötzlich als Besitzer und Herren sahen, hatten für das ästhetische Ensemble, das sich Jorge erträumt hatte, wenig Verständnis. Bevor Jorge bis drei zählen konnte, hatten nämlich alle die kleinen Häuschen eine neue Brüstung oder eine Marquise verpaßt bekommen, oder die Fenster waren mit den Kacheln aus dem Bad umrahmt worden. Die impotenten und verqueren Gehirne dieser Menschen hatten für das Jorgesche Genie absolut nichts übrig und schmückten das soziale Wohnviertel munter nach ihrem Geschmack aus.

»Jorge«, entrüstet sich Vítor, »ich hab' doch nur Spaß gemacht. Jetzt sag bloß, du hast das ernst genommen?«

Er forscht im Gesichtsausdruck seines Gegenübers. Obwohl dessen Miene nichts als völlige Abwesenheit zeigt, ergänzt Vítor mit übertriebenem Tonfall:

»Er hat es doch tatsächlich ernst genommen! Mein Gott. Hat er es doch tatsächlich ernst genommen!« Er dreht sich zu Helena um. »Jorge hat meinen Witz ernst genommen. Jetzt haben wir die Bescherung!«

Helena, die gerade wieder hereinschneit, hat keine Ahnung, worüber sie sprechen.

»Worüber sprichst du, Vítor?« Sie wendet sich an Jorge. »Worüber sprecht ihr?«

Anstelle einer Antwort zieht Jorge eine Miene. *Wir haben über gar nichts gesprochen*, sagt diese Miene. Dabei könnte er sie wirklich ersatzlos streichen. Jedenfalls würde ich das an seiner Statt tun. Aber dieser Meister des Überflüssigen verbalisiert auch noch, was sein Gesicht ohnehin klar widerspiegelt:

»Nichts.«

Vítor liebt es, Jorge auf die Pelle zu rücken. Fast würde ich mich trauen zu sagen, daß das sein Daseinsgrund ist, aber das würde nicht der Wahrheit entsprechen, und ich möchte mir doch, heute zumindest, an diesem so besonderen Abend, Mühe geben, nur die Wahrheit zu sagen – die Wahrheit, auf die Sie ja ein Recht haben. Und diese Wahrheit ist: Kein Mensch tut etwas ohne triftigen Grund.

»Nein, nun bin ich aber beunruhigt. Es ist nur das, Helena. Als du draußen gewesen bist, habe ich mich über etwas lustig gemacht, und offenbar hat Jorge es in die falsche Kehle gekriegt.«

Es erwischt immer den, der gerade zufällig da ist. Das Opfer ist genau derjenige, der unvermutet an der Reihe ist im Roulette der Dinge. Vítor quält Jorge, aber das ist nichts Persönliches. Technisch gesprochen hat er ja gar nichts gegen ihn. Ganz einfach: Würde es nicht Jorge treffen, würde es eben jemand anderen treffen.

Helena will es ganz genau wissen:

»Was heißt *lustig gemacht*, Jorge?«

Dieser windet sich:

»Nichts. Gar nichts war.«

Vítor beißt sich auf die Lippe, er kann einfach nicht anders.

»Es war sehr unbedacht von meiner Seite«, heizt er die Stimmung weiter an. »Ich habe Jorge gesagt, wenn sein Projekt wie all die anderen ist, dann wird es das gleiche Schicksal haben wie die anderen.«

Helena findet den Witz gar nicht übel:

»Vítor! Das hast du doch nicht wirklich gesagt! Du Gauner!«

Der Tonfall ihrer Rüge klingt falsch wie ein Wahlversprechen. Vítor gefällt das. Helena ist eine gute Frau, denn sie ist gut zu ihm. Ein flüchtiger Nostalgietropfen erscheint in seinen Augen. Warum haben sie sich getrennt? Hätten sie nicht doch zusammenbleiben können, *für immer*, ganz wie im Märchen? Vítor denkt diesen Gedanken nicht zu Ende. Es ist lediglich ein Aufblitzen. Vor solchen Schwächen war selbst ein Jack the Ripper nicht gefeit. Aber falls Vítor keine Erinnerung mehr daran hat, wieso er sich von Helena getrennt hat, ist es mir ein Vergnügen, es ihm zu erklären. Und zwar ganz ohne Gegenleistung: Sie haben sich getrennt, weil sie nie so richtig zusammen waren, sie haben sich getrennt, weil er nicht gerade ein Nobelpreiskandidat für Treue war, sie haben sich getrennt, weil man sich nicht auf ihn verlassen konnte, weil, weil … Es ist zwecklos, solche Aufzählungen fortzusetzen. Die kleine Gefühlskrise liegt schon lange hinter ihm, übrigens wie immer, der Mann ist schon wieder bei einer ganz anderen Sache. Und zwar bei seinem Ego. Die schwierige Kunst, seinen Nächsten fertigzumachen. Aber wer bin ich schon, um Kritik zu äußern?

»Es war unhöflich von mir«, sagt er und schüttelt eifrig den Kopf, »entschuldige, Jorge.«

Und jetzt vollbringt Helena das Unmögliche. Ich traue meinen Augen nicht. Ich weiß nicht ob ich recht sehe. Sie erhebt sich und ... und sie begibt sich zu Jorge. Zärtlich streicht sie ihm über den Kopf.

»Oh, mein armer Jorge«, sagt sie, als würde sie mit einem Kind sprechen. »Hat er dir sehr weh getan, mein Kleiner? Vítor war bös, hmmm?«

Sie macht sich lustig. Und mich hätte sie auch beinahe reingelegt. Wenn ich einen Kopf hätte, dann würde ich mir jetzt eine Ohrfeige geben. Ich bin über das Alter hinaus, in dem man auf so primitive Menschentricks hereinfällt. Ich bin schon seit Jahrhunderten in diesem Geschäft. Mich kann im Prinzip nichts mehr überraschen. Es ist trotzdem demütigend. Ich weiß, bald wird der letzte Hebel gezogen, und ich werde einer von denen sein, die ihn ziehen, ich weiß, daß es keine Zukunft gibt, falls es jemand noch nicht verstanden haben sollte, kann ich es von mir aus auf Englisch sagen, *there is no future*, aber es ist trotzdem demütigend.

Und Vítor, der Mann mit den heiligen Äuglein, gebärdet sich nebenbei als Akrobat und tadelt sich selbst:

»Ich hätte es wissen müssen. Man darf nie mit den Träumen der anderen spielen.«

»Diese Sache mit dem Projekt ist in letzter Zeit eher ein Alptraum als ein Traum«, korrigiert Helena.

Es ist klar, daß sie niemals Vítor die Schuld geben würde. Im Nu läßt sie Jorge los. Würde er auf ihrem Schoß sitzen, würde er der Länge nach auf den Boden stürzen. Vítor hat nicht genügend Geschick oder Lust, ein genüßliches Lächeln zu verbergen. O Mann, das geht sogar mir an die Nieren.

»Das ist völlig normal«, sagt er.

Und hat damit recht. Der Verfall der Körper ist ein natürlicher Zustand, erstrebenswert sogar. Ohne Verfall würde es kein Leben geben. Ohne Alpträume würde es keine Träume geben. Und Träume werden oft zu Alpträumen, sobald sie in Erfüllung gehen.

Helena möchte irgend etwas mit den Händen sagen, aber es will ihr nicht gelingen. Die Hände, mager, das Blaue der hervortretenden Venen scharf abgehoben gegen die blasse Haut, werden kraftlos, schweben im Leeren.

»Er hätte die Sache ja längst abschließen können. Er kannte ja den Termin seit Wochen. Aber er hebt sich alles für den letzten Tag auf.« Wie wahr! Der letzte Tag neigt sich dem Ende zu und Jorge denkt nur an die Schimäre, sein städtebauliches Projekt angenommen zu sehen. Wozu es jedoch nicht kommen wird:

a) Weil es bessere Projekte gibt als seines.
b) Weil es Architekten gibt, die bessere Kontakte haben als er.
c) Weil die Welt in, hmm, sagen wir zwei Stunden und ein paar Zerquetschten, untergeht.

»Ist das wahr, Jorge?« will Vítor wissen. Ja, es ist wahr. Das hätte ich ihm gleich sagen können. Was kann ich schon tun, außer die Wahrheit zu sagen? Lügen verliert seinen ganzen Witz, wenn diese Amateure beginnen, es uns Profis nachzumachen.

Jorges Backen hängen runter wie die eines ausgedienten Schweißhundes:

»Was soll ich dazu sagen? Ja, es ist wahr. Aber ich habe es Helena angekündigt.«

Helena kneift die Augen zu einer Maske forcierter Begriffsstützigkeit:

»Angekündigt?«

Jorge blickt sie an.

»Du kannst dich nicht mehr erinnern. Als wir uns kennengelernt haben, warnte ich dich, daß ich unerträglich bin.«

Als sie sich kennengelernt haben? Wenn die Leute sich kennenlernen und sich eventuell zueinander hingezogen fühlen und vielleicht auch noch zusammenkommen, dann sind sie erst einmal gar nicht in der Lage, die ganze Tragweite von diversen recht melodramatischen Äußerungen zu begreifen. Damals hätte Jorge seiner Helena auch gestehen können, daß er nebenbei Kannibalismus mit achtjährigen Kindern praktizierte. Kein Problem. Seine Äußerung wäre schlicht einem sanften Blick begegnet, halb trunken von der Vorwegnahme des nächsten Kusses und dem magisch mit einem Lächeln in die Luft gehauchten Satz: *Es macht nichts, ich mag dich genauso wie du bist.*

»Und du glaubst, diese Ankündigung entschuldigt alles?« fragt Helena nun, viele Jahrtausende später, das längst erkaltete verdorbene Essen auf dem Teller. »Wie du mich behandelst? Den Schlendrian? Die Verachtung?«

»Helena«, ruft Vítor, der sich zum Schuldigen machen will. »Mir scheint, es ist nicht sehr passend, daß du so etwas in meiner Gegenwart sagst.«

Und das stimmt ja auch, es ist wirklich nicht passend. Ein Paar sollte seine Schmutzwäsche niemals vor Fremden waschen. So recht Helena auch hat, sie mißbraucht das Recht, prescht zu weit vor und beraubt sich dadurch des Vorteils. Natürlich ist es leichter gesagt als getan. In der Praxis sieht es nämlich so aus, daß Menschenpaare in den meisten Fällen die Schmutzwäsche in aller Öffentlichkeit auswringen.

Helena pariert mit einem tollen Argument:

»Wieso nicht? Immerhin gehörst du auch zur Familie.«

Sie reklamiert auf etwas gewaltsame Art die Aufnahme von Vítor in ihren Familienkreis.

»Ich weiß nicht, ob Jorge das auch findet«, sagt Vítor.

»Wieso fragst du ihn nicht selbst?« ätzt Helena.

Die beiden schauen Jorge an. Der fühlt, wie sich die Blicke in ihm bündeln. Wenn noch weitere Augen in diesem Raum wären, stellt sich Jorge vor, dann würden sie ebenfalls in einem einzigen Fluchtpunkt konvergieren: in ihm. Fluchtpunkt ist ein guter Ausdruck. Hier handelt es sich viel eher um einen flüchtenden Punkt als um einen Fluchtpunkt. Jorge fühlt sich ziemlich mies, wenn man ihn auf diese Art anschaut. Überhaupt hat er Blicke nie gemocht. Es ist entsetzlich, feststellen zu müssen, daß einige Dinge sich auch im Alter nicht ändern, selbst bei einem – wie man annehmen sollte – reifen Mann. Der kann eine bösartige Pubertitis wie diese haben. Das heißt, entsetzlich ist es nicht, aber Jorge ist entsetzt. Man wartet mit Spannung auf seine Reaktion.

Nun gut. Es ist klar. Offensichtlich. Der Mann ist erschöpft. Der Mann möchte sterben. Da ist er aber an den falschen geraten. Der Mann stirbt erst dann, wenn ich ihn lasse. Nicht jetzt, nicht alleine, so wie er sich das vorstellt, das wäre zu einfach. Später. Im gleichen Moment wie all die übrigen. Schön brav miteinander, als Garnierung der Abschiedsfeier dieser Menschheit.

»Du bist Pedros Vater », murmelt Jorge, »was soll ich dir also antworten?«

Es ist nicht leicht, so kategorisch zu sein. Nicht für einen Menschen wie Jorge, der immer alles verkompliziert, bei dem Denken und Tun, Gedanken und Worte auf den allerverschlungensten Trampelpfaden zueinanderfinden müssen. Außerdem ist Jorge müde.

»Ja, aber du hast ihn aufgezogen«, gibt Vítor zurück. Und er zwinkert ihm treuherzig zu: Vorher bist du reingefallen, aber jetzt ist es mein voller Ernst. »Ich weiß, du hältst mich für einen schlechten Vater. Und damit hast du auch recht. Du hast tolle Arbeit geleistet und ich bewundere dich dafür. Ich weiß, daß ich ziemlich egoistisch bin. Widersprich jetzt bitte nicht. Es ist die reinste Wahrheit.«

Der vorletzte Satz ist rhetorisch. Jorge hätte niemals widersprochen. Doch eines der Ziele von Vítor, nämlich das Gericht von seiner Unschuld zu überzeugen, wurde verfehlt. Wenn das Hauptziel auch ein anderes war: die Verwandlung von Helena in einen Pitbull, der sich systematisch in die Fersen von Jorge verbeißt.

»Auf dem Gebiet des Egoismus schlägt uns Jorge in allen Punkten«, sagt sie. Ich hätte auch sagen können *keift sie* oder *speit sie Gift und Galle*, aber ich bevorzuge, mir diese Ausdrücke für eine passendere Gelegenheit aufzusparen. Für eine Gelegenheit, in der sie so richtig Gift und Galle spuckt. Lang kann es ja nicht mehr dauern.

»Nein«, gesteht Vítor. »Mir ist bewußt, daß ich ein Egoist bin. Das gebe ich unumwunden zu. Ich habe Pedro sehr gerne, aber ich weiß, daß ich mich nicht besonders um ihn gekümmert habe.«

»So kann man das ausdrücken«, pflichtet Jorge bei, »du hast dich nicht besonders um ihn gekümmert.«

»Das stimmt nicht, Vítor. Immerhin besucht Pedro diese Schule dank deines Geldes.«

Kann man Helena beschuldigen? Sicherlich kann man das. Nein, ich witzle nur. Ich bin überzeugt davon, daß man Helena absolut keine Schuld geben kann. Nicht, bevor man weiß, was sie so verbittert gemacht hat, so gierig danach, den Gatten der Lächerlichkeit preiszugeben. Beachten Sie bitte vor allem die mütterliche Strenge, mit der sie Jorge anblickt. Wenn Mütterlichkeit zur Natur der Frauen gehört, dann schlucke ich das ja noch. Aber gehört es auch zu ihrer Natur, wenn sie Angewohnheiten von Klostermüttern annehmen? Helena ist nämlich auf dem richtigen Weg dazu:

»Die Monatszahlungen hätten wir nie geschafft, nicht in tausend Jahren.«

Sie übertreibt natürlich. Selbstredend hätten sie es geschafft. Es ist eine besondere Schule, die Pedro besucht, ein sozialer Luxus, und nur eine kleine Minderheit kommt in den Genuß der Produkte, die dort angeboten werden. Aber gar so teuer ist der Spaß nun auch wieder nicht. Und selbst wenn es ihn das Augenlicht gekostet hätte – Jorge hätte seinen Teil ohne mit der Wimper zu zucken beigesteuert. Das gleiche gilt für Helena. Ich will nicht unfair sein und ihr unterstellen, daß sie das nicht täte.

»Gut, ich tue mein Bestes.« Wie bescheiden, dieser Vítor! Er täuscht sich jedoch: Er tut nicht sein Bestes. Das Beste wäre gewesen, Helena nicht zu verlassen, sich nicht von ihr zu trennen, sie nicht alleine zu lassen mit der ausschließlichen Verantwortung für die Erziehung eines Kindes. Noch dazu eines »besonderen« Kindes, eines mit einem ungewöhnlichen Knochenleiden. Die Auguren im weißen Kittel hatten dem kleinen Pedro von Haus aus nur eine kurze Lebensbahn prophezeit.

Helena spürt einen kalten Schauer. Und sie artikuliert die Kälte, in der sinnlosen Hoffnung, sie dadurch zu verjagen:

»Aber wo treibt sich der Junge nur herum? Ich verstehe nicht, was ihn so lange aufhalten könnte.«

Sie reibt sich die Arme.

»Das ist sonst nicht seine Art. Glaubt ihr, daß etwas passiert ist?«

Vítor hat das richtige, das tröstende Wort.

»In seinem Alter hast du dich auch verspätet«, lächelt er verschlagen und legt seine Hand auf jene von Helena, »und ich weiß, wieso.«

Helena erinnert sich plötzlich an die Zeit, als sie ein Rockmädchen war. Ein frischer Wind bläst ihr unter den Rock, bauscht ihn zu einem runden Ballon über ihrem Bauch. Wie alt war sie? Wie lange ist das her? War es schön? Es war schön, es war sicher schön, Helena weiß genau, daß es schön war. Es muß sozusagen schön gewesen sein. Es wäre schrecklich, wenn es nicht schön gewesen wäre. Es wäre eine Riesenzeitverschwendung. Also war es entschiedenermaßen *schön*. Helena weiß es. Und Vítor weiß es auch, glaubt sie. Auch er weiß es. Er hat die Pflicht, es zu wissen. Weiß er es?

Oder vielleicht doch nicht? Er weiß es, bestimmt! Bombensicher.

Jorge nützt den Moment, um sich seine Jacke überzuwerfen.

Helena erwacht aus ihrer Trance, stellt ihn zur Rede:

»Wo gedenkst du hinzugehen?«

Jorge gibt die Anti-Antwort par excellence:

»Zigaretten kaufen.«

Es sind die berühmtesten letzten Männerworte. Wie viele Gatten sind ihren Gattinnen nach diesem harmlosen Satz nicht abhanden gekommen? Alles was bleibt, ist der Zweifel über die Zigarettenmarken, die sie kaufen wollten – falls sie sie je kauften: mit Filter, ohne Filter, light, ultralight, normal? *Er ging Zigaretten kaufen und kehrte erst nach zwanzig Jahren wieder zurück.* Wird Jorge nun endgültig abhanden kommen? Ich frage mich gerade, ob ich ihm nachgehen soll. Und Vítor, der immer schnell schaltet, denkt das gleiche.

Er löst die Hand von Helena:

»Warte. Ich komme mit dir.«

»Nein«, antwortet Jorge trocken, »bleib doch, und leiste Helena Gesellschaft.«

Es wäre extrem unerfreulich für mich, wenn Jorge beschlossen hätte, da draußen irgendeinen Blödsinn zu machen. Vielleicht werde ich ihm wirklich folgen müssen. Es ist klar, daß es zwei Möglichkeiten gibt: Entweder er versucht sich aufzuhängen. Oder er will aus dem Fenster springen – vielleicht aus einem der Fenster dieser Wohnung hier. Vielleicht von dem des Nebenzimmers. Das Nebenzimmer blickt auf einen Innenhof, und da geht es noch weiter runter als vorne auf der Straße: nämlich in ein tieferes Niveau, das in Kellerhöhe liegt. Ich weiß aus sicherer Quelle, daß Jorge mit dieser Idee schon einmal geliebäugelt hat, falls man mit einer solchen Idee guten Gewissens liebäugeln kann. Meine Grundregel: Vertraue keinem unter zweihundert. Ich weiß, wovon ich spreche. Wenn ich mir selbst nicht traue, wie kann ich da anderen vertrauen? Abgesehen davon, auf dieser Welt ist niemand vertrauenswürdig. Nicht einmal ein Toter. Jeder ist auf seine Art absolut unvorhersehbar. Ich werde das mit einem einfachen Beispiel illustrieren: Es ist wie ein Fußballmatch. Nach dem Schlußpfiff begründen die Kommentatoren das Resultat und sagen so Dinge wie *Der Sieg der Mannschaft B war vollständig verdient* oder *Die bessere Truppe setzte ihre Überlegenheit am Spielfeld auch in Tore um*. Aber sogar ein Fußballmatch, dessen Ausgang nicht so viele Möglichkeiten offenläßt – Niederlage, Remis oder Sieg –, ist absolut unvorhersehbar.

Und dieses Spiel hier ist noch vertrackter. Eine Niederlage kann in Wahrheit ein Sieg sein. Oder umgekehrt. Die Möglichkeiten sind fast unendlich. Nur Unentschieden gibt es keines. Nein, Unentschieden ist keines vorgesehen. Und, goldene Regel: Siege gibt es inzwischen auch keine mehr. Heute abend wird nur verloren. Der Meister und ich, wir legen heute Wert darauf, daß alle zur gleichen Zeit verlieren. Also bitte, Jorge, wohin willst du gehen?

Haltet ihn fest, sonst bringt er sich um!

5

Wie konnte mir das nur passieren? War einen Moment lang zerstreut, irgendwie verblüfft, weil Helena und Vítor auf einmal gar so zur Sache gingen, und schon habe ich die Spur von Jorge verloren. Wirklich nur einen Moment lang! Eine Zehntelsekunde lang abgelenkt durch die brutale Faktizität. Dabei war es vorauszusehen, daß die beiden übereinander herfallen würden, sobald er das Haus verließe. Daß sie *verschmelzen* würden in einem *langen heißen Kuß*, wie der Mensch bei dieser Gelegenheit zu sagen pflegt. Als ich dann endlich geschaltet hatte, war Senhor Jorge bereits durch das Treppenhaus entschwunden, zielstrebig seinem Schicksal entgegen: der nächsten Bar. So nebenbei spiele ich mit einem hoffnungsvollen Gedanken: ob er nicht einen Guten Engel auf der Schulter sitzen hat. Aber das macht natürlich keinen Sinn. Der allerletzte Gute Engel ist so ungefähr zur Zeit des letzten Jahrtausendwechsels dahingeschieden. Kürzestenfalls ist es nun schon fünf oder sechs Jahrhunderte her, daß die Welt ohne Gute Engel auskommt. Die Guten sind alle in eine andere Galaxie emigriert, sind im Troß des Anderen mitgezogen, im Troß dieses streunenden nomadischen Zuchtbullen, den die Menschen so gerne anbeten.

Ich eile meinem Helden nach. Unten auf der Straße angelangt, lasse ich den Blick nach links und rechts schweifen. Praktisch ausgestorben, null Bewegung. Der eine oder andere Alte, ein paar Vagabunden, hier und da ein Pärchen, das rasch nach Hause eilt. Einige Passanten werden von ihren unsichtbaren Würgeengeln begleitet, die ich mit diskretem Augenzwinkern grüße. Wir sind heute eine ganze Menge. Es sieht auf den ersten Blick nicht so aus – aber mit der bekannten Welt aufzuräumen, ist eine gigantische Operation.

Wenn Sie mich nach der persönlichen Meinung fragen: Ich finde die Sache irgendwie bedauerlich. So wie sich die Welt im Augenblick präsentiert, ist sie doch eine erstklassige Hölle! Außerdem ist es ja kein Verbrechen, schwermütig zu werden, wenn man einen Arbeitsplatz verlassen muß, an den man die eine oder andere schöne Erinnerung hat. Unter den Kollegen gibt es so manchen, der eher auf die massenmedialen Foltern steht, auf die Peinigungen des Theaters, auf kleine Massaker in Ländern mit exotisch klingenden Namen, auf mittelalterlich gestylte Foltern mit Eisen und Daumenschrauben oder auf solche mit Motorsägen. Ich muß gestehen, meine persönlichen Vorlieben sind da etwas weniger aufregend. Mir genügt das sanfte Knirschen eines Durchschnittstages, das schale Gefühl, das dem ganz banalen Otto Normalverbraucher sonntagnachmittags unter die Haut kriecht. Meine Auffassung von Hölle, ich gebe das gerne zu, ist nicht gerade spektakulär. Aber dafür scheint sie mir ausgereifter und unverfälschter zu sein. Es ist eine langsame, fein ausgeklügelte und heimtückische Hölle. Wie ein leichtes, aber unstillbares Jucken, ein zartes Brennen, ein Kribbeln zwischen den Leisten, das man nicht mehr wegkriegt. Ich liebe diese kleinen Qualen. Das ist doch zum Teufel nachvollziehbar? Ich liebe die brutalsanfte Abfolge der menschlichen Tage, alle verschieden, alle gleich. Mir ist schon klar, daß ich nur ein armer Teufel bin. Aber ich verstecke mich wenigstens nicht im Kleiderschrank. Wie auch immer die Machtverhältnisse zwischen Ihnen und mir sein mögen, nicht ich bin heute entscheidungsbefugt. Meine Aufgabe beschränkt sich lediglich auf die genaue Befolgung meiner Befehle. Und aus diesem Grund wird die Welt heute Mitternacht untergehen. Mag ja sein, daß wir an einem anderen Ort eine neue Welt aufbauen, eine grundsätzlich frische und neue Welt, vielleicht sogar eine Hölle ohne Menschen. Es wäre nicht das erste Mal. Obwohl es ja schade ist: Unterdessen hatte ich mich schon an Euch Menschen gewöhnt. Und ich werde euch vermissen.

Oh, du Scheiße, was kommt denn da aus mir heraus? Mir scheint, der Abschied macht mich noch sentimental.

Die meisten Menschen feiern das außergewöhnliche Datum im engsten Familienkreis, zurückgezogen in ihrem Haus oder in ihrer Wohnung – jedenfalls die, die Haus oder Wohnung besitzen. Das letzte Abendessen des Jahres, unter den Lieben, am späten Abend vielleicht noch ein Sprung auf die Straße. Andere sind schon im Schrebergärtchen und bereiten die Spanferkel vor für eine nette Feier. In der Luft hört man schon, wie der Champagner aus den viel zu früh geöffneten Flaschen prickelt. Ausgezeichnete Idee, die Champagnerflaschen bereits jetzt zu köpfen – denn nachher gibt es kein Nachher mehr. Und jene Flaschen, die unser Publikum nicht vor dem mitternächtlichen Glockenschlag in sich hineingeschüttet hat, die landen, so wie sie sind, auf dem Müllhaufen der Ewigkeit.

Jorge begibt sich ohne Zweifel in seine Stammkneipe, um jene Promille in sich reinzugießen, die laut meiner bescheidenen Meinung durchaus geeignet sind, ihn von innen her hübscher zu machen. Und wenn schon nicht hübscher im Sinn von menschlichen Schönheitsidealen, so wird er zumindest mir im Wesen ähnlicher. Ich selbst bin noch immer dabei, mit meiner Nachlässigkeit zu hadern, als mein Blick beim Überqueren der Straße unvermutet durch die Glasscheibe in ein Café fällt. Es ist ein Café, in dem die meisten Stühle schon auf die Tische gestülpt sind – ein Café, dessen Besitzer offenbar die Aussichten auf Gewinnmaximierung über den präsumtiven Lustgewinn einer Jahrtausendwendefeier stellt. Und raten Sie, wen ich durch die Scheibe erkenne!

»Pedro, sollten wir nicht los?«

Pedro und Sofia, klar. Ich lächle vor Glückseligkeit. Ich werfe einen schwärmerischen Blick zum Himmel empor. Danke, Meister. Da haben wir es ja. Der Meister läßt mich nicht im Stich. Selbst bei der enormen Arbeit, die er sich heute aufgehalst hat, denkt er an mich. Oh Meister, es ist das reinste Vergnügen, für Sie zu arbeiten! Die idealen Arbeitsbedingungen unterscheiden uns Berufsteufel am meisten von euch Menschen. In unserem Berufsalltag ist alles hübsch durchorganisiert. Und das beste dabei: Es fehlt uns an nichts. Mitglied unserer Organisation zu sein ist der Himmel, verglichen mit all dem Mafiascheiß, den die Intelligenteren unter Ihnen hier aufgebaut haben.

»Keine Panik. Vor neun Uhr essen wir nie.«

»Aber es ist doch schon neun.«

»Auch nicht schlimm.« Pedros Hand sucht die von Sofia. Er berührt sanft ihre Fingerspitzen. »Denk an was anderes.«

Sofia sieht nett aus. Jorge, du bist soeben einen Millimeter in meiner Achtung gestiegen. Mag ja sein, daß du ein Dummkopf bist, mag sein, daß du dich in ein Mädchen verliebt hast, das deine Tochter sein könnte, schlimmer noch, sie ist die Freundin deines Sohnes. Aber du hast wenigstens einen guten Geschmack. Jorge, mein Kumpel, laß dich umarmen dafür! Und verzage nicht, ich komme gleich zu dir rüber in die Bar. Ich lasse dich nicht alleine. Aber warte auch schön brav auf mich, liebes Kind!

»Meine einzige Sorge ist nur, daß sie sich um uns sorgen könnten.«

»Sie sind seltsame Leute. Sie vergessen immer, daß ich erwachsen bin.«

»Sie sind überhaupt nicht seltsam. Wenn sie sich Sorgen machen, ist das ganz normal. Sie mögen dich eben.«

Ich verstehe schon. Sofia ist vom Typ Diplomatin. So was muß es auch geben. Trotzdem mag ich sie. Ihr Anblick erfrischt. Erfrischt wie ein Eskimoeis.

»Ganz im Gegenteil«, antwortet Pedro, »deshalb machen sie sich ja Sorgen.«

Pedro ist auch kein Frankenstein. Wenn man von seinem Komplex, seinen Komplikationen, seiner Gestörtheit absieht, dann kann man an ihm viele attraktive Seiten entdecken. Er ist jung, er hat noch Zeit, um zu lernen. Besser gesagt, er hätte noch Zeit, um zu lernen. Wenn es noch Zeit gäbe.

»Sie glauben, ich kann mich nicht um mich selbst kümmern«, sagt Pedro, »sie glauben, ich komme nicht allein zurecht.«

Die Jugendlichen mit ihren Jugendproblemchen habe ich nie durchschaut. Wenn sich die Eltern zu wenig kümmern, beklagen sie sich. Wenn sich aber andererseits jemand ganz elternhaft um sie sorgt, ist es ihnen auch nicht recht. Dann schreien sie gleich, *Die Eltern erdrücken uns, lassen uns keine Luft, geben uns keinen Freiraum.* Oh du Menschenjugend, entscheide dich, zum Teufel!

Sofia trifft den richtigen Ton. Einen freundlichen:

»Sie haben eben unrecht.«

Pedro tut so, als würde er nicht hinhören. In seinem Fall ist das noch verzeihlich: Dieser Mensch ist jung. Hoffentlich wird kein Jorge aus ihm. Anlaß dafür gibt es eigentlich keinen. Jorges Gene schwirren glücklicherweise nicht in seinem Körper.

»Meiner Meinung nach haben sie eben unrecht«, sagt er schließlich. »Was meinst du dazu?«

Sofia hat ihre identische Meinung soeben kundgetan, aber sie wird sie gerne wiederholen. Zwanzig Jahre ist ein Alter, in dem man gewisse Dinge sehr oft wiederholen muß.

»Sage ich doch. Sie haben unrecht.«

Pedro berührt mit seinen Fingerspitzen wieder Sofias Hand, die zwischen zwei leeren Kaffeetassen einsam auf dem Tisch liegt. In einer der Tassen zeichnet sich die Ruine eines karamelisierten Zuckerstücks ab. Sie hat Zucker in ihren Kaffee getan, aber nicht umgerührt! Wie die alten fetten Tanten beim Kaffekränzchen. Sofia, du hast doch absolut keinen Grund, auf deine Linie zu achten! Aber wer bin ich schon, um ihr das zu sagen?

Sie tut wohl, die zarte Berührung, Finger an Finger. Die

Empfindsamkeit erwacht aus ihrem Winterschlaf, konzentriert sich in einem einzigen Punkt. Die Fingerspitzen erahnen alles: das Gewicht, die Hitze, das Pochen des Blutes. Sie erraten die Feuchtigkeit, die plötzlich mit der Erregung entsteht. Es ist eine gerechte und wohlverdiente Belohnung der Natur dafür, daß ein Mensch einem anderen außer sich selbst blind vertraut.

Man nennt es Liebe, und es ist von kurzer Dauer.

»Ich würde dich gerne vom Gegenteil überzeugen«, lächelt Pedro.

Sofia lacht.

»Wieso möchtest du mich vom Gegenteil überzeugen?«

»Du weißt doch, wieso.«

Die meisten glauben, Liebe währt ewig. Sie irren. Nichts währt immer. Auch die Liebe nicht. Zugegeben, Romeo und Julia sind aus Liebe gestorben. Sie haben geschworen, einander für immer zu lieben. Wären sie jedoch am Leben geblieben, dann hätten sie sich spätestens nach fünf Jahren scheiden lassen. Vor allem, wenn sie zu allem Überfluß ein oder zwei Kinder in die Welt gesetzt hätten.

»Nein, weiß ich nicht.« Das sagt Sofia. Aus Zeitvertreib, nur damit sie Pedro zum Sprechen bringt. Um die Stimme von Pedro zu hören. Damit das alte Spiel weitergeht.

»Heißt das, du bist der Meinung meiner Eltern?«

Es gibt keine ewige Liebe. Klar, ich gebe zu, ein Paar kann sich durchaus gerne haben und fünfzig Jahre zusammen sein. Aber nicht einmal so etwas ist ewige Liebe. In diesem Fall hat das Paar Glück gehabt, zu sterben, bevor seine Liebe gestorben ist. Wenn das Leben dieser uralten Liebenden verlängert würde, um, sagen wir, ein halbes Jahrhundert, dann würde die Geschichte anders ausgehen. Darauf verwette ich meine Krawatte.

»Pedro«, ruft Sofia aus, die rot geworden ist, und lacht.

»*Pedro*. Hast du nur das zu sagen?«

»Ich liebe dich.«

Und ich, ich nage mir bald den Unterarm ab vor Neid. Sofia lehnt sich über den Tisch. Man spürt beinahe, wie ihr warmer Körper über die Tassen gebeugt ist. Nun küßt sie ihn. Ein kleiner Mund, flauschig bauschige Lippen, die ideale Temperatur, achtunddreißig Grad Celsius. Ein leichtes Fieber hat den Lippen noch nie geschadet. Ihre Zunge schlüpft ganz flüchtig in den Mund des verdutzten Jungen. Zum Teufel, da beutelt es mich.

Diese seltsame menschliche Eigenart ist mir noch nie besonders attraktiv vorgekommen. Außer vielleicht in der Zeit des ersten Verliebtseins. Und das ist hier der Fall. Es ist der Trostpreis, der den Erdenbewohnern vom Meister übrig gelassen wurde, aus mir unbekannten Gründen. Es ist ein bißchen wie Karotten für die Esel. Opium für das Volk. Strategie eines Wahlkampfes, dessen Ideale dann kurzerhand wieder verraten werden. Das Individuum ist noch ganz benebelt von der Liebe – aber die Liebe selbst ist in diesem Moment bereits wieder zu Ende. Das Lustige dabei: Manche Menschen brauchen Jahre, um diesen Mechanismus zu durchschauen.

»Es ist so angenehm, wenn du mich berührst«, sagt Pedro. Eine zugegebenermaßen idiotische Äußerung, aber in seinem Mund klingt sie nicht übel. Bei manchen Gelegenheiten ist die halbautomatische Wiedergabe derartiger Blödheiten das beste, was man tun kann. Gut gebrüllt, Löwe! Aber laß die Milch nicht sauer werden! Trink sie sofort! Hofft nur nicht auf einen Reifungsprozeß der Liebe, ihr beiden! Es gibt keine Reifung auf dieser Welt, es gibt nur ewige Verdammnis und Verderbnis.

»Es ist auch mir angenehm«, antwortet Sofia. Die Frauen verstehen sich besser auf solche Antworten. Nicht daß sie irgendeine geheime Kraft besäßen. Sie wurden einfach von klein an weniger vehement kastriert als die Männer. Niemand hat ihnen ab ihrem fünften Lebensjahr eingebleut: *Jetzt halt endlich den Mund! Ein Mädchen weint nicht!*

Pedro ist vorübergehend eingesackt, leidet an melancholischem Seitenstechen:

»Ich denke, das ist wahre Liebe«, sagt er und schießt damit den Ball ins Aus, »ich meine, daß es bei uns beiden gefunkt hat.«

Sofia ist gescheit. Sie versucht, die Sache zurechtzubiegen und bringt den Ball wieder ins Spiel:

»Funken. Ein wunderbares Wort. Reimt sich auf *trunken.*«

Pedro zögert. Er fürchtet das Schlimmste. Mach jetzt bitte nicht alles kaputt, Pedro. Es dauert ohnehin nur kurz. Besonders in eurer momentanen Situation. Euch beiden bleiben weniger als zwei Stunden, um glücklich zu sein. Wenn du mir hilfst, Pedro, dann helfe ich dir auch. Mach jetzt bitte nicht alles kaputt.

»Und auf *unken* und *munken.*«

Uff! Danke, Pedro.

Die Leute haben über die Jahrhunderte hinweg geglaubt, daß wir böse sind. Sie haben von unseren Eigenschaften ein buntes Gemälde der Bosheit entworfen, weit weit entfernt von der Wahrheit. Schauen Sie nur, was ich zum Beispiel jetzt fühle: Ich bin beinahe gerührt. Das soll nicht heißen, ich würde auf meine alten Tage menschliche Gefühle entwickeln. Aber gleichgültig ist mir das alles nicht. Bitte kein Lachen im Publikum! Mir ist nicht zum Spaßen zumute. Schauen Sie die beiden nur an! Sie sehen aus wie zwei gezähmte, hübsche, niedliche Robben. Sie blicken einander tief in die Augen. Halten sich an den Händen.

Ach.

Sofia bricht den Zauber. Immer schön an die Realität geklammert bleiben! Das Laster einer verantwortungsvollen jungen Frau.

»Sag, wenn du glaubst, daß wir gehen sollten.«

»Warum bleiben wir nicht einfach für immer hier?«

Großer Applaus für Pedro. Ich nehme zurück, was ich über

ihn gesagt habe. Er ist nicht wie der Vater. Er ist nicht wie der Glatzkopf Jorge.

»Nette Idee«, sagt Sofia.

»Also bleiben wir.«

Für immer, werden sie sagen. Ich würde es ihnen auch raten. Wenn sie mir zuhören würden. Aber es ist jedesmal das gleiche. Auf uns Alte hört keiner. Übrigens ist es ihnen ja akustisch gar nicht möglich, mich zu hören. Früher konnte man, wenn sich einer von uns näherte, einen deutlichen Geruch von Schwefel wahrnehmen. Aber dieses kleine Problem wurde schon vor langer langer Zeit gelöst. Ich glaube, es geschah knapp vor oder während der Zeit meines Dienstantritts. Ein bißchen höllisches Deodorant wirkt wahre Wunder.

»So einfach ist das aber nicht«, sagt Sofia. Die Spielverderberin. Die Realistin. Die Pragmatikerin.

»Warum nicht?« Pedro. Der Beharrliche. Der Anti-Realist. Der Theoretiker.

Sofia lächelt verlegen. Beißt sich auf die Unterlippe. Man bemerkt gleich, daß sie gerne die Verlegene, die Verschämte spielt. Ihr selbst ist das nicht so bewußt. Aber ein bißchen Theater macht ihr Spaß.

»Deine Eltern werden sich Sorgen machen.«

Pedro tut sein Bestes, um Sofia zu beeindrucken:

»Und deine auch.«

Ach Sofia, hör doch bitte auf. Hol bitte nicht Luft. Du wirst nicht darauf antworten, ich weiß, du wirst nicht darauf eingehen. Bei allem was dir lieb ist, halt den Mund. Zerstöre jetzt nicht den Kristall der Liebe. Laß ihn nicht auf den Boden fallen. Schau doch, Kleine, einen zweiten Kristall gibt es nicht.

»Das ist was völlig anderes.«

Idiotin. Du dumme kleine Vollidiotin. Hast du in all deinen Lebensjahren nichts von mir gelernt? Wirklich! Schau doch, was du deinem Freund zuleide tust. Eine schöne Bescherung.

Wirf einen Blick auf ihn! Bei oberflächlicher Betrachtung würde keiner was bemerken. Aber du kannst ja lesen, oder etwa nicht? Sein Gesicht spricht Bände. Du hast ihn verletzt. Indem du dich auf sein Spiel eingelassen hast. Jetzt zieh mal schön die Notbremse. Denn die Phase des Selbstmitleids und der Zerstörung wird beginnen.

»Siehst du? Du selbst findest, daß es was anderes ist.«

Sofia, spürst du das gleiche wie ich? Fühlst du nicht, wie eine warme Woge von Mutlosigkeit über deinen Kopf schwappt? Geschieht dir ganz recht.

»Nein, das will ich doch nicht sagen. Es ist ganz anders weil ... weil sie nicht in der Stadt leben.« Sag ruhig, was du denkst, Mädchen. Nun kannst du gerne versuchen, den Schaden wieder gutzumachen, aber du wirst dabei kein Glück haben.

»Sie haben keine Ahnung von meinem Leben ... Als ob sie auf einem anderen Planeten wohnten.«

Pedro lächelt. Er lächelt mit einiger Bösartigkeit. Und ich lege Wert auf die Feststellung, daß nicht ich es bin, der ihn aufstachelt. Nicht ich habe das krankhafte Verlangen in ihm erweckt, seine Liebste zu verletzen. Ich bin zwar in abstraktem Sinne *böse*, aber ich bin lange nicht von Ihrem Schlag. Loben Sie mich nicht für etwas, wofür ich nichts kann: Wenn die Liebe mit eingebautem Selbstzerstörungsmechanismus daherkommt, dann ist das ein Fabrikationsfehler. Beschweren Sie sich also bei Ihrem Schöpfer und nicht bei Ihrem untersten Diener.

»Das gilt auch für meine Eltern.«

Sofia ist hartnäckiger als vermutet. Sie gibt nicht auf, sie glaubt noch immer, daß sie die Weltgeschichte umkehren kann. Ich mag das an Frauen.

»Leben sie auch nicht in der Stadt?« fragt sie lachend.

Pedro blickt zur Decke, verdreht die Augen. Welche Antwort möchte sie nur hören?

»Sie leben auf einem anderen Planeten«, erläutert er.

Sofia klammert sich an dieses neue Spiel. Vielleicht lenkt es das Kind Pedro vom anderen, gefährlicheren Spiel ab.

»Aber sie leben hier. Und du lebst mit ihnen zusammen.«

Pedro starrt weiterhin mit verdrehten Augen und offenem Mund zur Decke hinauf. Die Kellnerin, die schon gekehrt hat, was es zu kehren und aufgeräumt, was es aufzuräumen gab, blickt in seine Richtung, mit einem Ausdruck, der genausogut Mißmut wie Gleichgültigkeit bedeuten kann und auch die restliche Palette an Gefühlen und Ungefühlen mit einschließt. Vermutlich will sie einfach nur heimgehen. Wollen wir das nicht alle? Vermutlich ist sie so gelangweilt, weil sie kein Zuhause hat, wohin sie gehen könnte. Aber trifft das nicht auf alle Menschen zu? Keine Bange, Frau Kellnerin. Innerhalb kürzester Zeit wird Ihr Problem der Lösung zugeführt. Ich kann Ihnen garantieren, daß Ihr Problem, im Guten oder im Bösen, innerhalb kurzer Zeit gelöst sein wird. Frohes Millennium!

»Ich lebe mit ihnen zusammen, ja«, sagt Pedro und senkt den Kopf. »Aber vermutlich nicht mehr lange.«

Es klingt wie eine Drohung, obwohl es gar keine sein sollte.

»Ich weiß nicht, ob sie davon wissen«, sagt Sofia unbeeindruckt. »Soweit ich sehen konnte, behandeln sie dich so, als würdest du für immer bei ihnen bleiben.«

Sofia tut gut daran, Jorge und Helena zu verteidigen. Das ist eine der Grundregeln in jeder Beziehung. Wenn der Partner sich über seine Eltern beschwert, dann darf man seinen Klagen nie gänzlich zustimmen. Sonst schlägt er schließlich zurück, weil wir sein eigen Blut beleidigt haben.

»Sie sorgen sich halt um dich«, fügt sie hinzu.

Pedro quittiert es mit einem bitteren, häßlichen Lächeln.

»Meine Mutter, willst du sagen.«

Sofia ergreift Pedros Hand. Er will sie wegziehen, aber sie greift noch fester zu. Ich mag dieses Mädchen. Schade, daß sie keine Zukunft hat. Wirklich wahr, ich mag dieses Mädchen.

»Und dein Vater auch, oder?«

Hmmm, Jorge? Was würdest du sagen? Hier hast du eine Verteidigerin. Du wirst kein Glück haben mit ihr – denk nicht einmal an die Möglichkeit! Sie könnte ja deine Tochter sein. Aber hier hast du eine Verteidigerin.

Die sich mehr für dich einsetzt als dein eigener Sohn.

»Wen meinst du mit *Vater*? Jorge oder Vítor?«

Sofia zieht Pedros Hand noch näher an sich heran. Von hier gibt es kein Entkommen. Von hier nimmt dich keiner weg.

»Dein Vater. Du weißt, was ich meine.«

Pedro versucht, ihr die Hand zu entziehen. Er schafft es nicht. Er muß in dieser Position bleiben:

»Jorge ist aber nicht mein Vater.«

Sofia weiß das. Und das weiß wiederum Pedro. Und sie weiß, daß er es weiß. Und er weiß, daß sie weiß, daß er es weiß.

»Körperlich vielleicht nicht. Aber mit ihm bist du aufgewachsen.«

Sofia verteidigt Jorge und seinen erworbenen Stiefvater-Status nicht nur aus liebestaktischen Gründen. Sofia findet den Glatzkopf richtig sympathisch. Sie hat zwei Gründe dafür. Zum einen behandelt er sie gut. Die seltenen Male, die sie dort zu Besuch war, fühlte sie sich von seiner Seite her willkommen. Er war zwar schüchtern, zurückhaltend, manchmal sogar rührend ungeschickt für einen Mann mit seiner Erfahrung. Aber sie mochte seine Art. Jorge, der Vater von Pedro, ist stolz darauf, sie mit seinem Sohn zu sehen. Er ist auf ihrer Seite. Und er würde die Beziehung ganz sicher gutheißen. Das ist sehr wichtig für sie. Sofia hat kein so leichtes Leben gehabt. Sie ist jung, aber sie wurde schon einige Male verletzt. Sofia wird, so wie die meisten Menschen, gerne gelobt. Und deshalb mag sie den Stiefvater gerne. Sie würde sich einen wie diesen Stiefvater als Vater wünschen.

»Ja«, gibt Pedro zu. »Mit ihm bin ich aufgewachsen.«

Aber nicht er hat mich zu dem gemacht, was ich bin, denkt er. Was glaubt Pedro, was er ist? Ein Monster? Wahrscheinlich.

»Und dein echter Vater kommt dort oft vorbei?«

Pedro starrt auf den Tisch.

»Jeden Abend.« Seine Stimme hört man kaum, nur Sofia hört sie. Und antwortet ungläubig:

»Jeden Abend? Das ist doch unmöglich. Jetzt übertreibst du.«

Pedro nützt ihre emotionale Reaktion sogleich aus, indem er seine Hand wegzieht.

»Jeden Abend«, bestätigt er, »ich wette, heute abend ist er wieder da.«

Die Erinnerung an die böse Vergangenheit steigt aus den Archiven von Sofias Gehirn. Einige übelgesinnte Neuronen liefern sie in Form von Schreckensbildern an die Aufnahmestelle des Bewußtseins. Bilder aus der Kindheit, der Jugend, pubertäre Liebhaber, die nur mit Hilfe von Alkohol Mut fassen für einen frustrierenden und kurzen Akt von halbgewalttätigem Sex. Das alles in einem Dorf, das viel zu winzig war. Jeder Schritt unter frauenfeindlich tadelnden Blicken. Jede Bewegung kommentiert von den spitzen Zungen der weiblichen Dorfhyänen. Daneben steigen Erinnerungen auf an einen Vater, der zu liebkosend, zu streichelsüchtig war. Ich weiß nicht, ob diese Erfahrungen alle von Sofia persönlich stammen, ob sie ihr vererbt wurden durch genetische Information oder vermittelt durch gemütsverdüsternde Lektüren. Vermutlich ist es genau dieses wirre Durcheinander, das ihr ein bißchen die Galle übergehen läßt.

»Das ist nicht mein Problem«, sagt sie plötzlich unwirsch. »Ich weiß nicht, wie deine Mutter das eigentlich aushält?«

Pedro verzieht das Gesicht schon wieder zu einem häßlichen Lächeln. Diesmal noch häßlicher, weil ihm bewußt wird, daß er Sofia die Lieblingsseifenblase weggenommen hat. Daß er sie zu seiner Mißlaune heruntergezogen hat.

»Meine Mutter hat das sogar gerne«, gibt er zurück.

»Dann weiß ich nicht, wie dein Va...«

Pedro unterbricht sie, der Genauigkeit zuliebe:

»... du meinst Jorge ...«

Sofia akzeptiert die Genauigkeit ohne mit der Wimper zu zucken.

»... wie Jorge das aushält.«

Haben Sie es auch bemerkt? Die gute alte Liebe, die ist auf einmal nicht mehr vorhanden. Hat sich verflüchtigt. Und was bleibt, ist Schwefel. Das Wasser der Liebe, verdunstet in der prallen Neonsonne des Cafés. Ist es nur mein Eindruck, oder riecht es tatsächlich nach Schwefel? Schauen Sie mich nicht so an – ich sagte ja bereits, wir haben dieses Problem seit Jahrhunderten gelöst. Falls jetzt noch wer nach Schwefel riecht, dann muß es einer von Ihnen sein.

Ich habe den Eindruck, daß Pedro eine Rede halten wird. Er schaut drein, als ob er Säure auf der Zunge hätte. Vielleicht ist es besser, wenn ich mich auf die Socken mache und nach Jorge suche. Kann ja sein, daß es an mir liegt. Daß bereits meine bloße Anwesenheit schlechten Einfluß auf die Menschen ausübt. Ist durchaus möglich. Aber was soll ich Ihnen sagen? Dabeizusein ist eben mein Job. Ich bin in der Position des Fußballmoderators: Mitspielen kann ich nicht, aber ich muß einen Bericht machen. Mein Gerede darf nicht aufhören, bis zum Ende des Tages, bis zum Ende der Tage, bis zum Ende der Zeiten.

Und das wird ziemlich bald sein.

Na gut, ich gebe das Mikrofon an Pedro weiter.

»Also das ist so«, setzt Pedro an. Und erklärt das System: »Jeden Abend klingelt mein Vater an der Tür. Jorge öffnet und schneidet ein überraschtes Gesicht. Mein Vater spielt die Duckmaus persönlich. Spielt einen, der nicht stören will. *Ich war gerade in der Gegend*, sagt er. Er sei gerade spazieren gewesen. Er habe anzurufen versucht. Doch das Telefon sei besetzt gewesen. *War euer Telefon nicht zufällig besetzt? Soll vorkommen*, sagt er. Meine Mutter bietet ihm einen Whiskey an. Sie reden über Gott und die Welt. Mein Vater fragt Jorge, wie das Projekt läuft, an dem er arbeitet. Jorge entzieht sich dem Gespräch. Meine Mutter beginnt langsam, etwas beschwipst zu werden und meinem leiblichen Vater schöne Augen zu machen. Nach einer gewissen Zeit steht Jorge auf und sagt, er ginge Zigaretten holen.«

»Davon geht doch die Welt nicht unter«, sagt Sofia, mit der Miene derjenigen, die schon Schlimmeres gesehen und auch erlebt hat.

»Das meinst du«, antwortet Pedro.

Sofia will sich nicht mit solchen Bagatellen aufhalten:

»Und weiter?«

Pedro zuckt mit den Achseln. Und weiter? Nichts weiter.

»Und weiter nichts. Jorge verläßt die Wohnung.«

Nun erst, angesichts Pedros beklemmenden Schweigens, kann Sofia die Würde des Dramas anerkennen. Sie versucht, seine Hand zu ergreifen. Aber er hat diesmal gut aufgepaßt und keine Hand auf dem Tisch liegen lassen.

»Das muß ja gräßlich sein!«

Pedro spielt den harten Joe.

»Kommt ganz drauf an für wen. Für meine Mutter ist es angenehm. Für Vítor ist es bequem.«

Sofia legt den Finger zielsicher auf die Wunde:

»Und für Jorge?«

Eben. Du bist so rührend, Sofia. Wäre ich ein Mensch, das heißt, hätte ich einen Körper, einen Geruch, eine Form, einen Charakter, Genitalien etc., du weißt gar nicht, wie ich mich in dich verlieben würde. Wir zwei wären ein tolles Gespann.

Pedro spielt jetzt den Zyniker. Eine Rolle, die ihm gar nicht steht.

»Für Jorge ist es erträglich. Immerhin hat er noch die Architektur, mit der er sich beschäftigen kann.«

Wie kann ein Zwanzigjähriger so herzlos sein? Das geht meines Erachtens ganz einfach: Man nehme zwei Eier, etwas Paprika, zwei Blätter Salat, ein halbes Kilo Mehl, und viel seelische Prügel. Aber Vorsicht beim Psychologisieren! Wir sollten lieber das Ende des Spiels abwarten. Schließen Sie nur ja nicht Ihre privaten Schlüsse, bevor Sie die exakten Resultate kennen! Ich gebe zu, es gibt Wissenschaften, bei denen man brauchbare Resultate durch Analyse kriegt. In den Psychowissenschaften ist dies aber nicht der Fall. Mit Erlaubnis Ihrer Hoheit, erst nach dem Gewinn des Meistertitels. Dann gerne, meine Damen und Herren Menschen. Dann dürfen Sie jubeln wie wildgewordene Ochsen, dürfen sich im Schlamm wälzen, dürfen ihre Köpfe in die braune Gülle des Mülleimers tauchen, alles nach Belieben. Geben Sie beim Jubeln Ihr Bestes, meine Damen und Herren Bestien!

Sofia lehnt sich auf dem Stuhl zurück. Sie ist schockiert.

»Ich weiß nicht, wie du so von deinen Eltern sprechen kannst. Auf diese Art. Ich mag nicht, wenn du solche Dinge sagst.«

Sofias Schmerzensmiene bringt Pedro plötzlich wieder auf den Planeten Erde zurück. Ihre Kränkung kühlt seine Wut. Wie hat er auf einmal so häßlich werden können, noch dazu gegenüber seiner Liebsten? Er erkennt seinen Schnitzer, doch er fürchtet, daß es schon zu spät ist. Nichtsdestotrotz wagt er das Unmögliche:

»Entschuldige, wenn dich das erschüttert. Aber es ist die einzige Art, wie ich drüber sprechen kann.«

Er möchte Sofia am liebsten streicheln. Doch dann zögert er. Seine Verklemmtheit gewinnt die Oberhand. Er unterläßt es. Sofia ist jedoch ein sensibles Mädchen: Sie registriert die unterdrückte Geste an einem Zittern seiner Schultern. Kurz schließt sie die Augen und stellt sich vor, wie sich diese Liebkosung angefühlt hätte.

»Ich weiß. Es muß schwierig sein für dich«, sagt sie mit einem traurigen Lächeln.

Pedro legt eine Hand auf den Tisch. Ich mache zwei Schritte, du machst zwei Schritte. Ich mache noch einen. Dann du. In der Mitte treffen wir uns.

»Wenn du dabei bist, ist es gar nicht schwierig.«

Sofia akzeptiert das Abkommen. Sie nimmt seine rechte Hand in ihre beiden Hände und führt sie zum Mund. Sie küßt die Hand. Sie legt sie wieder hin, selbstsicher. Ihre Hände sind kalt. Das ist oft so bei Frauen. Vor allem bei jungen Frauen. Sie leiden unter Kreislaufproblemen. Pedro bemerkt die Kreislaufprobleme seiner Freundin nicht im geringsten. Ihm kommt vor, als würde sie ihn wärmen.

»Es ist merkwürdig, daß sie dieses ganze Geld aufbringen für dich, wo sie doch in Wirklichkeit selbst Hilfe bräuchten«, meint Sofia.

Wie recht sie hat. Aber wie kann Pedro darauf antworten? Ungefähr so:

»Meinen Eltern ist kaum noch zu helfen.«

»Sag das nicht«, bittet Sofia, erschreckt von der Unumkehrbarkeit destruktiver Prozesse. Ach meine Liebe, zum Glück weißt du nicht, wie nahe das Ende eurer Geschichte ist. Aber keine Angst: Ihr beide werdet zusammen sterben. Wie Romeo und Julia. Man muß auch einmal die positive Seite der Dinge betonen. Ihr beide werdet das Privileg haben, abzukratzen, bevor eure Liebe abkratzt. Welch schöne Aussichten, oder? Sie sind schön, ich garantiere euch, sie sind verdammt schön.

»Na gut. Ich sag es eben nicht.«

Pedros bitteres Lächeln straft sein Versprechen Lügen. Sofia ist jedoch eine Frau mit Kraft. Nur aus Zartgefühl habe ich sie manchmal Mädchen genannt. Sie beugt sich wieder über den Tisch. Und küßt ihn.

»Ich liebe dich so«, flüstert sie ihm ins Ohr.

Pedro wendet sich ihr zu, um den Kuß zu erwidern. *Ich dich auch*, möchte er sagen. Aber Pedro ist ein Mann (nur aus Gewohnheit habe ich ihn manchmal Junge genannt) und als Gefangener dieses Schicksals unterdrückt er den Wunsch, Zärtlichkeiten von sich zu geben. Der kleine Idiot.

»Wirst du mich nie verlassen?« fragt Sofia, weil sie an der Reihe ist. Ginge es nach den beiden, dann würden sie jetzt einer in den anderen schlüpfen, wie Vögelchen ins Nest. Doch da steht ein Tisch mit schmutzigen Tassen zwischen ihnen. Und dann gibt es da auch noch eine Kellnerin, die nach Hause gehen möchte – und die garantiert keinen Wert legt auf einen solchen heimeligen Anblick.

Zur Ablenkung hat sie den Fernseher angedreht. Auf dem Bildschirm erscheinen Bilder von den Feiern in Australien, wo wegen der Zeitdifferenz schon vor etlichen Stunden der Eintritt in das neue Millennium gefeiert wurde. Es sind Bilder aus den Straßen von Sydney und aus Melbourne, gezinkte Aufnahmen von Massen im Delirium, ekstatische Gruppen von Feiernden, die Champagnerflaschen und Bierflaschen in die Kamera halten. Aber das bedeutet gar nichts. Es gibt keinen erkennbaren Unterschied zwischen der Silvester-Euphorie für das neue Jahrhundert, und der Euphorie von Fans eines Fußballklubs, der gerade die Champions League gewonnen hat. Die könnten also irgendwas einspielen. Im übrigen sind die Bilder eine Montage von Aufnahmen früherer Silvesterfeiern. Es ist ganz einfach, die Satelliten zu täuschen und der ganzen Welt eine Live-Übertragung vorzugaukeln. Denn laut Plan gibt es mittlerweile schon gar kein Australien mehr. Ein Kontinent hat aufgehört zu existieren. Und niemand hier, niemand auf dieser geographischen Länge hat es bemerkt. Saubere Arbeit.

»Ich werde dich nie verlassen«, schwört Pedro.

Sofia schaut ihm tief in die Augen. Sie betet, daß er den Blick nicht abwendet. Es ist ein richtiger Test:

»Ich bin älter als du.«

Das ist wahr. An dieser Stelle muß ich zugeben, daß auch dieser Umstand mir nicht verborgen geblieben war. Aber ich hatte den Eindruck, es wäre hübsch, Sofia noch unschuldiger darzustellen. Sie ist schon vierundzwanzig – nicht zwanzig, wie ich suggeriert habe. Sie hat schon mit einem Mann zusammengelebt, mit einem geschiedenen Professor, der ihr am Beginn ihrer Karriere etwas geholfen hat. Und sie war die Geliebte eines verheirateten Mannes. Es gab noch weitere Männer in ihrem Leben, aber nur die beiden sind es wert, erwähnt zu werden. Die beiden sind in Wahrheit nur einer: Bevor sie mit dem geschiedenen Mann zusammenlebte, war Sofia seine Geliebte – da war er noch ihr verheirateter Professor. Das Ironische ist, daß die Beziehung viel befriedigender für beide gewesen war, bevor der Scheidungsprozeß in die Wege geleitet wurde. Bevor er, wie die Menschen sagen, *frei* gewesen ist.

»Aber ich bin gescheiter«, witzelt Pedro. Als Witz beachtlich, aber weit an der Realität vorbei.

»Das wollte ich nicht sagen«, lacht Sofia. Doch muß man ehrlich sein: Sie hätte selbst gelacht, wenn Pedros Witz ein Rohrkrepierer gewesen wäre.

»Ich liebe dich.«

Donnerwetter. Pedro hat endlich den richtigen Ton getroffen! Die Stille, die nun eintritt, ist eine begründete, eine angenehme Stille. Es gibt nichts mehr zu quasseln. Klar, die Tatsache, daß sie dieselben Worte verwenden wie so viele andere sich vermeintlich Liebende, könnte sie leicht paranoid stimmen. *Ich liebe dich.* Drei Wörter und zwei Leerzeichen. Jeder hat Zugang zu dieser Formel, es handelt sich nicht gerade um den Schlüssel eines Geheimcodes, den nur der Präsident und der Verteidigungsminister kennen. *Ich liebe dich* sagt der Zuhälter zur Unschuld vom Land, um sie auf den Strich zu locken, *ich liebe dich* sagt die Schauspielerin zum

Schauspieler, den sie im Privatleben haßt, *ich liebe dich* sagt der gleichgültige Ehemann zu seiner Frau, die er seit zwölf Jahren zu lieben vergessen hat, *ich liebe dich* sagt die Verführerin zum Verführten. Es handelt sich um eine simple Kieferübung, um einen Satz, den jeder in den Mund nehmen kann, um eine Phrase, die man schnell auswendig lernt. Man bringt sie mit übler Laune ebenso leicht über die Lippen wie mit mystischer Glut. Der Satz ist abgenutzt. Aber die Menschen haben keinen besseren. Ein kleiner Vorschlag ans Wissenschaftsministerium: Wenn Sie schon so viel Geld in sinnlose Forschungen stecken, könnten Sie genausogut ein paar Groschen investieren in die Suche nach einer Alternative zu *Ich liebe dich*. Eine nette Vorstellung. Wissenschaftler mit weißem Mundschutz würden an empfindlichen Instrumenten herumhantieren, würden die modernsten Techniken entwickeln, um diesen einen, richtigen Satz für jeden einzelnen Menschen zu finden: den echten, stärksten, ehrlichsten Satz, gefeit gegen Falschheiten und Verstellungen.

Ich liebe dich.

Ich kgjwytdc dich.

»Glaubst du, daß gerade wieder so etwas passiert?«

Pedro wacht auf.

Er weiß nicht, was Sofia damit meint.

»Was?«

Sofia errötet leicht. Das ist nicht mein Lieblingsthema, lautet die Botschaft, die eine etwas kalkulierte, etwas einstudiert wirkende Schamröte auf ihren Wangen zu ihrem Gegenüber befördern soll.

»Dein Vater … Ich meine, dein echter Vater ist dort in der Wohnung mit deiner Mutter zusammen, während …«

Pedro kann ihren Vorwitz durchaus verstehen. Wäre er an ihrer Stelle, würde er wahrscheinlich auch von dieser morbiden Neugier gepackt werden.

»Willst du das wirklich so genau wissen?«

Sofia fühlt, daß sie dieses Thema hätte meiden sollen. Andererseits ist es doch nötig, zumindest über die Minimalinformationen zu verfügen, oder? Immerhin soll heute der erste Abend sein, an dem sie dort zu Tisch sitzen wird, nicht von Berufs wegen, sondern als offizielle Freundin. Wenn es ihr ohnehin vorbestimmt ist, eines Tages den ganzen Sumpf kennenzulernen, dann ist dieser Moment genauso schlecht geeignet wie jeder andere.

»Das war doch nicht dein Ernst, oder? Du hast diese Geschichte erfunden. Und ich Idiotin habe dir geglaubt!«

Pedro antwortet nicht. Er schaut sie an. Was kann er sagen? Kann er irgend etwas Sachdienliches beisteuern? Er lächelt.

»Das mag ich so an dir. Man kann dir alles erzählen, und du glaubst es.«

Sofia macht einen Schmollmund. Er wirkt ein bißchen angestrengt, aber den Umständen entsprechend macht sie es recht gut. Mir scheint, Pedro bemerkt nichts. Ist schon klar, ich habe Erfahrung. Selbst die Vorfahren ihrer Ururgroßeltern waren noch nicht geboren, als ich die rhetorischen Muster der Liebestreffen schon von vorne bis hinten kannte.

»Das ist nicht wahr!« protestiert sie. »Ich glaube keineswegs immer alles!«

Pedro zwickt sie in den Arm.

»Es genügt schon, ein ernstes Gesicht zu machen, und du …«

Sofia hofft noch immer. Vielleicht war es tatsächlich nur ein Witz.

»Das heißt, du hast das alles erfunden.«

Pedro ist augenblicklich ratlos.

»Würde es dich beruhigen, wenn ich zugebe, daß ich es erfunden habe?«

»Natürlich würde es mich beruhigen! Was du gesagt hast, war schrecklich.« Sie sieht ihn von der Seite an. »Es war reine Erfindung, hm?«

Sie weiß, daß es keineswegs erfunden war, aber sie tut so, als ob sie es nicht wüßte. Pedro möchte Sofia nicht anlügen, aber er will auch nicht, daß sie unglücklich ist. Von dieser Seite betrachtet, scheint mir festzustehen, daß es überhaupt kein Dilemma gibt. Die vernünftigste Lösung ist klar. Lügen ist in solchen Fällen immer das ideale Gegenmittel.

»Ich habe maßlos übertrieben«, bestätigt er. »Nimmst du die Einladung zum Abendessen heute an?«

Sofia tut so, als hätte sie von einer Einladung nichts gewußt. Offiziell hatte sie ja auch nicht. Sie schaut überrascht.

»Abendessen? Mit deiner Familie?«

Pedro macht eine vage Geste.

»Es ist ein Fest. Die Familie feiert gemeinsam Neujahr. Neujahrtausend. Vermutlich haben sie sich sowieso entschlossen, dich einzuladen. Es ist das letzte Abendmahl. Und irgend jemand wird heute geopfert. Du kommst ohnehin nicht aus.«

Sofia spielt mit den Fingern. Nicht mit denen von Pedro. Mit ihren eigenen. Ist das ein gutes oder ein schlechtes Zeichen?

»Na gut, ich begleite dich nach Hause. Das ist ohnehin Teil des Vertrags ...«

Pedro pflichtet überstürzt bei. Sofia bemerkt ihren Fauxpas sofort, gleich, nachdem sie die letzte Silbe *(-trags)* ausgesprochen hat. Was ein Witz hätte sein sollen, ist zu einem Faustschlag in den Magen mutiert, ist ein gewalttätiger Schlag geworden, der Pedro an seine Andersartigkeit erinnert. An seinen Fabrikationsfehler.

»Genau«, sagt er mit gewichtiger Ironie. »Das ist Teil des Vertrags. Deine Pflicht, mich nach Hause zu begleiten. Ich könnte mich ja im riesigen Zauberwald verirren. Und du bist die gute Fee, die mich nach Hause führt, wie ein Polizist, der ein entlaufenes Kind gefunden hat.«

Sofia streichelt ihm über den Kopf. Zweiter Fehler innerhalb von weniger als fünfzehn Sekunden.

»So schlimm ist das doch auch nicht. Oder?«

»Ganz im Gegenteil. Es ist wunderbar.«

Seine Worte wären schon die richtigen gewesen. Aber seine Stimme, ein leichtes Zittern, befindet sich eine Oktave unterhalb der musikalischen Tonleiter.

Sofia versucht, die Richtung der Rakete zu korrigieren. Sie lenkt sie in eine ungefährliche Zone, wo eine Explosion stattfinden kann, ohne Menschenleben zu gefährden.

»Ich bin eine gute Polizistin.«

Sie schaut auf die Uhr. Es ist Zeit zu gehen. Nach meinen Berechnungen trinkt sich Jorge gerade Mut für seinen tödlichen Sprung an. Für diesen Hüpfer aus dem vierten Stock, den ich verhindern soll. Er trinkt gerade das wievielte?, das zweite, das dritte Bier? Ein Problem wäre nur, wenn er auf Schnaps umsteigt, oder auf Wodka. Jorge verträgt Mischungen nicht. Ich selbst vertrage ja Mischungen auch nicht.

Ich sollte mich auf den Weg machen, die Pflicht ruft. Ich muß früher oder später in diese deprimierende Bar. Sogar die Kellnerin hier ist meiner Meinung: Die hat schon soooo einen Rüssel. Auf dem Bildschirm, der wie zum Hohn direkt unter der Decke angebracht ist (sozusagen am Himmel des Cafés), direkt über den Flaschen, die nur fürs Hiertrinken bestimmt sind, erscheinen noch immer lose Abfolgen der Bilder der Neujahrsfeierlichkeiten auf den verschiedenen Punkten des Planeten, an denen die Stunde Null bereits erreicht wurde. Mir ist aus sicherer Quelle bekannt, daß die wenigsten der Bilder Originalmaterial sind. Ich behaupte aber nicht, daß die anderen Bilder alle Computeranimationen sind. Einige Leute wissen ja inzwischen, daß es wir waren, die die Realität erfunden haben. Sie sehen genau das, was wir Ihnen zu sehen erlauben. Der Rest ist Stoff für die Gerüchtebörse 2000. »Die beste Polizistin der Welt«, stimmt Pedro bei.

Ich muß fortgehen, aber ich würde die beiden gerne in ihrem himmlischen Frieden lassen. Jawohl. Nennen Sie mich sentimental, kitschig und romantisch, in Ordnung.

Mir scheint, Sofia ist es gelungen, die Katastrophe zu vermeiden. Aber es ist da noch etwas Seltsames. Auf einmal überschattet eine dunkle Wolke ihr Antlitz. Und Pedro errät es:

»Sofia. Was ist los?«

Sie weint.

Entschuldige Jorge, trink nur noch ein Gläschen, rauch eine Zigarette, schieb deine Ungeduld ein bißchen auf die lange Bank. Ich muß noch ein paar Augenblicke hier bleiben. Höchstens zehn Minuten. Ich verspreche es dir hoch und heilig.

»Nichts.«

Pedro läßt aber nicht locker. Völlig zu recht:

»Doch. Du bist auf einmal anders.«

»Es ist nichts.«

»Sag«, bittet Pedro.

»Ich denke nur daran, wie das alles geschah.«

Pedro weiß nicht, was er sagen soll. Am besten irgendeinen Allgemeinplatz, beschließt er. Irgendeine harmlose Feststellung.

»Es ist eine fremde und seltsame Welt«, sagt er.

Und beobachtet Sofia weiterhin genau. Die Schnauze nach Hundeart in die Luft gereckt, versucht er zu wittern, was in der Seele der geliebten Frau vorgeht. Schwierige Aufgabe, und außerdem aus historischer Notwendigkeit zum Scheitern verurteilt.

»Nein«, rechtfertigt sich Sofia. »Es ist ein gutes Gefühl, aber … es ging alles so schnell.«

Das Radar von Pedro streikt. Er ist verwirrt wie eine halbzerquetschte Spinne. Und es ist gefährlich, verwirrt zu sein wie eine halbzerquetschte Spinne. Spinnen können gefährliche Tiere sein, vor allem für ihre Mitspinnen. Zuerst Geschlechtsverkehr, dann frißt das Weibchen den Partner auf.

»Du und ich? Du meinst das mit uns beiden?«

Was sonst, du Depp. Das Cupfinale im Cup der Cupsieger meint sie vielleicht.

Guten Appetit, schwarze Sofiaspinne.

»Nicht ganz«, sagt Sofia, die nicht ahnt, mit welcher Witwe ich sie vergleiche. »Das heißt, ja und nein.« Sie preßt die Lippen zusammen. »Alles ist so anders.«

Pedro fühlt sich wie ein zehnstöckiges Haus, das nach innen explodiert. Sein Magen in Kontraktionen, seine Gedärme winden sich um eine unsichtbare Gabel.

»Du bereust es also«, stößt er heiser hervor.

Sofia streckt ihre Hand aus, um ihn zu streicheln. Diesmal auf der Wange, weniger mütterlich als vorhin, aber immer noch mütterlich genug. Er ist so rührend! Rührend lieb. Sie muß lachen.

»Wie sollte ich das bereuen?« Sie wird sehr ernst. »Sag das nicht. Du hast nicht das Recht, sowas zu sagen.«

Pedro weiß nicht, ob das Gemäuer des Gebäudes namens Pedro noch immer intakt ist. Er würde gerne seine Brust betasten, aber er fürchtet, daß nur Trümmer und schwerverletzte Mitarbeiter der amerikanischen Botschaft herauspurzeln würden.

»Bist du dir sicher?«

»Ich liebe dich. Begreifst du das nicht?«

Pedro rollt sich zusammen. Der Feigling. Es ist nicht schlimm. Ihm verzeihe ich das. Das Zusammenrollen ist ein genetischer Defekt, den Sie alle ohne Ausnahme in sich einprogrammiert haben.

»Du könntest mich ja lieben, aber trotzdem Zweifel an unserer Beziehung haben. Das wäre normal.«

Sofia fragt ihrerseits:

»Hast du denn Zweifel?«

Pedro senkt den Kopf.

»Bei mir ist das was anderes.«

Sie würde gerne mit aller Vehemenz widersprechen.

Und das macht sie auch. Mehr oder weniger. So gut sie halt kann.

»Ich verstehe ohnehin nicht, wieso deine Eltern darauf bestanden haben, dich in diese Schule zu schicken.«

Na ja, mehr oder weniger. So gut sie halt kann. Ganz wie ich sagte. Sie widerspricht ihm mehr oder weniger, so gut sie halt kann.

»Ich wollte selbst auf diese Schule gehen.« Die Stimme von Pedro ist gleichzeitig versunken und hell. Eine seltsame Mischung. Der Junge ist schüchtern, aber er kämpft gegen seine Unfähigkeit, über das zu sprechen, was ihn unsicher macht. Ich weiß diese Anstrengung zu schätzen.

Sofia:

»Ja, aber wieso?«

Pedro schaut auf die Seite. Sein Blick trifft auf jenen der Kellnerin. Er macht ihr ein Zeichen, die Rechnung zu bringen, bevor er ausweichend antwortet:

»Ich muß dir nicht erklären, wieso.«

Sofia verzweifelt:

»Aber du hast ja in Wahrheit gar nichts«, sagt sie, » mit dir ist doch alles in Ordnung!«

Und sie überzeugt mich beinahe. Sie erinnert mich an das, was Helena vor einigen Minuten erklärt hat. Sie ist schon die zweite Frau, die so angestrengt betont, daß Pedro gar kein Problem hat, daß alles in Ordnung ist mit ihm. Zwei Frauen von zwei. Also glauben hundert Prozent der Frauen, daß Pedro ganz normal ist. Obwohl er eine Sonderschule besucht. Für mich sind das schon mehr als genug Empfehlungsschreiben. Wäre ich die Gesellschaft, würde ich es glauben.

Das Problem ist aber: Er selbst glaubt ums Verrecken nicht daran. Und wenn er selbst nicht davon überzeugt ist, dann kann man nichts machen.

»Sofia«, rügt Pedro lächelnd. »Es macht ja nichts. Ich bin eben wie ich bin. Ich weiß, wie und was ich bin.«

Sofia ist sprachlos.

»Und was bist du?!«

Interpretieren Sie den armen Pedro nicht falsch. Er denkt, daß er ihr einen Gefallen tut. *Jemandem die Wahrheit sagen.* Das ist eine Dummheit, die mit dem Alter vergeht. Er hat noch immer nicht verstanden, daß die Lüge der beste Balsam für die meisten Leute ist. Er weiß noch nicht (und er wird es nie erfahren), daß eine Notlüge besser ist als jede Wahrheit. Die Lüge ist wie eines dieser alten Hausmittel, mit denen man jedem Leiden zu Leibe rücken kann. Sie wirkt gegen Magenschmerzen, gegen Krampfadern, gegen Kopfschmerzen, gegen Migräne, gegen Leberkrisen, gegen Schmerzen bei Hämorrhoiden, gegen Depressionen, gegen Hämatome, gegen Seelenschmerzen, gegen Verstopfung, gegen die dumpfen Schmerzen der Gehörnten, gegen Liebeskummer, gegen Angina, gegen Zuckerkrankheit, gegen gutartige und bösartige Tumore, gegen Bindehautentzündung, gegen den Bösen Blick, gegen Mumps, gegen Gelbfieber, gegen blaue Flecken, gegen Epilepsie, gegen Impotenz, gegen Appetitlosigkeit, gegen Schwindelgefühl.

»Wenn du bei mir bist, Sofia, habe ich keine Angst davor, das zu sein, was ich bin.« Und, mit leiserer Stimme: »Ich habe nur Angst um dich.«

Die Kellnerin stellt eine Untertasse mit einem bekritzelten Zettel auf den Tisch. Sofia wirft einen raschen Blick darauf, nimmt eine Banknote heraus, legt sie auf die Untertasse und gibt der Kellnerin zu verstehen, daß sie den Rest behalten kann. Die nimmt das Geld ohne zu danken. Und recht hat sie. Die beiden müßten sich eigentlich bei ihr bedanken, für ihre Geduld. Wohin geht die Kellnerin wohl jetzt? Wird sie alleine vor dem Fernsehapparat sitzen bleiben? Sie ist nicht häßlich. Aber sie kommt mir trotzdem nicht vor wie jemand, auf den irgendwo ein anderer Mensch wartet. Ein Schatten legt sich über das mürrische Antlitz, an dem ich erst jetzt bemerke, daß ... na klar! Das hätte ich mir gleich denken können ... Eine Kollegin! Sie lächelt, als sie bemerkt, daß ich sie endlich erkannt habe. Sie hebt dabei nur etwas den Mundwinkel, boshaft. Aber sie hat sich auch wirklich ziemlich verändert. Wann haben wir uns das letzte Mal gesehen, vor wie vielen Jahrhunderten? Fünf? Ich fühle mich verpflichtet, ein bißchen Konversation zu machen.

Hallo.

Hallo.

Wo treibst du dich denn so rum? Schon lange her, daß …

Ihr Blick gibt mir zu verstehen, daß es sich nicht auszahlt, den Smalltalk weiterzuführen.

Sind das deine? frage ich sie und deute auf Pedro und Sofia. Ich fürchte schon, daß sie zustimmt.

Nein, sagt sie zu meiner Erleichterung, *es sind deine. Ich werde gleich mit meinen zusammentreffen. Wenn mich deine da endlich gehen lassen*, fügt sie hinzu mit einer Miene, die besagt, daß ihr alles schnurzegal ist. Sie ist ein echter Profi … Ich sollte ebenfalls so profimäßig drauf sein wie sie, aber das mißlingt mir heute wieder einmal total.

Dann bis nächstes Mal, sage ich.

Dann bis nächstes Mal, echot sie. Und bevor sie verschwindet, macht sie mit den Lippen den Ton einer Explosion nach: *Bumm.*

»Ich habe keine Angst«, sagt Sofia, die bereits in ihren Mantel geschlüpft ist.

Pedro umarmt sie.

»Bist du sicher?«

Klar ist Sofia sicher. Denn sie hat ja entschieden, sicher zu sein! Pedro ist für sie die Zukunft. Und jede Zukunft schreckt sie weniger als ihre Vergangenheit.

»Du bist wundervoll!« lacht Pedro.

Sofia schaut wütend drein, als würde sie grollen. Es ist nur Spaß, klar. Hoffe ich zumindest.

»Du sagst das, als würdest du das Gegenteil meinen.«

Pedro hebt zwei Finger als Zeichen des Schwurs.

»Nein, wirklich. Du bist wirklich wundervoll. Sogar mich überzeugst du fast.«

Draußen sollte es vom Stil her eigentlich schneien, das wäre was. Das hätte gerade noch gefehlt: Schnee in Lissabon, am letzten Tag des Jahrtausends, am letzten Tag der Existenz dieser Stadt. Wenn ich der Meister wäre, würde ich es zur Abwechslung schneien lassen.

Es schneit jedoch keineswegs. Der Himmel ist zwar düster, es herrscht eine Saukälte, ein schneidender Wind weht auch, aber Schnee fällt keiner. Wenn man genau nachdenkt, dann ist es auch nur gut, daß kein Schnee fällt. Ein Schneesturm wäre der Irrsinn. Es wäre nach meinem Geschmack, aber der zählt wenig. Zum Glück haben andere profundere Kenntnisse über solche Dinge als ich. Und aus diesem Grund fällt heute kein Schnee. Der Meister macht seinen Job schon richtig.

»Ich überzeuge dich fast?« Sofia weiß nicht, was Pedro damit sagen will.

Pedro läßt sich von ihr führen.

»Wenn ich dir zuhöre, glaube ich fast daran, daß ich normal bin.«

Sofia bleibt abrupt stehen. Eine ziemlich schlechte Idee. Hinter einer Tür verbergen sich drei Drogentypen, die sich auf einen kleinen Überfall vorbereiten. Das einsam daherspazierende Pärchen ist sicher ein lohnendes Ziel.

»Sag das nicht«, bittet sie, fordert sie mit unerschütterlichem Ton. »Sag so etwas nie.«

Pedro lächelt, er will Optimismus ausstrahlen.

»Sofia, es ist doch nichts dabei, eine Tatsache anzuerkennen.«

Nun bin ich gezwungen, etwas zu tun, was mir so richtig widerstrebt: Ich muß eingreifen. Bevor die Drogentypen bemerken, wie ihnen geschieht (sie werden es nie erfahren), stürzen sie einer nach dem anderen auf den Boden, ihre Körper durchzuckt von einem dumpfen Schmerz, wie bei einem Herzanfall. Nein, Sie haben keinen Grund, mir zu applaudieren. Ich helfe, wo ich kann. Es ist mir ein Vergnügen. Ich schlüpfe ganz leicht und unvermutet in die Körper der Menschen. Diese Methode klappt immer und hinterläßt keine Spuren am Objekt. Und sie schmerzt den Behandelten enorm. Der Schmerz ist das allerwichtigste.

»So eine Tatsache gibt es aber nicht!« ruft Sofia, völlig gleichgültig gegenüber der Tatsache, daß ich ihr vermutlich gerade das Leben gerettet habe.

Pedro begreift nicht, warum sie so reagiert.

»Liebling ...«

Darauf hab ich schon gewartet. Eine große Träne rinnt über Sofias Wange.

»Ich verstehe das nicht! Es ist ein Gespenst, das deine Familie erfunden hat ...«

Für Pedro ist es wichtig, ihr zu zeigen, daß für ihn sein Problem mittlerweile gar kein Problem mehr ist. Nicht wenn er in ihrer Nähe ist, nicht jetzt, da sie bei ihm ist.

»Sofia, mein Liebling ... Über dieses Thema haben wir doch schon gesprochen ...«

Sofia ist sehr hübsch und sehr häßlich. Sehr häßlich, weil sich die menschlichen Gesichter beim Weinen zu einer unproportionierten Grimasse verformen, sehr hübsch, weil die Absicht noch immer am meisten zählt.

»Es gibt überhaupt keine Tatsache. Es ist nichts Abnormes an dir. Nichts! Nichts!«

Pedro verzichtet auf eine Antwort. Was kann er auch sagen? Er begnügt sich damit, den Kopf zu senken und einen Zipfel seines Regenmantels behutsam über ihre Schulter zu breiten. Es sieht aus wie ein enormer Vogelflügel, der über ihren Rücken gestülpt wird. Pedro ist ein großer Mann, wie sein Vater. Wahrscheinlich ist er sogar noch größer als Vítor. Das ist heutzutage normal, wenn die Kinder so groß sind.

Sofia wiederholt sich schon wieder. Wen will sie überzeugen? Mit wem spricht sie?

»Du bist völlig normal. Verstehst du das nicht? *Völlig normal.*«

Ich kann ihnen jetzt nicht weiter folgen. Tut mir leid, meine Kleinen. Es war nett bei euch. Aber ich habe eine unaufschiebbare Verpflichtung. Ich muß verhindern, daß der verliebte Stiefvater (das wäre ein netter Horrorfilm, *Der verliebte Stiefvater*) irgendeinen Blödsinn macht.

»*Völlig* ist ein hübsches Wort«, lenkt Pedro ab.

Möglicherweise ist Ablenken eine Technik, die aufgeht. Den Brennpunkt der Aufmerksamkeit verschieben. Bei Kindern funktioniert das. Aber bei Sofia? Zumindest verwirrt es sie. Und sie weiß nicht mehr, was sie machen soll. Nach zwei unschlüssigen Schritten entscheidet sie sich für ein schüchternes Lächeln.

»Und *normal* ist ein häßliches Wort. Weiß ich eh. Du sagst das immer.«

Pedro singt seinen Sieg in die Welt hinaus.

»Logisch. Du hast recht. Ich bin dumm.«

Sofia zupft ihm ein imaginäres Haar von der Nase.

»Ja. Du bist sehr, sehr dumm.« Sie stellt sich auf die Zehenspitzen, um ihn zu küssen. »Du bist ein sehr lieber Dummkopf.«

Pedro legt ihr ganz sanft die Hand über die Brust.

»Großes Pfadfinderehrenwort?«

Sofia berührt seine Hand. Nicht um die Hand wegzubugsieren, ganz im Gegenteil, sie zwingt ihn, seinen Druck etwas zu erhöhen.

»Großes Pfadfinderehrenwort!« sagt sie.

Jetzt muß ich mich aber beeilen. Wenn irgend etwas schiefgeht, trage ich die alleinige Verantwortung vor dem Meister.

Pedro erklärt seiner Freundin in kurzen Worten, daß er sie liebt. Daß er nicht wüßte, was er ohne sie machen würde. Keine Meisterleistung an Originalität. Aber das ist in dieser Situation nicht weiter schlimm.

Sofia möchte ihn auf die Stirn küssen. Um das zu schaffen, muß sie Pedros Kopf ein Stück nach unten ziehen. Sie wiederholt ihm, was passieren würde, wenn er sie nicht hätte:

»Wenn du mich nicht hättest, würdest du dich im Zauberwald verirren. Ich liebe dich.«

Pedros Stimme hellt sich auf. Nun ist der Augenblick gekommen für die große Frage:

»Bist du stark genug, um meiner Familie gegenüberzutreten?«

Sofia hängt ihren Körper an seinen Arm.

»Ich habe alle Stärke der Welt.«

Pedro zieht ein bitteres Gesicht.

»Super«, seufzt er, »die wirst du auch brauchen.«

6

Ich hatte recht. Sie können ruhig applaudieren, mir gebührt geringstenfalls eine mittlere Ovation. Jorge befindet sich in der Bar. Und zwar genau in jener, in der ich ihn vermutete. Das nennt man einen Volltreffer. Allerdings gibt es zu dieser Stunde, an diesem Tag, in genau dieser Nacht, hier in dieser öden Gegend von Lissabon nicht so viele Möglichkeiten. Wenn er nicht in dieser Bar gewesen wäre, hätte ich genausogut Stücke von ihm in der Gosse suchen können – oder in den Müllcontainern.

Es ist eine Bar mit schmutzigen Fenstern, zur Straße hin offen, ein Aquarium mit abgesoffenen Männern. Tatsächlich, es sind nur Männer drinnen. Die dreckige Vitrine, die fleckigen Gläser, die fettigen Stellen auf dem Tresen, der Staub auf den Etiketten der Flaschen, die porno-erotischen Kalender, und all das übrige Interieur. Es handelt sich um eine Reihe von optischen Signalen, die nur eine einzige Botschaft signalisieren sollen: *Eintritt für Frauen verboten.* Das hier ist ein männliches Refugium. Hier werden Erinnerungen erweckt an die Samenergüsse der Jugend, an den Bubenklub der brasilianischen Comiczeitschriften: *Eintritt für Kleine Mädchen verboten.* Und die kleinen und großen Mädchen treten tatsächlich nicht ein. Die Eingangstür von solchen Bars ist fester verrammelt als die unbarmherzigste Grenze der Welt. Es handelt sich um eine indigen-portugiesische Spielart der ultravornehmen Clubs britischer Snobs. Auch die kommen übrigens bald an die Reihe. Auch für sie gilt das knappe Urteil meiner heimtückischen Kollegin, die als Kellnerin verkleidet ihren Dienst versieht: *Bumm.*

Jorge sitzt, wie könnte es anders sein, direkt am Tresen. Und zwar auf einem dieser Drehhocker, die wie ausgewachsene

Champignons dastehen. Er sitzt hoch, eigentlich viel zu hoch. *Je höher der Kopf, desto tiefer der Fall*, scheinen diese Barhocker vorwegnehmen zu wollen. Vor unserem Glatzkopf steht nichts als ein kleines Glas und eine Bierflasche. Üblicherweise bleiben die Gläser und Flaschen stehen, um der Welt mitzuteilen, wieviel der jeweilige Trinker konsumiert hat. Der Wirt hat vermutlich beschlossen, an diesem besonderen Festtag mit der Tradition zu brechen. Denn ich bezweifle sehr, daß Jorge nur dieses eine Bier getrunken hat.

Auf der rückwärtigen Seite des Tresens reinigt der Wirt, ein Mann von philosophischer Körperfülle, in vollendeter Seelenruhe die Gläser mit einem Geschirrtuch, das dreckiger ist als die Gläser. Er könnte genausogut jeder anderen Beschäftigung nachgehen. Er könnte rauchen, Kaugummi kauen, zwischen den Zähnen herumstochern, in der Nase bohren. Seine mechanische Geste erfüllt nur einen einzigen Zweck: Sie soll die Zeit totschlagen.

Ellbogen an Ellbogen mit Jorge, obwohl sonst alle Plätze frei sind, sitzt ein Kerl, der ebenfalls in seinen Fünfzigern ist, aber ein Ausbund an Kontaktfreude. Und noch dazu angetrunken. Er sieht deutlich aus wie einer, der schon längst daheim sein sollte. Das ist wahrscheinlich auch einer der Hauptgründe, wieso er noch nicht daheim ist. Nennen wir ihn der Einfachheit halber *den Obdachlosen*. Seinem Gesicht nach quatscht er schon geraume Zeit auf Jorge ein, doch mir scheint, viel habe ich nicht versäumt.

»Wie gesagt«, setzt er fort, ohne meine Ankunft zu bemerken, was kein Wunder ist, weil niemand je meine Ankunft bemerkt. »Der Schiedsrichter hätte das Tor annullieren müssen, die Schwarze Sau. Der Elfmeter war doch gar keiner! Leck mich am Arsch! Sowas sollte verboten sein.«

Er stupst Jorge mit dem Ellbogen an. Ich schätze, daß er das bereits öfter getan hat.

»Haben Sie das überhaupt gesehen, mein Freund?«

Jorge starrt schweigend auf sein halbleeres Glas. Er tut so, als ginge ihn der Trubel nichts an.

Der Obdachlose läßt sich nicht entmutigen.

»Haben Sie das mitgekriegt? Jetzt sagen Sie mir nicht, Sie haben weggeschaut. Das gibt es nicht! Jeder hat es gesehen! Immerhin zeigen sie die Szene schon seit Tagen. Ein tolles Spiel! Bis die Schwarze Sau den Elfmeter gibt. Der Elfmeter hat alles zerstört.«

Er schlägt Jorge auf die Schulter.

»Da hab' ich doch recht, mein Freund, ha? War kein Elfer, ha?«

Jorge kippt den letzten Schluck in sich rein. Er sieht ziemlich unglücklich aus. Ich könnte ja gleich eingreifen. Aber vielleicht halte ich mich besser noch zurück. Ein Blick auf die Uhr: zehn vor zehn. Also genügend Zeit, ihn ein bißchen zappeln zu lassen. Ich bin gern Teufel von Beruf, ich armer Teufel, Kerkermeister der Menschen – wer dieses Handwerk nicht mit einer gewissen Begeisterung ausübt, sollte die Sparte wechseln. Doch ich gebe ohne weiteres meine Schwächen zu. Eine davon ist mein Faible für Fußball.

»Der hat ihn doch nicht einmal berührt! Nicht einmal berührt! Den Elfer kann man nicht geben. Frechheit! Einen Elfer gibt man nur, wenn man ganz sicher ist. Wenn nicht, dann …«

Der sozusagen Obdachlose grinst, zu einer plötzlichen Eingebung.

»Ich sage Ihnen mal was. Das ist wie eine Frau umzubringen, die einen betrügt. Sowas macht ein Mann nur, wenn er die absolute Gewißheit hat.«

Er schielt zu Jorge hinüber. Der reagiert ebenso begeistert wie das Reptil von Wirt.

»Sind Sie da nicht meiner Meinung?«

Jorge deutet wortlos dem König der Eidechsen.

»Noch eines, bitte.«

Der Obdachlose zieht mit. Ich frage mich, ob er es darauf anlegt, sich von Jorge das Bier zahlen zu lassen. Solche Kerle hängen einem mir nichts dir nichts eine Runde an.

»Für mich auch eines, Senhor Joaquim.«

Er lächelt zu Jorge hinüber.

»Ich zahle. Freundschaft ist Freundschaft, wenn man vom Geschäft einmal absieht.«

Sieh mal einer an. Dem Obdachlosen ist die Zuhörerschaft von Jorge mehr wert als die paar Münzen in seiner Geldtasche.

Der Wirt serviert mit dem Enthusiasmus einer Schildkröte. Der Obdachlose hebt das Glas zu einem morbiden Trinkspruch.

»Auf das Ende der Welt!«

Auch wenn es jetzt so aussieht, als wäre der Kerl ein Hellseher – er hat keinen Schimmer. Man muß nur an all die Irren denken, die in den letzten Wochen quer durch die Medien das Ende der Welt vorausgesagt haben – sowas färbt ab. Genauso wie bei der letzten Jahrtausendwende, und da irrten sich alle, weil sie auf gut Glück wetteten. Und all die Spinner, die diesmal mit ihrer Prophezeiung recht behalten werden, haben das ja auch nur dem Zufall zu verdanken.

Jorge schenkt sich die Antwort. Aber er macht eine zustimmende Geste. Sein Glas zu erheben auf das Ende der Welt, das scheint ihm angemessen.

»Ich weiß nicht, wieso ich mich gerade daran erinnere«, sagt der Obdachlose.

Mit schlauen Äuglein mißt er die Reaktion von Jorge. Er lacht, denkt, daß er ihn angeführt hat und fährt fort:

»Nämlich an die Frauen! Ich behaupte, ich weiß es nicht, aber natürlich weiß ich es. Es ist ja immer dieselbe Leier! Mein Freund hat das ganz sicher auch schon kapiert. Man spricht von einer Sache und plötzlich, rumms, ist man schon beim nächsten Thema gelandet. Was ich gemeint habe, ist folgendes. Bei so einem Entscheidungsspiel, mitten in dem ganzen Durcheinander, fast schon in der neunzigsten Minute, darf man nie, niemals, einen Elfmeter geben! Dieser Trottel von Schiedsrichter. So was tut man einfach nicht.«

Er wartet auf eine Reaktion von Jorge. Er nimmt den Faden wieder auf:

»Und dann hab' ich begonnen, von Hörnern und Frauen zu sprechen, und von Schüssen auf die Hörner von Frauen«, er kneift die Augen zusammen, betrachtet Jorge. »Es ist seltsam, oder?«

Der Wirt fühlt sich bemüßigt, einzugreifen.

»Du hast auch schon genug für heute, Alfredo.«

Der Obdachlose ignoriert die Meldung. Offenbar hat er in Jorge schon sein Zuhörer-Opfer gefunden und braucht kein zweites.

»Nehmen Sie es mir nicht übel, mein Freund. Ich komme sogar recht gut aus mit meiner Frau. Jedenfalls habe ich noch nie auf sie geschossen.«

Er lacht. Ganz schön deprimierend die Szene, selbst für einen routinierten Kerkermeister wie mich. Werde ich in dieser verlassenen Bar die letzten Stunden der Welt verbringen müssen? Ich frage mich langsam, ob es nicht ein Fehler war, Jorge zum Objekt meiner Beobachtungen zu wählen. Aber wenn, dann war's nicht mein Fehler. Ich habe mir den Glatzkopf schließlich nicht selbst ausgesucht. Die Entscheidung, so wie übrigens alle Entscheidungen von Belang, hat der Meister getroffen. Laut Statuten darf ich mich weder zu sehr verwickeln lassen, noch habe ich das Recht, die Auswahl meiner Leute als eine Strafversetzung zu empfinden. Wenn ich meine Aufgabe gut erfülle, dann wird es für mich einen Arbeitsplatz geben in der neuen Welt. Es war immer so, wieso sollte es auf einmal anders sein? Der Meister weiß genau, was er tut.

»Dazu fällt mir eine Geschichte ein«, brabbelt der Obdachlose, »von einem Mann aus meinem Heimatort, einem richtigen Draufgänger. Er hatte sich in den Kopf gesetzt, daß seine Frau was mit dem Pfarrer hatte. Zumindest machte das Gerücht im Dorf die Runde. Und man weiß ja. Was das Volk sagt, wird irgendwann zur Wahrheit, auch wenn es nicht stimmt. Er kümmerte sich zunächst nicht um das Geschwätz. Obwohl es ihm die Leute fast schon auf den Kopf zusagten, schwieg er. Alle beobachteten ihn. Sie fragten sich, wieso er nichts unternahm. Gegen seine Frau. Oder gegen den Pfarrer. Ein Mann ist kein Mann, wenn er den Schwanz einzieht. Gehörnt werden, das kommt dauernd vor. Geschieht in den besten Familien. Man kann nichts dagegen machen! … Nur: Ein Mann muß einen gewissen Respekt vor sich selber haben. Eine gewisse Würde. Doch dieser Kerl lief durch das Dorf, als wäre nichts. Bis dann eines Tages …«

Er macht eine Pause, um die Reaktion von Jorge einzuschätzen. Der hat zwar den Blick nicht von seinem Glas gehoben. Aber aus der befriedigten Miene des Obdachlosen lese ich: Jorge ist mit größerer Aufmerksamkeit bei der Sache, als es von außen den Anschein hat. Vermutlich ist er auch mit größerer Aufmerksamkeit bei der Sache, als er selbst möchte.

»Eines Tages ging der Mann in ein Café. Ein ganz normales Café, so wie dieses hier. Drinnen saßen die Männer des Dorfes versammelt. Und einer von denen konnte sich nicht zurückhalten. Er machte eine Anspielung. Und er, wissen Sie, was der Kerl getan hat? Wissen Sie, was er getan hat?«

Ich werfe einen Blick auf den Wirt. Basedow-Augen, Hosen, die an Hosenträgern hängen, für diesen Bauch muß der Gürtel erst erfunden werden. Im Sommer sind Männer wie er mit einer Fliegenklatsche in der Hand unterwegs, nur um irgendeine Aktivität vorzutäuschen. Weil gerade Winter ist, täuscht er vor, die Gläser abzuwischen, die er in Wahrheit nur noch dreckiger macht. Das alles jedoch in olympischer Ruhe. Die ist genauso beachtenswert wie seine Fettleibigkeit. Wenn da nicht die von den Windpocken angefressene Physiognomie wäre, sähe er aus wie ein Buddha. Und die Buddhas sind eminent gefährlich. Sie haben einen sechsten Sinn, um unsere Anwesenheit zu erspüren. Ihre Gebete gehören zu den effizientesten überhaupt. Diesem Buddha hier ist jedoch meine Anwesenheit scheißegal. Er scheint nicht über, sondern neben jeder Moral zu stehen.

»Er drehte sich nicht einmal um. Ignorierte den Provokateur. Er erstarrte einfach nur. All die Leute sahen ihn an. Und er, keine Bewegung. Kein Mucks. Einen Moment war er wie eingefroren, dann trank er aus, zahlte und ging. Alle waren wie vor den Kopf gestoßen.«

Der Obdachlose trinkt einen Schluck, stellt das Glas hin, räuspert sich, schließt die Augen, und sieht aus wie der Andere am siebten Tag, zufrieden mit seinem Werk, Wohlgefallen findend an seinem Suspense.

»Als sie den Schuß hörten, waren sie noch ratloser. Sie dachten: *Er hat die Unglückliche erschossen.* Oder: *Er hat den Pfarrer erschossen.* Keineswegs. Wissen Sie, was er gemacht hat?«

Der Mann hat kein Glück. Da kommt kein *Nein, weiß ich nicht! Sagen Sie doch.* Er erzählt seine Geschichte vor einem leeren Parkett. Kein Wunder: Der Wirt ist ein Reptil. Jorge ist leer wie eine Flasche. Ich selbst bin ein Teil der unendlichen Leere.

»Er hatte sich ins Hirn geschossen! Und da denke ich mit Verlaub: Wäre es nicht schlauer gewesen, *ihr* ins Hirn zu schießen? Oder dem Pfarrer ins Hirn ...«

»Auf einen Pfarrer schießen ist eine Sünde, Alfredo!«

Donnerwetter. Der Wirt schläft doch nicht. Ist er vielleicht doch ein Buddha mit geheimem Teufelsensorium unter der Schädeldecke?

»Dann hätte er von mir aus ihr ins Hirn geschossen«, antwortet Alfredo, »die Leute hätten vollstes Verständnis gehabt für seine Tat. Niemand hätte ihm das übelnehmen können.

Ein paar Jahre Gefängnis, und die Sache wäre erledigt. So würde ich das machen.«

»Eine ordentliche Tracht Prügel hätte vielleicht auch gereicht«, sagt der Wirt übellaunig. Wenn der Andere noch hier wäre, besäße er wohl die Physiognomie dieses Individuums. Er sieht aus wie einer, der fähig wäre, Laute zu spielen während eines Brandes. Der Arien schmettern würde, wenn seine Bar in Flammen stünde. Wahrscheinlich hat der Andere dort in Andromeda, oder wohin er auch immer emigriert ist, auch so eine Fresse. Und auch so eine Bar.

In diesem Moment beschließt Jorge, ohne sich dem Geschehen zuzuwenden, ein Lebenszeichen von sich zu geben. Vielleicht will er zeigen, daß er Kräfte gesammelt hat. Oder es interessiert ihn einfach nur das Thema, das da ist: wie man jemanden malträtiert, mit dem man zusammenlebt.

»Frauen schlägt man nicht«, murmelt er in gerade noch vernehmbarer Lautstärke, »nicht einmal mit einer Blume schlägt man sie.«

Donnerwetter. Der Glatzkopf hat das Sprechen doch nicht verlernt! Bei euch Menschen kommt man heute aus dem Staunen gar nicht mehr heraus

Der als Alfredo bezeichnete Obdachlose zeigt sich überrascht. Der Wirt bleibt dröge. Er hat schon alles gesehen, oder jedenfalls tut er so. Ein altkluges Kind. Dabei macht das Alter niemanden klüger. Höchstens älter.

»Haben Sie etwas gesagt, mein Freund?« inquiriert der Obdachlose, um Zeit zu gewinnen.

Und der Wirt wiederholt ihm Jorges Worte:

»*Frauen schlägt man nicht. Nicht einmal mit einer Blume schlägt man sie.*«

Der Obdachlose ist etwas verstimmt, aber er erholt sich mit beeindruckender Geschwindigkeit, beeindruckend zumindest für ein Individuum seines Alkoholisierungsgrades.

»Na ja, das hängt von den Frauen ab«, sagt er mit blechernem Lachen. »Wo wir gerade davon sprechen. Ich kenne eine Geschichte über eine ...«

Jorge hebt die Stimme, donnert gewalttätig und eintönig.

»Frauen schlägt man nicht. Man rührt sie nicht an. Einer Frau tut man nicht weh. Aus, Ende.«

Der Obdachlose stutzt. Dann beschließt er, den plötzlichen Eintritt Jorges in die Arena als einen Sieg für sich zu verbuchen. Immerhin hat er es geschafft, den Stier so gründlich zu reizen, daß jener, kochend und fauchend, endlich seinen Ausfällen Aufmerksamkeit schenkt und selbst in den Angriff übergeht. Der Obdachlose fühlt sich mit Vorliebe als Stierstecher im Gespräch der Besoffenen – ein Künstler mit Bandarillas in den Händen. Und Affen sollen ihn sodomisieren, wenn er nicht noch ein paar in den Körper dieses Kerls stößt:

»Man tut ihr nicht weh, man tut ihr nichts ... Wer das hört, muß ja glauben, daß mein Freund über ein anderes Thema spricht. Denn Frauen, bitte sehr, wurden von der Natur doch geradezu dafür geschaffen, daß man ihnen was tut.«

Er fletscht sein Gebiß, das sich in einem ähnlich schlechten Zustand befindet wie das, was noch übrig ist von dieser Stadt. Höhnisch wartet er auf die Reaktion des Stiers.

Aber Jorge ist einfach nicht auf der gleichen Wellenlänge. Er verspürt kein Interesse an Wirtshausbübereien und im Schauen-wer-recht-hat. Daheim, mit Helena, vielleicht. Und genau dort sind seine Gedanken momentan. Doch das kriegt der Obdachlose nicht mit. Denn abgesehen von seiner Eigenschaft als Obdachloser erweist er sich immer mehr als Gehirnloser.

Jorge macht dem Wirt ein Zeichen – er deutet auf sein Glas Schnaps.

»Noch einen.«

Er trinkt es auf einen Zug aus. Er stellt das Glas hin. Ohne Jorge zu fragen, ob er noch einen will, füllt der Wirt das leere Glas wieder auf. Seine selbstsicheren Bewegungen geben zu verstehen, daß er nicht dient. In Wahrheit gibt er die Befehle.

Dem Obdachlosen bleibt nichts anderes übrig, als seinen einsamen Ritt fortzusetzen.

»Die Frauen sind sehr seltsame Wesen. Sie können süß sein wie Honig, aber auch böse wie die Schlangen. Sie können einen Mann glücklich machen, oder ihn zerstören.«

Er trinkt sein Glas in einem Zug aus.

»Ah! Es bringt nur Unglück, so viel über die Frauen zu reden. Einmal habe ich in einer Fernsehsendung gehört, wie ein Mann sagte, einzig aus diesem Grund wurde der Fußball erfunden.«

Zufällig ist der Obdachlose der Wahrheit ganz nah. Obwohl es nicht in einer Fernsehsendung war, wo das gesagt wurde. Die Leute schreiben dem Fernsehen zu viele Verdienste und Versäumnisse zu, ohne zu verstehen, daß gerade diese Zuschreibungen die Glotze so sehr aufwerten. Macht haben besteht darin, andere zu überzeugen, daß man Macht hat. Das ist der Schlüssel: die Selbstüberzeugung. Schlimmer: das Selbstvertrauen. Ich spreche hier vorurteilsfrei, uns sind die menschlichen Streitfragen um des Kaisers Bart fremd. Wir haben wahre Macht, wir, oder besser er, der Meister. Seine Macht ist uralt und manifestiert sich selbst in den kleinsten Dingen. Die Kunst des Meisters entfaltet ihre gesamte Größe vor allem in den Details. Sie müssen nur noch etwas zuwarten, dann werden Sie sehen. Gehen Sie nicht fort. Bleiben Sie ruhig! Außerdem, wohin sollten Sie schon gehen?

Der Obdachlose hat auch eine trockene Kehle und bittetflehtfordert:

»Senhor Joaquim, noch einen.«

Eifrig füllt der Wirt das Glas. Ich habe den Eindruck, daß er sich großartig unterhält, wie eine Avocado am Wochenmarkt.

»Du bist ja auch schon reif für's Bett«, bemerkt er, ungeachtet der Tatsache, daß er weiter einschenkt. »Morgen wirst du wie üblich nicht aufkommen.«

Nun findet etwas Außerordentliches statt. Der Wirt dreht sich zu Jorge und zwinkert ihm zu, auf Kumpanenart, während er lachend sagt:

»Wenn du dir den auch noch hinter die Binde gießt, wirst du wohl deine ehelichen Pflichten nicht mehr erfüllen können.«

In diesem Moment begreifen sowohl Jorge als auch ich, wie sich Wirt und Gast ergänzen. Der eine mit seiner opulenten Fettleibigkeit, der andere klapperdürr und bitterböse – als wären sie auf schreckliche Art einer für den anderen gemacht. Dick und Doof. Das älteste Paar der Welt. Komödie und Tragödie. Clown und Harlekin.

»Nicht so vorlaut, Senhor Joaquim«, beschwört ihn der Dünne. »Nur nicht so vorlaut. Ich weiß schon selbst, ob ich meine Pflicht erfüllen kann oder nicht.«

Jorge beginnt leise vor sich hin zu singen:

»Plaisir d'amour ne dure qu'un instant ... Chagrin d'amour dure toute la vie ...«

Der Obdachlose kennt sich nicht mehr aus. Mit einem kecken Grinsen, das nur er selbst für eine exzellente Maske hält, krächzt er:

»Was sagt der Freund?«

Der Wirt erklärt ihm mit falscher Milde:

»Das ist Französisch.«

Aber es ist Jorge, der mit echter Milde übersetzt:

»Freuden der Liebe dauern nicht lang ... Liebesleid dauert das ganze Leben.« Und er fügt hinzu, während er in der Brusttasche nach einer Zigarette sucht: »Elvis Presley hat eine Version dieses Liedes gesungen.«

Und ich dachte, daß Jorge vor fünf Jahren zu rauchen aufgehört hatte! Ich hatte mich auch durch die Tatsache täuschen lassen, daß es in dieser Bar keine Aschenbecher gibt. Klar, hätte ich auf den Boden geschaut, dann hätte ich da ein, zwei, drei Stummel gesehen. Jorge hatte sie geraucht, bevor ich hereinkam. Manche glauben, daß Nikotin den Geist beruhigt und andere glauben, daß Nikotin den Geist anregt. Ich erlaube mir zu informieren: weder das eine noch das andere. Aber den Geruch mag ich.

Der Obdachlose versteht nicht so recht, wovon der Song handelt, auch die Übersetzung bleibt ihm schleierhaft. Und weil er es nicht versteht, wirft er sich in Pose:

»Worüber sprechen Sie, mein Freund?«

»Am besten singt das Lied meiner Meinung nach Édith Piaf«, sagt Jorge, noch mit den Zündhölzern in der Hand.

Ach, dieser flüchtige Geruch nach Schwefelsulfat. Ich fühle Sehnsucht nach den Zeiten, als unsere Arbeit noch als Handwerkskunst betrieben wurde.

Der Obdachlose beschließt, mit der Miene eines Grandseigneurs, in das Spiel einzusteigen, wenn schon der andere nicht auf sein Spiel reagiert.

»Ich mag das französische Chanson auch sehr gerne ...«

Wieso nicht sich anschließen? mag er denken. Was habe ich zu verlieren? Die Jungfräulichkeit? Ah, grübelt er, und ölt sein Hirn mit einem ordentlichen Schluck, es geht doch ohnehin nur darum, die Zeit rumzukriegen, bevor wir alle in die Luft fliegen. *Heute in hundert Jahren sind wir alle Glatzköpfe*, sagt der Obdachlose gerne, *Papa, Mama, Uroma, Kind und Kegel*. Keine schlechte Redensart, mein Freund. Allerdings werden kaum hundert Jahre nötig sein.

Jorge rotiert auf seinem Hocker. Er quatscht wie ein Irrer Wortfetzen vor sich hin, lange kann es nicht mehr dauern, bis er überschnappt. Weder der Wirt noch der Obdachlose wundern sich darüber. Gespräche unter Betrunkenen sind meistens so: blinde Monologe, die sich nur an zufälligen Schnittpunkten berühren. Jeder ist verschlossen in seiner Obsession, und die hat mit der Obsession seines Nächsten nur das Äußere gemeinsam. Die Tatsache, daß man auf das gleiche Vokabular zurückgreift, das aus vierundzwanzig Buchstaben und aus einer begrenzten Anzahl von Tönen, Geräuschen, Atem- und Kunstpausen besteht, diese Tatsache dient nur dazu, eitle Hoffnungen auf ein Publikum zu setzen, das nicht vorhanden ist.

Jorge läßt nun ein künstliches Lachen ertönen, ein verärgertes Clownnasenlachen.

»Heute hätte er nicht kommen dürfen!« Und er unterstreicht seinen Satz mit einem erhobenen Finger.

Der Alkohol macht doch komische Sachen mit den Leuten. Ich habe den Ausdruck *Trinken wie ein Schwamm* immer gemocht. Betrunkene sind wie Schwämme, wie aufgedunsene Körper, komprimiert, bereit zum Explodieren, gespannt wie ein bis an den Rand gefülltes Glas. Betrunkene sind zu allem bereit: in Tränen auszubrechen wie ein offener Wasserhahn; Wörter herauszukotzen, Schimpfwörter und Lobwörter, Beleidigungen, ideologische Deklarationen und Liebeserklärungen; eine Schlägerei anzuzetteln, mit etwas oder mit jemandem, mit einer Gewalt, die aus der Tiefe ihrer Alpträume herauskommt. Ich mag Betrunkene gerne. Nein, so kann man das nicht sagen. Ich mag die Menschen gerne, wenn sie betrunken sind. Dann sind sie am dümmsten, aber auch am einfachsten, mit klar definierten Zielen, frei vom rhetorischen Ochsenjoch und den Schmierentheaterrollen, die sie einander vorspielen, um ihre kleinen und großen Ängste vor sich zu verstecken.

»Jedenfalls nicht heute«, setzt Jorge fort und hämmert in die Luft. »Ich habe meine Arbeit. Ich muß ein Projekt fertigkriegen. Ich habe zu tun. Heute hätte das Arschloch doch problemlos zu Hause bleiben können, oder? Er hätte, was weiß ich, er hätte ins Kino gehen können, oder ins Theater. Wieso nicht ins Theater? Er hätte seine Spielchen woanders spielen können. Er hätte … er hätte tausendundeine Sache machen können. Und sie genauso.«

Der Obdachlose sagt beinahe: *Heute ist ein Festtag, mein Freund. Es ist eine Sünde, an einem Festtag zu arbeiten.* Aber er sagt das nicht. Er sagt es nicht, weil er die momentane Animosität verloren hat, die er möglicherweise gegen Jorge hegte. Caramba, der Mann hat einen größeren Schmerz als er. Und Schmerz verdient Respekt.

Der Wirt flüstert zum Obdachlosen, ohne das Gläsertrocknen mit dem Geschirrtuch zu unterbrechen:

»Er ist nicht zum ersten Mal hier.« Er hebt ein Glas zur Nase, um zu sehen, ob es auch schön schmutzig ist. »Und es ist auch nicht das erste Mal, daß ich ihn so sehe.«

»Sie weiß, daß heute ein besonderer Tag ist. Ein wichtiger Tag. Ich sollte nicht hier sein. Ich sollte nicht saufen. Saufen tut mir nicht gut. Es macht mich schwindlig. Und gerade heute muß ich nüchtern bleiben. Ich kann mir den Luxus nicht leisten, heute schlecht drauf zu sein. Nicht, weil es die letzte Nacht des Jahrhunderts ist. Sondern weil ich eine Arbeit fertigmachen muß. Sie hat das nicht verstanden. Ich wollte mit der Sache vor Mitternacht fertig sein. Es war wichtig. Für mich. Für sie. Ich wollte es so sehr. Als Geschenk. Für meine Frau, wieso nicht? Für Sofia.«

Jorge stockt. Er sitzt schon nicht mehr, steht eher, stützt sich nur mit einem Arm an den Tresen. Er bemerkt, daß er die Namen vertauscht hat. Er hätte eigentlich *Helena* sagen wollen. Das heißt, wollen vielleicht nicht, aber sollen hätte er. Er hätte sagen sollen *Für Helena*.

Er ist halb verloren, starrt auf irgendeinen glasigen Punkt in der Vitrine der Bar. Da draußen ist es dunkel. Es ist seltsam, daß niemand mehr in die Bar kommt, auch wenn es eine menschenarme Nacht mit wenig Betrieb ist. Irgend jemand sollte noch kommen, grübelt Jorge. Er weiß nicht, daß ich beim Hereinkommen ganz diskret das Schild »Offen« umgedreht habe. Von außen liest man jetzt »Geschlossen«, was ein Adjektiv ist, das bedeutend besser zu diesem Ort paßt.

Jorges Wortschwall ist wie ein Durchfall. Hoffentlich macht er den Boden nicht schmutzig.

»Ein Projekt benötigt viel Papier, benötigt eine möglichst minutiöse Beschreibung der Art wie es durchgeführt werden soll, der Ziele, der Instrumente, die man benutzen wird. Ich kann es mir nicht leisten, Zeit zu verlieren. Zeit ist Luxus, den ich nicht habe. Wie oft habe ich nicht die Sachen aufgeschoben, die ich machen sollte? Wie oft habe ich meinem Leben nicht schon abgeschworen – für die anderen? Habe ich versagt? Tut mir leid, wenn ich versagt habe. Es war nicht meine Schuld. Habe ich ein so schreckliches Verbrechen begangen, daß ich …«

»Es ist die reinste Wahrheit«, unterbricht der Obdachlose. »Man darf nie damit anfangen, über Frauen zu reden, schon gar nicht in einer Bar. Ohne unhöflich zu sein, Senhor Joaquim, ohne unhöflich zu sein.«

Jorge blickt ihn an. Und er sieht einen Spiegel. Und was er im Spiegel sieht, ist ein Insekt. Eine Küchenschabe oder noch was Schlimmeres. Reinigende Wut bricht aus ihm heraus, wie aus einem Ballon, dem plötzlich das Helium entweicht.

Der Obdachlose spürt, daß er wieder am Zug ist. Es ist nicht böse gemeint, ganz im Gegenteil. Wenn er diesen Kerl vorher nur ärgern wollte, so ist nun seine Absicht eine ganz andere. *Sie haben den Zustand des Mannes gesehen*, scheint er zu sagen, *Wenn ich jetzt in Aktion trete, würde ihm das helfen, ihn retten, man weiß ja nicht, was dieser Mann noch anstellt, wenn er so weitermacht.* Mich amüsiert er, der Obdachlose. Er will mir die Arbeit abnehmen. Na gut, wenn er auf Jorge aufpassen will, nur zu. Aber vermutlich hat er so seine Hintergedanken. Er will sich selbst hören, und den Eindruck haben, daß ihn auch die anderen hören. Was er wirklich möchte, ist ein Publikum.

»Frauen bringen Unglück«, proklamiert er. Die Festsitzung ist eröffnet. »Es ist wie mit den Katzen. Sie fallen immer auf die Füße. Ein Mann kann machen was er will, sobald er sich mit einer Frau abgibt …«

Der Obdachlose führt den Daumen an den Hals, den Schnitt eines Springmessers simulierend.

»... kann er gleich Ade sagen zum Leben. Ich spreche aus eigener Erfahrung.«

Dein Überfluß an männlicher Erfahrung ist ja auch nicht zu überhören, Obdachloser!

»Ich bin seit sechzehn Jahren verheiratet, habe drei Töchter, daheim sind nur Frauen. Und was glauben Sie, was ich dachte, als mir die erste Tochter geboren wurde? Wissen Sie, was ich dachte? Ich wette, Sie können sich nicht vorstellen, was mir durch den Kopf ging!«

Jorge ist schon wieder nach innen versunken, sein Gehirn wirr verkabelt wie eine abgewrackte russische Raumstation, ein System am Rande des Kollapses. Der Obdachlose hängt unterdessen wie eine Zeichentrickfigur in der Luft, ungefähr zweitausend Meter über dem Meeresspiegel und nichts dazwischen als Sauerstoffmoleküle. Mit dem sprichwörtlichen Glück eines Bugs Bunny hält ihm der Wirt in letzter Sekunde eine Rettungsleine hin: in Form einer Frage.

»Was hast du gedacht, Alfredo?«

Der Obdachlose schüttet sich den Rest des Glases zwischen die Zahnreihen, das der Wirt sogleich wieder vollschenkt.

»Was ich gedacht habe?« sagt er nach einem kleinen Rülpser. »Einem wie mir kommen nur Herzöge heraus, dachte ich. Herzog der Erste, Herzog der Zweite. Nichts da. Was hätte ich schon denken sollen, Senhor Joaquim? Hand aufs Herz! Ich, der ich auf einen Sohn hoffte, und jedesmal kam eine Tochter raus.«

Er gibt dem Wirt ein Zeichen, das Glas zu füllen. Erst da bemerkt er, daß das Glas schon voll ist. *Vergessen Sie's, Senhor Joaquim*, würde er sagen, wenn er nicht zu sehr verstrickt wäre in sein Drama, jedesmal von neuem ein Mädchen statt einem Jungen bekommen zu haben.

»Gut«, fährt er fort, »und als dann die dritte Tochter auf der Welt war, war ich mehr als zerstört. Und dachte, ich bezahle jetzt für die Sünden, die ich als Lediger begangen habe. Das waren nicht wenige! Aber was tröstet mich das. All die Mädchen, die ich geschwängert habe! Da läuft gewiß irgendwo der eine oder andere Bankert von mir rum.«

Er wartet vielleicht auf einen Lacher, auf ein komplizenhaftes Grinsen, auf irgendein Zeichen, daß die anderen seinen Rang als großer Zuchthengst akzeptieren. Doch er wartet vergebens. Seine Miene verfinstert sich.

»Leider kenne ich keinen von ihnen.«

Und er schließt:

»Die Frauen haben's in sich. Die sind der Teufel.«

Es tut mir leid, lieber Obdachloser, oder Dachdecker, oder Schlosser, oder Gerichtsvollzieher, oder was immer du bist, hier muß ich dich korrigieren. Die Frauen sind keine Teufel. Sie können vieles sein, aber das sind sie nicht. Und ich, im Gegensatz zu dir, meine Bestie, weiß, wovon ich spreche.

»Ich habe einen Sohn«, sagt Jorge. Wenn man vom Teufel spricht.

Der Wirt runzelt die Stirn. Was bei ihm das gleiche ist wie ein sehr nachdenklicher Ausdruck, wie einer, der gerade etwas gehört hat, was ihm Angst macht.

Den Obdachlosen-Dachdecker-Schlosser-Gerichtsvollzieher stört das nicht weiter. Er verkündet nur in einem Anfall von gerechtem Zorn:

»Ah, ja? Schauen Sie, was für ein Glück. Sie wissen gar nicht, was ich für einen Sohn geben würde.«

Der Wirt sieht die Katastrophe kommen. Er weiß auch von der Sache mit Pedro, nehme ich an. Und weil er vielleicht noch einen Rest von Selbstachtung besitzt, versucht er seinen Kunden zur Ordnung zu rufen.

»Alfredo.«

Aber der Obdachlose ist in Schwung. Er ist blind gegenüber Jorges Schmerz, er ist besessen von dem, was er für seinen eigenen Schmerz hält.

»Der Freund glaubt gar nicht, was ich für einen Sohn geben würde. Für einen Jungen. Einen ... einen einfachen kleinen Pimmel.«

Der Wirt knallt das soundsovielte schmutzig-saubere Glas auf den Tresen. Wie durch ein Wunder zerbricht es nicht.

»Alfredo.«

»Und wie alt ist Ihr Pimmel?« will der Obdachlose wissen. »Falls Sie mir die Frage erlauben.«

Wenn Sie einen seltsamen Geruch wahrnehmen, sollen Sie wissen, es ist der Geruch des heraneilenden Desasters. Stecken Sie ruhig Ihre Menschennase in die Luft. Riechen Sie nichts? Dann haben Sie also, trunken vom drohenden Verlust der übrigen Sinne, Ihren Geruchssinn schon vorzeitig eingebüßt?

»Er ist bereits erwachsen«, antwortet Jorge mit gespielter Ruhe. »Im März wird er zwanzig.«

Der Wirt hat seine beiden krötigen Hände auf den Tresen gelegt. Ihre Kolorierung ähnelt teuflisch täuschend der undefinierbaren Farbe des Zinks, das den Stoff abgibt, aus dem der Tresen ist, ja sie verschmelzen gewissermaßen zu einer Wesenseinheit mit demselben. Niemand würde sie bemerken, aber ich habe keine Zweifel, daß sie fähig wären, den Obdachlosen mit einem Handschlag zu töten.

»Alfredo ...«

Der Wirt weiß, wieso er warnt. Das menschliche Leben, so wie wir es kennen, wird in Bälde zu Ende sein. Alfredo hingegen ahnt nichts davon. Er ist bereits so lange tot, daß er schon wieder glaubt, er lebe noch.

»Ah, dann ist er ja schon ein erwachsener Mann«, ruft er aus, »dann kommt er bald zum Heer!«

Jorge, das Lämmchenlamm, erklärt:

»Nein, er kommt nicht zum Heer. Er hat ein Problem.«

Beachtenswert scheint mir die Tatsache, daß sie alle ständig aneinander vorbeireden. Jetzt, wo Jorge geistig am weitesten entfernt ist von dieser Bar, ganz verschlossen und total in sich selbst begraben, übernimmt irgendein Notaggregat seine externen Funktionen. Nur ist das hier nicht der Beginn eines Gesprächs, sondern der Beginn einer Agonie. Diese Bar hat Jorge schon alles gegeben, was sie ihm anzubieten imstande war. Am Ende wird mir nichts anderes übrig bleiben, und ich selbst werde meinen Superhelden persönlich von hier entfernen müssen. Denn er ist physisch wie psychisch am Boden.

»Ah, das ist aber schlimm«, sagt der Zukunftslose und seine unglaubwürdige Mitleidsmiene bewegt sogar mich. »Aber es ist nichts Schlimmes, oder?«

Er selbst findet im Handumdrehen eine geniale Erklärung für den tragischen Umstand, daß der Sohn seines Saufgenossen nicht zum Heer gehen kann.

»Ist er kurzsichtig? Kein Problem! Die jungen Leute laufen doch heutzutage alle mit Brillen herum.«

Die Hände des Wirts haben sich nicht bewegt. Regungslos wie sie sind, verwachsen sie mit dem Tresen. Aber ich, der ich alles sehe (oder sagen wir es von mir aus so: fast alles), bemerke in ihnen eine Seidenschnur, eine von denen, die für Ninja-Würgungen verwendet wird. Und er warnt nun ein letztes Mal:

»Alfredo ...«

Der Sohnlose hat nun seinen an die Wand projizierten Schatten bemerkt, samt dem Strang, den ihm der Wirt um den Hals geschlungen hat. Er ist kurzzeitig verwirrt und versucht sich zu sammeln.

Jorge bemerkt nichts davon, er ist verloren in seiner Obsession. Er schweigt, doch im Inneren dreht sich die Platte weiter, die Nadel hängt am gleichen Akkord fest, monoton, gefangen in der alten Litanei, seiner Schicksalslitanei.

Er ist nicht mein leiblicher Sohn, und doch ist er mein Sohn. Ich war es, der ihn von Kindesbeinen an aufgezogen hat, zusammen mit meiner Frau. Meine Frau, die ist seine leibliche Mutter. Er ist mein Sohn. Ich habe ihn aufgezogen. Er ist mit mir aufgewachsen. Er hat die Welt durch mich sehen gelernt. Durch meine Augen. Er sieht die Welt durch seine Augen, aber auch durch meine Augen. Ich war es, der ihn das erste Mal zum Fischen mitgenommen hat. Der ihn angezogen hat, gewaschen, ins Bett gebracht. Er ist mein Sohn. Ich habe sie seinetwegen nicht verlassen. Wäre er nicht gewesen, hätte ich sie schon lange verlassen. Vielleicht schon ziemlich am Anfang, wer weiß. Ich habe sie nicht verlassen, weil ich dachte, daß er einen Vater braucht. Ein männliches Vorbild. Ein positives männliches Vorbild, nicht einen abwesenden Vater, der ihm bestenfalls Verachtung geben kann. Bei mir war das anders. Ich habe mich für ihn geopfert. Ich habe mein Leben eingeschränkt wegen ihm. Ich habe Gelegenheiten sausen lassen wegen ihm. Wie oft habe ich nicht ein Projekt aufgeschoben, um sein Weinen zu stoppen, um ihn zum Lachen zu bringen, um ihm beim Einschlafen zu helfen. Wegen ihm habe ich zugelassen, daß sie mich demütigt. Ich habe zugelassen, daß sie mich schlecht behandelt. Ohne je die Stimme zu erheben in seiner Gegenwart. Weil man die Stimme gegen die Mutter vor dem Kind nicht erhebt. Auch dann, wenn man im Recht ist. Das ist eine der elementarsten Regeln. Ich habe so viel für ihn getan. Niemand kann sich das vorstellen. Ich war mehr als bloß ein Vater für ihn.

Ich hatte mich getäuscht. Am Ende gibt es nur einen halben Satz, den Jorges blutlose Lippen artikulieren:

»Ich habe ihn zu meinem Projekt gemacht.«

Der Wirt und der Obdachlose blicken ihn an, und nun wissen sie beide, daß es nichts zu erwarten gibt, daß es nichts zu hoffen gibt. Daß ein düsteres Weltende zukommt auf sie. Der Wirt, da bin ich sicher, hatte es schon gewußt. Dem Obdachlosen, dem Lösungslosen, dem Liebeslosen beschloß ich einen Schimmer der Hellsichtigkeit zu geben, damit er nicht sagen kann, daß ich nie was gemacht hätte für ihn. Und jetzt behaupten Sie noch einmal, daß ich böse bin! Behaupten Sie es, behaupten Sie es nur, um zu sehen, ob es mir was ausmacht.

Was Jorge betrifft, so starren seine Augen in die Leere. Ich sehe es schon kommen, ich werde wieder eine Apotheke überfallen müssen, um ihm irgendeine Injektion mit einem Stimulans zu verabreichen. Ich hasse so etwas, aber ich muß die Sache von einem philosophischen Standpunkt betrachten: in einer Stunde (ja, es ist elf Uhr, Rußland und der Nahe Osten sind schon in die Luft geflogen und mit etwas Glück sind gerade Frankreich und Deutschland an der Reihe) ist meine Schicht *endgültig* zu Ende.

»Verzeihen Sie«, stammelt der Obdachlose gesenkten Hauptes, der in Wahrheit kein Obdachloser ist, sondern Faßbinder von Beruf, »Das wußte ich nicht.«

Als ob Unkenntnis vor Strafe schützte. Wie auch immer. Es macht keinen Unterschied mehr. Die Welt hat ihren Saft und ihre Kraft verloren, egal, ob sich der klägliche Obdachlose bei ihr entschuldigt oder nicht. Würdevoller ist da noch immer der Wirt, der ein Dutzend Gläser nebeneinander auf den Tresen stellt und die letzte Runde ausgibt.

»Heute gehen alle Getränke auf Rechnung des Hauses«, sagt er, »heute ist ein Festtag.«

7

Und was haben Vítor und Helena in der Zwischenzeit getan? Geknutscht wie Staubsauger? Kann ohne weiteres sein. Auf jeden Fall liegt die Wohnung im Dunkeln. Okay, weil wir gerade dabei sind: Ich besitze die Gabe der Allgegenwärtigkeit. Hatte ich das noch nicht erwähnt? Kein Teufel kann alles erwähnen. Im übrigen können Sie nichts dagegen unternehmen, wenn ich ein für Sie wichtiges Detail verschweige. Reinhauen können Sie mir schon allein deshalb keine, weil ich keinen Körper besitze. Und ich muß ja wohl nicht alles ausplaudern. *Alles*, das wäre außerdem eine ganze Menge. Stellen Sie sich vor, ich würde die gesamte Menschheitsgeschichte herunterspulen. Abgesehen von Sinnlosigkeit und Öde dieses Unterfangens sind wir doch gerade dabei, den Begriff *Menschheitsgeschichte* auszulöschen. Und en passant auch alle anderen Begriffe. Bald stehen alle menschlichen Ausdrücke im Abseits. Also Freistoß. Dann Eckball. Daraufhin Elfmeter.

Am Ende der klassische Sudden Death.

»Keine Ahnung, was los ist«, sagt jemand. »Ich habe einfach keine Ahnung.«

Die Stimme von Helena. Leicht zu erkennen an der gepreßten Art, mit der sie ihre latente Hysterie unterdrückt.

Gleich darauf liegt der Raum wieder in perfektem Schweigen. Nach ein paar Sekunden hört man ein starkes Keuchen. Ob sie miteinander Sex haben? Ob sie, wie sagt man so schön, ob sie Liebe machen? Darf ich ein großartiges menschliches Wort verwenden? Ob sie *ficken*? Zum Teufel, die beiden werden doch nicht einfach ... Nein, es reicht, das delikate Wort einmal ausgesprochen zu haben. Noch mehr Brachialslang, und ich würde zehn Kilo zunehmen.

»Was meinst du?« sagt Helena, und in ihrer Stimme schwingt Unbehagen mit über seinen Mangel an Anteilnahme.

»Was meinst du mit *Keine Ahnung, was los ist*?« fragt Vítor.

Wenn die Welt zu Ende geht, kann ich natürlich gut verstehen, daß Sie was dagegen haben. Jedoch erhoffe ich ein bißchen Respekt von Ihrer Seite. Schließlich ist es ein Job. Ein recht interessanter Job sogar. Ich gebe mein bestes, damit sich das globale Projekt Weltuntergang in Wohlgefallen auflöst. Immerhin soll er doch einigermaßen glimpflich vonstatten gehen. Ich bettle beileibe nicht um Sympathie, mir ist bewußt, daß es sich um das Ende Ihrer gesamten Spezies handelt. Oder, um einen Ausdruck zu verwenden, für den Sie sehr viel übrig haben: Es handelt sich um das Ende Ihrer *Rasse*. So weit, so gut. Ich erwarte also keinen Applaus, keinen Dank, keine Blumen in der Garderobe nach meinem Auftritt. Im Gegenteil. Ich bin Ihr ewiger, Ihr grenzenloser Feind, Ihr Alptraum, Ihr Kerkermeister, Ihr Rache- und Wacheengel. Also ein Mindestmaß an Haltung, meine Herrschaften! Und etwas mehr Ruhe da hinten auf den billigen Plätzen, wenn ich bitten darf.

Was war denn das schon wieder, dieses Sägegeräusch? Sehen Sie, schon schleichen sich wieder Konzentrationsfehler in meine Arbeit ein. Ah, es ist nur Vítors schwerer Atem. Asthma ist unwahrscheinlich: In seinem Dossier steht kein Wort darüber. Es werden tausendunddrei Geliebte erwähnt, die Rede ist weiters von einer heuchlerischen und wankelmütigen Persönlichkeit – doch man findet keinerlei Hinweis auf Erkrankungen der Atemwege.

»Du weißt, wen ich meine«, sagt Helena.

»Jorge?« schlägt Vítor vor, als ob er es nicht ganz genau wüßte.

Eine solche Antwort wird sie keinesfalls befriedigen. Helena möchte ihn dazu bringen, Partei zu ergreifen, eine klar definierte Position zu beziehen. Sie will, daß Vítor das macht, was Frauen laut Männerklagen immer von den Männern wollen: daß er seine Natur verleugnet.

»Was hältst du davon?«

Er räuspert sich, um Zeit zu gewinnen.

»Aber ... Ist es in letzter Zeit schlimmer geworden?«

Ich kann im Dunkeln Helenas Kopfnicken erahnen.

»Von Tag zu Tag wird es schlimmer!«

Vítor übt sich in Zurückhaltung:

»Aber eigentlich war das doch immer so! Er ist eben seltsam. Es gehört zu seinem Charakter.«

Hat der Fernsehstar Kreide gefressen?

»Aber inzwischen ist es unerträglich geworden«, sagt Helena. »Es ist einfach unerträglich jetzt.«

Vítor atmet tief durch. Mehr fällt ihm offenbar nicht ein dazu.

»Und ... und Pedro?« forscht er.

Die Antwort läßt auf sich warten. Weder Antwort noch Licht. Nichts. Sie hocken im Dunkeln, genauso wie ich. Klar, wenn es mir gefällt, stelle ich meinen Blick auf Infrarotbereich und die Nacht wird zum Tag. Aber ich verkleide mich gerne ein bißchen als Mensch und lasse meine Superkräfte beiseite.

»Pedro ist ein Engel«, sagt Helena. Was für eine mitreißende Neuigkeit, was für eine phantastische Übertreibung. Pedro mag ja ein netter Junge sein. Aber ein Engel? Ich fürchte, Helena hat keinen Schimmer, wovon sie spricht. Ein Engel ist für sie eine positive Sache. Doch der wahre Engel bin ich. Ich meine nicht Engel im Sinne von Schutzengel. Eher schon Würgeengel. Engel des Bösen. Denn hier kommt keiner lebend heraus. Noch schlimmer: Hier kommt überhaupt keiner mehr heraus. Weder lebend und aufrecht noch tot und flach.

»Er kriegt alles mit«, sagt Helena über Pedro und fühlt, wie ein eisiger Wind über ihre Seelenlandschaft fegt. »Doch er äußert sich nicht.«

Endlich geht das Licht an. Meine Augen gewöhnen sich nur langsam an die unvermittelte Helligkeit. Helena und Vítor sitzen nebeneinander auf dem Sofa. Er hält ihre Hand.

»Ah, endlich. Kommt das in diesem Haus oft vor?« sagt Vítor und wirft einen Blick nach oben.

Helenas Haare sind zerrauft. Ob sie wohl miteinander geschlafen haben? Ich schnüffle in die Luft.

»Eigentlich nicht«, sagt Helena leichthin. »Es muß ein Kurzschluß gewesen sein.«

Das ist die Gelegenheit zum Themenwechsel, die Vítor gerade recht kommt.

»Kann passieren«, sagt er. Ein leerer Satz. Seine einzige Funktion besteht darin, die Leere zu füllen – so wie übrigens fast alles, was die Menschen von sich geben. Die Hauptfunktion der meisten menschlichen Gespräche besteht darin, die Stille auf angemessene Art zu füllen. Von der Art, wie die Menschen mit der Stille umgehen, hängt ihr Schicksal ab.

Vítor ist jedoch auf dem Holzweg, wenn er damit rechnet, daß Helena sich so leicht ablenken läßt. Er hat sich zwar eines Tricks bedient, den die Gazellen anwenden, wenn sie von einer Löwin angefallen werden: sich totzustellen. Aber Helena ist ein ziemlich gewissenhaftes Raubtier – eine wie sie läßt die Beute, die in ihre Fänge geraten ist, nicht einmal nach dem Exitus los.

»Du ahnst gar nicht, was ich mitmache«, beklagt sich die Löwin bei der Gazelle.

Kaum zu glauben, wie wandlungsfähig dieser Vítor ist. Alleine mit Helena nimmt er sich nur noch halb so wild aus. Kann ja keine giftigen Pfeile mehr gegen den Rivalen Jorge abschießen. Wodurch er mir gar nicht mehr so unsympathisch ist. Allerdings hat er auch an Stärke eingebüßt. Hand in Hand mit einer Frau entpuppt sich der Mann als ausgemachtes Weichei. Er ist unsicher, weiß nicht so recht, wo er die Füße hinstellen und die Hände hinstecken soll. Vielleicht gehört das sogar zu seiner Anziehungskraft. Wer weiß, wie er auf Menschenfrauen wirkt.

Die meisten Männer stellen sich ja immer die Gretchenfrage: Wie verhalten sich ihre Geschlechtsgenossen, wenn sie mit einer Frau zusammen sind? Um hinter dieses Geheimnis zu kommen, werden massenhaft Bücher gekauft. Und was tun jene Männer, die keine Bücher lesen? Die schauen sich Filme an. Und jene, die sich keine Filme anschauen? Die hören Lieder und Geschichten. Oder sie benützen ihre Vorstellungskraft. Oder sie blinzeln durch Türritzen. Irgend etwas müssen sie tun – weil sie alle brennend interessiert sind, das große Geheimnis zu lüften. Benehmen sie sich falsch? Benehmen sie sich richtig? Liegen sie total daneben? Sie alle werden immer von Zweifel getrieben. *Wie verhalten sich die anderen Männer, wenn sie mit einer Frau zusammen sind?* Naturgemäß kenne ich die Antwort. Denke aber gar nicht daran, sie Ihnen auf die Nase zu binden.

Vítor fährt mit der Hand durch ihr Haar:

»Ich kann es mir vorstellen.«

»Nein. Du kannst es dir nicht vorstellen.«

Sagt sie hochmütig. Doch plötzlich vergräbt sie das Gesicht in den Händen. Es ist kaum zu fassen! Täglich werden von Wendehälsen wie Helena neue Geschwindigkeitsrekorde aufgestellt. Leute wie sie wechseln ihre Rolle schneller, als sich eine Welle im Sand verliert.

Vítor versucht, sie wieder zur Vernunft zu bringen. Er betont ihren Namen in einem zärtlich-rügenden Tonfall:

»Helena!«

Die Angesprochene schlingt die Arme um ihren Körper.

»Ich fühle mich manchmal so einsam.«

Sie trocknet die Tränen mit dem Handrücken. Wenn jemand so etwas macht, muß man davon ausgehen, daß er weint oder geweint hat. Vítor, der vollendete Kavalier, reicht ihr ein Taschentuch.

»Ich weiß nicht, wie lange ich es noch aushalte«, murmelt sie. »Ich weiß es nicht. Das schwöre ich.«

Vítor weiß das genausowenig. Außerdem hat er keine Ahnung, was er sagen soll. Er rennt wie ein Beichtstuhl mit Beinen hinter der Frau her.

»Ist es … ist es denn so schlimm?«

Es ist zum Schreien. Der schlechte Vater gibt zu guter Letzt einen guten Pater ab.

»Du kannst es dir nicht ausmalen«, sagt Helena.

Vítor macht weiterhin auf Liebkind:

»Ich weiß ja, daß es mit Jorge nicht leicht ist, aber …«

Warum? Warum tut er das? Vítor kann keinen Tropfen Solidarität aufbringen für seinen ewigen Rivalen Jorge. *Der ewige Rivale.* Klingt wie ein Filmtitel aus dem Hollywood der sechziger Jahre. In unserem Jahrzehnt würde der Film anders heißen: *Der zärtliche Rivale.* Und das mit gutem Recht. Immerhin ist der Mann, mit dem man sich eine Frau teilt, doch ein Mann mit gutem Geschmack, oder?

Helena ist enttäuscht vom Verhalten ihres privaten Schlachtrosses und reagiert ungehalten:

»Was verstehst du schon davon?«

Vítor weicht zurück:

»Gar nichts verstehe ich davon, klar.«

Tatsächlich: Kaum ist Vítor allein mit einer Frau, bricht sein zärtlich-rauhes Machogehabe zusammen. Wenn Jorge ihn jetzt sehen könnte! Der Gedanke an seinen Widersacher würde ihn gleich viel weniger quälen. Er fände einen mittelmäßigen Drachen vor, mit Brillantine im Hirn und Kameras in den Augen, aber bei Vítor sind die Kameras nach innen gerichtet. Der Heilige Jorge und der Drache, kennen Sie den? Klar kennen Sie den. Aber es ist womöglich gar nicht Vítor, der die Rolle des Drachen spielt. Jorge gibt den romantischen Ritter ab, eingewickelt in purpurne Gewänder, der eines Tages zum Kampf gegen die Frau antreten muß, die Feuer und

Schimpfwörter speit und kannibalische Gelüste entwickelt, weshalb sie früher oder später die Männer verspeist, mit denen sie schläft. Sie ist obszön begehrenswert, ein unwiderstehliches Nixenwesen, eine angekündigte Katastrophe.

»Ich dachte, ich würde ihn besser kennen. Das heißt, es genügt, ihn anzusehen ...«

Helena schneidet ihm glatt das Wort ab. Ein Netz von Feindseligkeit überzieht ihre Haut:

»Er ist paranoid. Er leidet unter Verfolgungswahn. Er glaubt, wir sind alle gegen ihn.« Sie schaut Vítor von der Seite an. »Wir alle. Aber besonders du.«

Vítor bleibt nur ein nervöses Lachen.

»Ich?«

Sie lehnt mit sichtlichem Vergnügen den Kopf an seine Schulter.

»Ja, du.«

Vítor versucht, den Kopf auf seiner Schulter abzuschütteln. Schwer vorzustellen, wieso ich noch vor kurzem eine derartige Abneigung gegen den Mann hatte. Inzwischen kommt er mir vor wie der harmlose Zwillingsbruder von Jorge. Die gleiche Feigheit. Die gleiche Tendenz, zurückzuweichen und den Schwanz einzuziehen. Wo doch jeder zweitklassige Stratege weiß, daß der Rückzug das Ende des Artisten ist!

»Aber das alles macht doch keinen Sinn«, stottert er.

»Ich ...«

Sie tut ihm nicht den Gefallen, mit Tränen zu beginnen. Fast aggressiv heftet sie den Blick auf ihn, ohne mit der Wimper zu zucken.

»Er glaubt, wir beide hätten was miteinander«, sagt sie.

Vítor begreift nicht.

»Wir hätten was miteinander?«

Sie lächelt. Ja, du Idiot. *Wir hätten was miteinander.* Ein kleiner Fick von Zeit zu Zeit im Namen der alten Zeiten. Ist das so abwegig? Sag nicht, die Idee wäre dir noch nie gekommen.

»Er glaubt, daß der Hauptantrieb für deine abendlichen Besuche dein Wunsch ist, noch einmal mit mir zu schlafen.«

Vítor tut verständnislos:

»Noch einmal mit dir zu schlafen?«

Helena nickt. Geilt sie sich an seiner Verwirrung auf, oder kommt nur mir das so vor?

»Das ist doch ein Absurdum!« stöhnt der Mann.

Ich an seiner Stelle würde mich mit solchen Aussagen zurückhalten. Weil sie garantiert falsch aufgefaßt werden. Denn wieso sollte ein eventueller Geschlechtsverkehr zwischen Vítor und Helena ein Absurdum sein? Etwa weil er ein klassischer Beweis von erbarmungsloser Untreue wäre? Oder doch eher, weil sie einfach nicht mehr anziehend ist für ihn? Genau das wird Helena auch denken.

»Ja?« will sie wissen. Das Wort schlägt präzis ein, weil es aus einem puren, gutturalen Ton besteht. Diese harmlose Silbe hat eine ungewöhnliche Kraft. Sie trifft Vítor an seinem schwächsten Punkt, der Milz. Das unbedarfte Publikum vertritt die Meinung, daß man ein K.O. nur durch einen direkten Kinnschlag kriegt, aber dem ist keineswegs so. Ein Schlag in die Milz – das haut selbst den stärksten Mann um. Die Alternative ist ein Schlag gegen die Stirn, nicht von vorne, sondern von der Seite, in einem Winkel von neunzig Grad. Das Hirn rüttelt und schüttelt von innen an die Schädelknochen, und dieses Rütteln und Schütteln kann nachhaltige Verletzungen bewirken, vor allem kommt es zu einem Verlust der Realitätskontrolle, die wir mit dem technischen Begriff Nock-Out bezeichnen. Mir ist klar, ich habe diese Theorie bereits an anderer Stelle dargelegt, doch es schadet nie, sich in regelmäßigen Abständen die Fakten des Lebens in Erinnerung zu rufen.

»Natürlich ist es absurd«, beharrt Vítor, der die Untertöne in Helenas Bemerkungen wohl vernimmt, aber als erfahrener Mann ein Engelsgesicht aufsetzt. »Es ist ein Absurdum. Es hat doch überhaupt keinen Sinn.«

Helena macht eine nervöse Geste. Es hat keinen Zweck, denkt sie. Es hat keinen Zweck, sich für diese Kerle abzustrampeln. Vítor ist keinen Deut besser als Jorge. Oder vielleicht ist er einen Deut besser. Aber eben leider nur einen und nicht zwei Deute. Sie seufzt innerlich:

»Das habe ich ihm auch gesagt.«

»Das ist alles nur Einbildung«, schwört Vítor, einer wie er bestreitet gewohnheitsmäßig jede Anschuldigung seitens der Staatsanwaltschaft: »Pure Paranoia.«

»Das habe ich ihm auch gesagt.«

Die mechanische Antwort von Helena beruhigt ihn keineswegs. Er möchte seine Freiheit schwarz auf weiß sehen. Am liebsten hätte er einen Notariatsakt, der sein Recht verbrieft, keine Verpflichtungen eingehen zu müssen. Eine Sache ist es, Jorge eifersüchtig zu machen, den ewig anderen darzustellen, den Pissgeist zu spielen, der jede Saison wiederkehrt und beim Markieren seines Territoriums Schrecken verbreitet – nur um zu demonstrieren, daß er die Leibeigenschaft auf diesem Gut bereits ausübte, als der jetzige Gutsherr noch gar nicht auf der Welt war. Eine ganz andere Sache ist es, die Leibeigene samt deren Früchtchen von dem verdrossenen Gutsherren wieder übereignet zu bekommen. Das wäre wirklich sein allerletzter Wunsch! Nein, danke. Não, obrigado. Njet, spassiba.

»Er kann nicht immer den anderen, der Außenwelt anlasten, was sich in seinem Kopf abspielt«, beschwert er sich.

Gedemütigt und beleidigt. Wie ein gequälter Dämon von Dostojewskij. Ich gestehe, daß ich kein Russisch hören kann, ohne gleich eine Gänsehaut zu kriegen. Brr. Es erinnert mich an meinen Einsatz in Moskau, der 250 Jahre währte. Wunderschöne Stadt. Kann mich gar nicht mehr erinnern, wie oft sie in Schutt und Asche gelegt wurde.

Helena erhebt sich.

»Das habe ich ihm auch gesagt«, wiederholt sie zum dritten Mal.

Vítor merkt nichts, doch seine Freundin trägt jetzt Trauer. Sie hat ihr Trauergewand vor genau sechsundneunzig Sekunden übergestreift. Im nämlichen Moment, als sie begriffen hat, daß es bei Vítor zu einem recht unterhaltsamen Kerl reicht, zu einem tollen Begleiter, noch dazu super Sex, aber … ebenso unzuverlässig wie vor zwanzig Jahren.

Verstehen Sie Helena bitte nicht falsch. Sie hegt weiterhin zärtliche Gefühle für ihren Ex-Lover. Und vielleicht mischt sich da auch ein Hauch von Verlangen hinein. Nur genügt das nicht mehr. Vítor, der Kompetente, der Ultrakompetente, das wandelnde Lächeln, entpuppt sich in der Stunde der Wahrheit als ebenso mieser Liebhaber-Vertrauter-Freund wie der Glatzkopf Jorge. Helenas entmutigte, aber schrecklich scharfsichtige Seele gleicht in diesem Augenblick einem Gänseblümchen, dem die Blütenblätter mit einer Pinzette Stück für Stück ausgerissen werden: Sie liebt ihn nicht, sie liebt ihn mäßig, sie liebt ihn nicht, sie liebt ihn mäßig, sie liebt ihn nicht …

Sie steht auf, um sich in die Küche zu begeben.

Vítors Antennen schwingen wild durch die Luft. Er möchte ja schließlich wissen, wohin der Ball fliegt. Er möchte analysieren, wieso er, der Gott der Stadien, die Herrschaft über die Kugel verloren hat.

»Helena. Ist etwas los?«

Natürlich ist etwas los.

Hätten wir noch ein weiteres Jahrtausend Zeit, würde ich es ihm gerne erklären.

Helena kommt nicht einmal dazu, die Schwelle zum Korridor zu überschreiten, der in Richtung Küche geht. Sie bleibt bewegungslos stehen. Aber mit dem Rücken zu Vítor. Wenn sie schon keine heimliche Träne versteckt, so soll er zumindest mit der Möglichkeit rechnen, daß sie das tut. Selbstmitleid war immer eine der stärksten Waffen, um andere zum Leiden zu bringen: das Leiden als Immobilienbesitz.

»Nein«, sagt Helena.

»Helena«, beschwört sie Vítor. Seltsamerweise fühlt er sich noch nicht wie ein Häuflein Elend.

Denn um sich so zu fühlen, muß man überhaupt erst einmal fühlen können. Und Vítor hat diese Gabe nicht. Er ist ein Android, eine Führungs- und Zerstörungsmaschine. Und diese Maschine ist (wenn sie auch keine Gefühle aufbringt) momentan ganz außer Rand und Band. Darauf war ich nicht vorbereitet. Noch ein paar Schläge auf seine Antennen, und Jorge ist nicht mehr der einzige Selbstmordkandidat. Genügend Schnur, sich selbst zu erhängen, hat die Maschine Vítor ja zusammengetragen.

Vítor nähert sich ihr. Er nimmt sie an der Hand. Sie dreht sich um. Steif.

»Habe ich was Falsches gesagt?« fragt er.

Helena schüttelt den Kopf. Es ist eine Geste, die sie sehr gut beherrscht. Sie sieht aus wie die leibhaftige Göttin, die stets verneint. Vielleicht ist sie wirklich eine Göttin, und ich habe sie bloß nicht erkannt hinter diesem menschlichen Make-up?

»Ich habe was Falsches gesagt«, bestätigt Vítor und umarmt Helena nun stärker, mit zwei Händen. Sein Tonfall verrät leider nicht, ob er stolz darauf ist.

Helena macht sich mit einer brüsken Bewegung los. Berühr mich nicht, Kürbiskopf. Er ergreift sie nur fester und spielt Verzweiflung.

Hat jemand der beiden Herrschaften die Freundlichkeit, mir einen Gefallen zu tun und irgendein vernünftiges Wort von sich geben? Ist das zu viel verlangt? Na endlich. Helena befreit sich erneut, nun mit einer gewissen Brutalität. Danke, Helena. Vítor küßt sie begierig. Umarmt sie, schwerfällig, unschlüssig. Helena macht sich nicht frei. Sie macht was viel Schlimmeres. Sie wartet darauf, daß er die Unsinnigkeit seiner Umarmungsbemühungen erkennt.

»Bemühe dich nicht«, sagt sie souverän.

Vítor wird ganz ernst.

»Ich will mich aber bemühen.«

»Du willst dich nicht bemühen«, sagt sie, »du bist keinen Deut besser als Jorge!«

Unter der Eisschicht von Helenas Frostigkeit ahne ich auf einmal einen sehr großen und respektablen Schmerz. Mir scheint, es ist nicht meine Pflicht – und ich habe auch nicht das Recht – voreilige Werturteile abzugeben. *Es ist, wie es ist* – nur Schwachsinnige sagen Roheiten wie diese. Nichts ist, wie es ist. Ich verstehe dich, Helena. Auch wenn es mir nie gelingen wird, die menschliche Natur ganz zu durchschauen. Aber bei dir, Helena, bemühe ich mich sehr. Du besitzt meine volle Sympathie. Mehr kannst du von deinem Teufel nicht erwarten.

»Findest du?« fragt Vítor konfus.

Er küßt sie noch einmal. Und jetzt wird sie sich untreu. Sie erwidert seine Annäherung, läßt sich gehen, umarmt ihn ebenfalls. Einen Augenblick bleiben sie in dieser Stellung, ineinander verschlungen wie Oktopustentakel im Fangnetz. Wie lange werden sie ihr Zusammensein genießen? Eine Ewigkeit? Ein paar Sekunden? Wenn sie nicht zählen können, dann deshalb, weil es eine Ewigkeit war. Aber die Ewigkeit wird unterbrochen, weil es in diesem Moment läutet.

Ihre Körper trennen sich.

8

Es läutet. Die Körper von Vítor und Helena trennen sich.

»Das muß er sein«, sagt Helena und fährt sich rasch durch die Haare. »Ich gehe hin.«

Vítor hält sie am Handgelenk fest.

»Hat er keinen Schlüssel?« wundert er sich.

Helena präsentiert Vítor eines ihrer berühmt bitteren Lächelimitate. Nicht von der Stange, sondern maßgeschneidert. Eine wahre Meisterleistung auf dem im Guinness Buch der Rekorde offiziell anerkannten Gebiet des bitteren Lächelns.

»Hat er schon, aber er will, daß ich ihm öffne. Er fühlt sich dann vor sich selbst besser.«

Vítors Miene verfinstert sich. Das schafft er, indem er den Kopf senkt, so daß die Augen unter den Augenbrauenbogen verschwinden und das Licht auf die untere Gesichtspartie einen Schatten wirft. Ein wahrer Künstler kümmert sich um solche Details auch dann, wenn er fühlt, daß er die Situation im Griff hat. Und Vítor ist nun mal ein Künstler.

»Ich verstehe«, sagt der Künstler.

Und fährt nach einer Kunstpause fort:

»Eines seiner Projekte.«

Es läutet abermals. Ich weiß natürlich, wer auf der anderen Seite der Tür steht, doch ich verrate es nicht.

»Ich mache auf«, verspricht Helena wieder – ohne sich zu bewegen.

Vítor gibt ihr Handgelenk noch nicht frei. Er fühlt, wie sich Entschlossenheit in ihm regt. Das menschliche Adrenalin mit seinen jähen Zickzackbewegungen ist eines der Dinge, die mir in der ewigen Leere, die ab Mitternacht entsteht, fehlen werden.

»Wenn er einen Schlüssel hat, kann er selbst öffnen«, sagt

Vítor. Mit diesem Satz unterstellt er seinem Gegner eine Reihe von ungefähr vierundzwanzig unbequemen Charakteristika:

a) Schwächling

b) Arschloch

c) Macho

d) Schmarotzer

e) der eine Frau wie Helena nicht verdient hat.

Die folgenden neunzehn Punkte dieser Aufzählung überlasse ich Ihrer Phantasie. Weil die Welt untergeht, heißt das noch lange nicht, daß ich mir die ganze Arbeit aufhalse!

»Macht nichts«, sagt die Stoikerin Helena, »ich bin daran gewöhnt.«

»Er offenbar auch«, stichelt Vítor und fügt eifrig hinzu: »Soll ich gehen?«

Helena prüft sein Angebot. Ein die Tür öffnender Vítor – das wäre ein ganz schöner Spaß. Der Gedanke behagt ihr. Sie würde einiges dafür geben, das blöde Jorgegesicht zu sehen. Aber wenn es nicht Jorge ist, der an der Tür steht, dann wäre Vítors Erscheinen dumm und peinlich. Sie zögert. So angestrengt sie auch nachdenkt, es führt kein Weg an der Sicherheitsvariante vorbei.

»Nein. Ich gehe schon.«

Und sie begibt sich zur Tür.

Vítor hört undeutliche Stimmen auf dem Gang und ordnet hastig seine Kleidung. Wenn ich *ordnen* sage, dann heißt das nicht, daß er sich in einem unordentlichen Zustand befindet. Keinesfalls ist seine Hose runtergelassen, auch kein Hemdzipfel schaut raus, seine Wangen tragen keine Lippenstiftspuren und sein Hals keine Knutschflecken. Er macht sich nur ganz einfach auf Männerart zurecht. Es sind mehr rituelle Bewegungen als sonst etwas. Er streicht sein Hemd glatt, er entfernt das eingebildete Staubkorn an der Hosenfalte. Er könnte sich genausogut den Finger in die Nase stecken. Oder irgendeine andere unwillkürliche Gebärde machen, die dem

Zweck dient, sich selbst aufzumuntern, die das Verhältnis zwischen einem Menschen und der Welt wieder gerade rückt. Wie sich diese Analogie zwischen dem Nasenmann in der Nase und dem Verhältnis des Individuums mit der Welt in theoretischer Hinsicht aufbaut, entzieht sich meinem Wissen. Ich würde gerne sagen, daß ich kein Zauberer bin, aber das entspricht leider nicht der Wahrheit. Zufällig hat meine Ausbildung auch einige Wochenstunden Zauberei enthalten. Nur habe ich nie Wert darauf gelegt, diesen Aspekt zu vertiefen. Mir hat das grundlegende Interesse dafür gefehlt, ob die Welt die Nase ist oder der Mensch der Nasenmann, oder ob die Welt der schleimige Nasenmann ist und der Mensch die Nase.

»Pedro. Na endlich. Ich hab' mir schon Sorgen gemacht. Und Sofia hast du auch mitgebracht! Wie nett!«

Helenas Umkehrschluß ist ebenso aufschlußreich wie elegant. Statt etwas zu sagen wie *Danke, Sofia, daß du Pedro ablieferst*, räumt sie ihrem Sohn die Führungsposition ein in dem Tandem, das diese zwei jungen Menschen darstellen.

»Sofia. Wie schön, daß Sie mitgekommen sind!«

Vítor erhebt sich, als sie in das Wohnzimmer treten. Mit einem Seitenblick bemerkt er, daß sich Pedro und das Mädchen zwar nicht an der Hand halten, aber daß wenig dazu fehlt. Die Hände der beiden hängen schnurgerade an den Seiten des Körpers hinunter, es sieht schon wie eine Übertreibung aus. Pedro ist die Steifheit gewissermaßen angeboren, aber jetzt macht er geradezu den Eindruck eines Gastes in seiner eigenen Wohnung.

Vítor erkennt sich in Pedro nicht wieder. Er war in diesem Alter ganz anders. Er trug lange Haare, war kokett, machte jeden Blödsinn mit. Und vor allem hatte er nicht diese penetrante Nette-Jungen-Miene, diese zurückhaltende Genauigkeit des Informatikstudenten. Vítor litt natürlich auch nicht unter den Problemen, die das Leben seines Sohnes überschatten. Er hatte seine eigenen Probleme, die da waren: exzessiver

Geschmack an einigen härteren Drogen, eine besondere Unfähigkeit, Verantwortung zu übernehmen, dafür aber ein außergewöhnliches Talent, Versprechungen zu machen, von denen er wußte, daß er sie niemals würde halten können.

Helena zupft Vítor am Hemdsärmel.

»Das ist Sofia, von der ich dir erzählt habe. Pedros Freundin.«

Vítor eröffnet das Spiel des guten Benehmens. Das gute Benehmen ist doch nichts anderes als ein Spiel, oder?

»Sehr erfreut. Mein Name ist Vítor. Vielleicht haben Sie schon von mir gehört.«

Sofia läßt sich nicht ins Bockshorn jagen.

»Pedros Vater? Sehr erfreut.«

Pedro bewegt sich zögernd in das Wohnzimmer hinein. Helena schiebt ihm einen Stuhl unter den Hintern.

Darauf läßt er sich langsam und vorsichtig und sehr aufrecht nieder. Ich habe sein Problem bisher nicht so genau beschrieben, oder? Es war irgendwie nicht so wesentlich für den Verlauf der Handlung, aber der Vollständigkeit halber: Er hat eine *Spina bífida*. Der Laie bezeichnet das auch als gespaltene Wirbelsäule. Eine Wirbelsäule mit Rissen. Eine Theorie besagt, daß diese Verwachsung auf einen zweiten Zwilling hindeutet, der geboren werden sollte, der aber schlußendlich nicht genau definiert wurde. In anderen Zeitaltern wäre Pedro eine Attraktion auf dem Jahrmarkt gewesen. Das allerdings nur, wenn das Publikum die Gabe eines Röntgenblicks gehabt hätte. Oder wenn man Plakate mit seinen Röntgenaufnahmen machen hätte können. Jedenfalls ist Pedro auch in dieser Welt eine Jahrmarktsattraktion – für die Klasse der wissenschaftlich tätigen Ärzte. Mit seiner Wirbelsäule ist Pedro ein regelrechtes Supermodel in medizinischen Fachzeitschriften. Ein aufsehenerregender klinischer Fall. Eine Berühmtheit. Nicht berühmt an Leuten mit einer Spina bífida ist einzig ihre Lebenserwartung. Doch Pedro hat inzwischen alle Rekorde der Lebensdauer gebrochen und damit die Ärzte beschämt, die einen Hauch von Enttäuschung nicht verbergen konnten und sich gezwungen sahen, neue Berechnungen anzustellen. Dieser junge Portugiese war nicht einmal gelähmt! Sie mußten zerknirscht einräumen: Pedro befand sich zu guter Letzt offenbar doch nicht so nahe am Rande des Todes wie erwartet. In diesem Punkt täuschen sich die Ärzte, klar. Pedro ist dem Tod sogar ziemlich nahe: Es fehlen noch sechzig Minuten, um ganz exakt zu sein. Aber dieser heutige Fall überschreitet die Tragik der Spina bífida von Pedro um ein Vielfaches. Hier handelt es sich um einen Mechanismus, ein globales Projekt der Weltausradierung einer Welt, von der bewiesen wurde, daß sie zu nichts mehr taugt. Schon vor mehr als tausend Jahren taugte sie für den Anderen nicht mehr, der an das Paradies glaubte, und nun beschloß der Meister vernünftigerweise, daß sie auch als Hölle nicht mehr funktioniert. Ich werde ehrlich gesagt überhaupt keine Sehnsucht danach haben.

Vielleicht doch ein wenig Sehnsucht, gut, von mir aus. Aber das liegt eher an meinem Temperament. Ihr Verdienst, meine Herrschaften daheim in Ihren Lehnsesseln, ist es jedenfalls bestimmt nicht. Bilden Sie sich nur nichts ein! Hatte ich sechzig Minuten gesagt? Inzwischen sind es nur noch neunundfünfzig. Das Chronometer zählt herunter. Und unsere Chronometer sind aus bruchsicherem Glas.

»Hallo, Vater.«

Pedro hat Klasse. Er schafft es, ironisch zu sein, fast ohne die Lippen zu bewegen. Es sind nur zehn Buchstaben. H-a-l-l-o-V-a-t-e-r. Das nennt man Sparsamkeit.

»Hallo Sohn. Wie geht's?«

Siebzehn Buchstaben. H-a-l-l-o-S-o-h-n-W-i-e-g-e-h-t-s? Auch nicht schlecht, aber Pedro hat gewonnen.

»Wie immer«, antwortet der vorläufige Sieger. »Und dir?«

»Auch wie immer«, sagt Vítor, ganz auf guter Sportsfreund. »Du kennst mich ja. Dabeisein ist alles.«

Helena beschließt, das Orchester in die Schranken zu weisen. Sie stellt klar, daß sie den Ton angibt. Sie ist wie gemacht für solche Situationen.

»Aber setzen Sie sich, Sofia, setzen Sie sich doch«, befiehlt sie. »Kommen Sie hier an meine Seite.«

Als Sofia, gehorsam und mit unterdrücktem Unwohlsein, Anstalten macht, Helenas Bitte nachzukommen, ändert diese ihren Plan.

»Nein, setzen Sie sich doch besser dorthin, neben Pedro.«

Und die einzigartige, die wahre und echte Wohnungsfee, flink und geschickt wie ein Wirbelwind mit Hasenohren, schafft es, Sofia und Pedro auf dem Sofa unterzubringen. Dabei bringt sie Vítor in eine unbequeme Lage. Er ist unschlüssig, ob er sich auf einen Holzstuhl setzen oder stehenbleiben soll.

»Sie müssen schon sehr hungrig sein, nicht wahr? Ich werde gleich das Abendessen auftragen.«

Helena ist ein Spektakel. So kenne ich sie gar nicht. Es steht ihr ausgezeichnet, Familienmutter zu spielen, Gastgeberin, Herrin der Meere und der Möbel, der Lüfte und Düfte. Ich bin tief beeindruckt. Wie von Zauberhand erscheint eine der Hände schon verhüllt von einem Topfhandschuh, eine bunte Klaue, bereit, die Form mit dem Lammbraten vom Herd zu nehmen. Ich müßte mich schon sehr täuschen, wenn Helena trotz ihres Alters nicht doch noch puppenspielen wollte.

»Wo ist eigentlich der Jorge?«

Logischerweise kann nur Pedro diese Frage gestellt haben. Vítor will ja nichts von Jorge wissen, Helena genausowenig. Und Sofia hat nicht die Autorität, diese Art von Fragen zu stellen, geschweige denn, einen familiäres *der* vor Jorges Namen zu schieben. Was mir bestimmt abgehen wird, ist die menschliche Sprache mit ihren Modulationen. So pervers, so tückisch. Sie ähnelt mir und dem Meister so sehr. Ich glaube, ich muß mich gleich schneuzen vor Rührung.

»Du weißt ja, wie er ist«, sagt Helena und lächelt zärtlich. Doch Pech für sie: Das Lächeln hält nicht, und die Zärtlichkeit bleibt auf dem Weg vom Herzen zu den Gesichtsmuskeln stecken.

Pedro steht auf. Helena bemerkt mit Schrecken, daß sie ganz vergessen hat, daß er sich nicht auf das Sofa setzen darf. Er muß auf hartem Untergrund sitzen. Normale Stühle gehen, aber sie müssen aus gutem Holz sein, man darf nicht in ihnen versinken.

»Ja«, sagt Pedro neutral. »Wir alle wissen, wie wir alle sind.«

Pedro klingt ganz wie Jorge.

»Er sagte, er ginge runter, Zigaretten holen«, rechtfertigt sie sich kühn. »Seit mehr als einer halben Stunde ist er fort. Und noch nicht zurückgekommen.«

Ihre Sätze haben jede Menge Untertöne: *Was kann ich dafür? Soll ich mich in einen Winkel setzen und heulen? Nein, mir sind die Tränen schon ausgegangen. Sie sind versiegt wie ein Bach in der Wüste, verstehst du, mein Sohn? Versiegt. Aber ich lebe trotzdem noch.*

»Meine Mutter weiß ja, wie er ist«, wiederholt Pedro die Worte seiner Mutter, als würde er siedendes Pech über sie gießen.

Er steht noch immer da, kerzengerade wie ein Fahnenmast. Seltsam. Erst jetzt fällt mir auf, daß tatsächlich etwas nicht in Ordnung ist mit ihm. Seine Bewegungen sind irgendwie zu steif, zu starr. Im Café, beim Geplänkel mit Sofia, hat er einen viel gesünderen Eindruck gemacht als hier bei seinen Eltern.

»Setz dich doch«, sagt Helena, zu spät. »Brauchst du etwas?«

Pedro wird der Mutter mit der üblichen Sanftmut antworten. Doch es liegt auch ein Anflug von Ärger in seiner Stimme. Aber das ist normal in seinem Alter, in dem man allergisch reagiert gegen jede Bevormundung durch jene Leute, die ein historisch verbrieftes Recht darauf hatten. Die Rollen kehren sich dann gerne um. Offensichtlich fühlt sich der zwanzigjährige Junge nicht mehr als der Sohn, sondern als der Vater seiner Mutter.

»Keine Aufregung. Wenn ich was brauche, löse ich das Problem selbst.«

Helena sieht in ihm nichts als das Kind, das sie zur Welt gebracht hat. Ihre Augen sehen ein verhätscheltes, hyperzerbrechliches, liebesbedürftiges, schutzsuchendes Söhnchen. Doppelt liebesbedürftig ist dieses Söhnchen – es hat ja von klein auf eine Spezialbehandlung gebraucht.

»Unsinn«, sagt sie, schwer gerührt über den Anblick, der sich ihr bietet. »Wenn du was brauchst, fragst du mich.«

Helena lächelt nicht maliziös, eher keck:

»Oder du fragst Sofia.«

Sofia ist rot geworden unter der Last all dieser Doppeldeutigkeiten. Sie blickt hilfesuchend in Pedros Richtung. Genau das, was man von ihr erwartet. Daß sie die Schüchterne mit den roten Wangen spielt, daß sie ihren Kopf an Pedros männliche Schulter lehnt, die so gar nicht männlich ist. Pedro akzeptiert das kleine Theater. Er lächelt die beiden Frauen an:

»Ist schon gut, Mutter. Wie du willst.« Und setzt sich.

Vítor glaubt, daß es nun für ihn Zeit ist, sich einzuschalten, seinen Platz in der Familiengemeinschaft wiedereinzunehmen. Jorge soll sich packen. Aus den Augen, aus dem Sinn.

»Gut siehst du aus«, sagt er zu Pedro.

Pedro gibt das Kompliment zurück.

»Du ebenfalls.«

Wie reizend! Wie dieser Teller, den man in China-Restaurants kriegt, *Die glückliche Familie*. Rindfleisch, Schwein, Huhn und Tintenfisch, alles vermischt. Die Zusammenstellung ist zum Kotzen, aber dem einen oder anderen von Ihnen schmeckt es ausgezeichnet, nicht wahr, meine Herrschaften?

Vítor lächelt Sofia an. Nach außen hin ist es ein väterliches Lächeln. Nach innen hin prüft er automatisch, welchen Grad der Unmoral ein eventueller Versuch, die Kleine flachzulegen, darstellen würde. Pedro dürfte davon nichts mitbekommen, klar. Eine solche Aktion wäre schon ein bißchen unfair, denkt sich das Raubtier, aber sie wäre keinesfalls vollständig unmoralisch. Vater bleibt Vater und Vítor bleibt Vítor. In weltgeschichtlich weit zurückliegenden Epochen war der Partnertausch zwischen Vater und Sohn gang und gäbe.

»Ich ebenfalls? Kann mich nicht beklagen«, sagt er. »Zugenommen hab' ich. Und die Haare gehen mir aus.«

Ein kleiner Versuchsballon von Vítor, der herausfinden möchte, ob die anderen es bemerken, daß er sich seine Haare färbt. Er beschließt fest, daß sie es nicht bemerken dürften. Alles andere wäre eine Frechheit – wenn man den Preis bedenkt, den ihm der Friseur für eine Färbung verrechnet. Haarfarbe hin und her, ich bezweifle, daß Vítor bei Sofia irgendeine Chance hätte. Zumindest sagt mir das mein Fingerspitzengefühl. Doch ich würde diese meine Fingerspitzen dafür nicht ins Feuer legen.

Wie auch immer, wir werden nie das Vergnügen haben, es zu erfahren. In kaum einer dreiviertel Stunde geht das Große Finale über die Bühne.

»In hundert Jahren sind wir alle Glatzköpfe«, entgleist Sofia plötzlich.

Vítor und Helena schauen sie perplex an. Sie bemerkt, daß sie den falschen Ton gezupft hat. Sie wird umgehend paprikarot und stotterklärt:

»Pflegte mein Großvater zu sagen. *In hundert Jahren sind wir alle Glatzköpfe.*«

Vítor und Helena strafen sie mit eisigem Schweigen. Pedro kommt ihr aus irgendeinem Grund nicht zu Hilfe.

»Wie die Totenschädel«, präzisiert Sofia überflüssigerweise und macht sich noch kleiner.

Vítor legt Wert darauf, daß sie bemerkt, wie falsch sein Lächeln ist.

»Ach ja«, sagt er reserviert.

Anmachen, Hausrezept: Am Anfang Gleichgültigkeit zeigen. Vielleicht sogar eine Kleinigkeit Verachtung. Später, wenn das andere Ego etwas unter seinem Normalpegel ist, beginne man langsam, es wieder hochzuhieven. Bis zur obligatorischen Vergötterung. *Sie haben hübsche Augen* oder *Ich höre Sie gerne denken* oder, der fatale Stoß: *Haben Sie sich schon einmal überlegt, einen Job beim Fernsehen anzunehmen? Ich denke, Sie hätten großes Talent.*

»Und wenn wir uns nun einfach auf das Essen stürzen?« schlägt Helena vor. »Ich wette, daß alle Hunger haben.«

»Sollten wir nicht auf Jorge warten?« fragt Pedro.

Helena rümpft die Nase.

»Also in Wahrheit ist das so«, sagt sie, »wenn Jorge sein Abendessen mit uns einnehmen wollte, dann wäre er bereits vor einiger Zeit heimgekommen. Immerhin ist heute eine besondere Nacht. Offenbar ist er nicht daran interessiert, sie mit uns zu feiern.«

Jorge bleibt wirklich ziemlich lange aus. Ich selbst werde langsam etwas unruhig. Hoffentlich taucht er rechtzeitig auf. Es wäre eine Schande, wenn die Welt um Mitternacht in die Binsen ginge und ich meine Mission nicht erfüllt hätte. Ich muß sie alle hier hübsch gemeinsam im Bunker haben. Hübsch gemeinsam oder häßlich gemeinsam, das ist hier die Frage. Hauptsache aber: alle gemeinsam.

Pedro bleibt auf dem heiligen Weg der Duldsamkeit:

»Ich weiß. Er ist immer so. Aber es fällt uns kein Stein aus der Krone, wenn wir noch zehn Minuten warten.«

Sie sollten einem Teufel übrigens nicht alles abkaufen. Haben Sie mir eigentlich geglaubt, als ich den Naiven spielte? Natürlich weiß ich sehr genau, wo sich Jorge befindet. Er befindet sich mit mir in der Bar – mit mir und dem Wirt und dem Obdachlosen, der weiterhin sein Schicksal beklagt. Sein Schicksal, daß ihm seine Frau keinen leiblichen Pimmel geschenkt hat. Und ich bin dort unten, bei ihnen. Aufmerksam wie ein echter Wachhund. Wie ein Würge- und Wacheengel. Wie die knurrende teuflische Rottweilerwache.

»Aber, Pedro!« Helena versucht nun die Technik des Schmollens. »Du willst doch nicht, daß das Essen kalt wird, oder? Gerade heute, wo dein Vater zu Besuch ist.«

Pedro schüttelt den Kopf, eine Karikatur der Begeisterung.

»Was für eine Überraschung, daß mein lieber Vater heute zu Besuch ist!«

Sofia weiß nicht, was sie tun soll. Sie versucht zu lachen. Es ist ein nervöses Lachen. Es dient der Bekämpfung jeder Art von Peinlichkeit und hat seit Tausenden von Jahren eine sehr akzeptable Erfolgsquote.

Vítor beschließt, sich zum Anwalt des Teufels zu machen:

»Pedro hat recht«, beschwichtigt er. »Ein bißchen Warten kann nicht schaden.«

Mit *Teufel* hab' ich nicht mich gemeint, sondern Jorge. Diesen Scherz hab' ich mir schon einmal erlaubt, und auch da ist er nicht gut angekommen, stimmt's? Kommt vor. Kommt allerdings nur noch vor, solange überhaupt Dinge vorkommen. Eine gute halbe Stunde lang noch, laut meiner Uhr.

Helena ist eine schlechte Verliererin. Sie startet einen letzten Versuch, den Lammbraten vor dem Anbrennen zu erretten:

»Aber es ist fast Mitternacht, das wird ja kein Abendessen, sondern ein Nachtessen, Sofia stirbt sicher schon vor Hunger und ...«

Sofia verpaßt die großartige Möglichkeit, eine Freundin zu gewinnen und sagt das einzige, was sie auf keinen Fall sagen sollte:

»Keine Sorge. Ich bin okay, danke.«

Falls Helena dieser Verrat wurmt, versteckt sie es mit bemerkenswerter Gelassenheit.

»Trinken Sie doch bitte einen Schluck«, sagt sie und akzeptiert die Niederlage. »Einen Orangensaft? ...«

Pedro rügt seine Mutter.

»Mutter, Sofia ist kein Kind mehr. Sie darf ins Casino und ist steuerpflichtig. Du kannst ihr ohne weiteres etwas Alkoholisches anbieten.«

Helena zögert. Zahnpastalächeln.

»Pedro hat ja so recht. Vergessen Sie meine dumme Frage. Wollen Sie etwas anderes?«

Vítor erhebt ein Glas, das wie von Zauberhand in seiner Hand erschienen ist, und gibt einen seiner irren Merksätze zum besten:

»Nach einem harten Arbeitstag ist ein Schluck von einem geistigen Getränk nie zu verachten.«

Pedro möchte nicht, daß sich Helena über ihn ärgert und flüchtet sich deshalb in Pseudopoesie:

»Ein tolles Wort, was, Mutter? Geistiges Getränk!«

Helena schaut ihn von der Seite her an. Sie zweifelt, ob er das jetzt ironisch meint oder nicht. Und dafür zieht man als Mutter einen Sohn auf! Na ja, jeder trägt sein Kreuz, seufzt sie innerlich.

»Möchten Sie einen Likör?« fragt sie. »Einen Portwein? Oder vielleicht einen Whiskey?«

Sofia beschließt, sich nicht allzu offensiv als Unschuld vom Lande zu gebärden. Am liebsten hätte sie einen Mandellikör, eine *Amêndoa-amarga*, aber sie fürchtet, daß sie keine daheim haben und dann wieder eine Serie von Mißverständnissen folgt. Sie pflichtet vor allem bei, um die Sache zu beschleunigen.

»Am liebsten hätte ich einen Whiskey.«

Das Mädchen irrt sich, wenn sie glaubt, daß die Sache damit erledigt ist.

»Mit Wasser und Eis?« fragt Helena und aus ihrem Gesicht sprudelt eine Fontäne von Sympathie. »Zwei Eiswürfel?«

Sofia starrt Helena entgeistert an. Wenn die Frau denkt,

daß sie sie irgendwie aus dem Tritt bringen kann, dann ist sie bei ihr an der falschen Adresse.

»Ohne Eis«, antwortet sie, »ganz normal.«

Helena verzichtet auf eine Antwort. Es steht hier mehr auf dem Spiel als der simple Kampf zwischen Schwiegermutter und Schwiegertochter, wo die eine versucht, sich von der anderen die alleinige Vorherrschaft beim gleichen Mann nicht abnehmen zu lassen. Helena hat inzwischen begriffen, daß sie sich keine feindliche Auseinandersetzung mit Sofia erlauben darf. Wenn es je einen Mißton gegeben hat, dann ist der vergessen. Schließlich verspricht das Mädchen – wenn sie ihr schon den Sohn wegnehmen möchte – gleichzeitig, ihn zu retten.

»Sehr schön«, sagt sie. »Pedros Vater trinkt seinen auch immer ohne Eis.«

»Da haben wir ja schon was gemeinsam«, macht sich Vítor beliebt.

Helena weiß genau, wann sie zum Rückzug blasen muß. Es ist nicht diese Schlacht, die sie gewinnen möchte, sondern den Krieg. Gegen wen dieser Krieg sich richtet, das ist eine Frage, über die sie zur Zeit keinesfalls nachdenken will. Das Ziel des Krieges ist auch noch eine unbekannte Größe, und Helena schwört sich bei ihren Knopflöchern, zur gegebenen Zeit einen Untersuchungssausschuß zu diesem Thema einzuberufen. Allerdings ist es noch längst nicht so weit. Sie begibt sich in die Küche, um den Whiskey für Sofia zu holen.

Pedro kommt zum Bewußtsein, daß er in Jorges Abwesenheit der Herr im Haus ist. Es ist ein seltsames Gefühl, der Herr im Haus zu sein. Ist es angenehmer, als der Junge im Haus zu sein? Glaube ich nicht. Aber mach es, wie du willst, mein Junge. Egal, was du tust, der heutige Abend ist dein Begräbnis.

»Nun sag doch, Vater«, wendet Pedro sich an seinen Vater, wenn er schon weder Junge noch Herr im Haus ist, dann zumindest die Spina bífida des Hauses. »Was hat denn dich hierher verschlagen?«

Vítor geht auf das Spiel ein. Das ist eine seiner wenigen guten Eigenschaften: Er geht immer auf jedes Spiel ein.

»Ich hielt es für eine gute Idee, euch zu besuchen. Um nachzusehen, ob alles in Ordnung ist bei euch. Um zu schauen, wie es euch geht.«

Pedro streichelt Sofia über den Arm. Es ist das erste Mal, daß er sie so berührt, seit sie in diese absurde Höhle des Bösen eingetreten sind. Die man allerdings eher eine Höhle des schlechten Geschmacks nennen könnte, wegen des geschmacklosen Kunststoffteppichs. Der ist so scheußlich, daß einem die Zähne schmerzen, selbst wenn man gar keine hat.

»Siehst du? Das mag ich an meinem Vater so. Er ist immer so hilfsbereit.«

Er dreht sich zu Vítor, mit der Miene von jemandem, der im dunklen Wald laut pfeift, um seine eigene Angst zu bekämpfen:

»Und er ist immer zur Stelle.«

Dem Vítor macht die plötzliche Schlagfertigkeit seines Sohnes einen Hölleneindruck. Der ist ja aus dem gleichen Holz geschnitzt wie er! Und er versucht sich zu erinnern: War ich in seinem Alter genau so? Mit so viel Verve? So ätzend? Habe ich meinen Vater auch so haßgeliebt?

»Wie ich sehe, bist du in großer Form«, gibt er zurück. »Und in sehr guter Begleitung. Ich muß dir sagen, du hast wirklich einen ausgezeichneten Geschmack.«

»Du kannst solche Dinge sicher besser beurteilen als ich«, schießt Pedro.

Ein Tiefschlag. Vítor spürt, wie sich seine Nieren zusammenziehen. Aber der Sohn ahnt nicht, daß sein Vater ein Crack ist auf dem Gebiet der Tiefschläge. Und auf dem Gebiet der Nierenschläge hinter dem Rücken aller Schiedsrichter.

»Ich habe mehr Erfahrung, das stimmt«, erkennt der alte Charmeur an. »Besser beurteilen, nein, besser beurteilen kann ich das aber nicht. Die wahre Schönheit begreift man nicht durch Erfahrung, das weißt du sehr gut. Aber Tatsachen bestätigen, ja, Tatsachen bestätigen, das kann ich.«

Pedro wählt einen beachtlichen Argumentationsweg.

»Du bestätigst also die Tatsache, daß bei dem anwesenden Exemplar das Äußere mit der inneren Schönheit korrespondiert, das heißt, daß ich geschafft habe, wahre Schönheit zu erringen, aber nicht aufgrund der mir charakterlich weniger eigenen Sammlerleidenschaft, die ja eigentlich vor allem dich als meinen Vater auszeichnet, und auch ohne deine Erfahrung, die du ja ebenfalls andauernd bestätigst und bestätigen kannst, sondern daß ich durch die mir eigene Individualität ganz ohne fremde Hilfe die wahre Essenz des Seienden in Form von betreffender Schönheit erlangt habe? Ist es das?«

Ich hoffe nur, daß Pedro das hier ironisch meint, denn eines könnte ich jetzt am wenigsten gebrauchen, nämlich daß mir einer von ihnen knapp vor Mitternacht noch überschnappt. Immerhin. Er hat es seinem Vater ganz schön gegeben. Was machst du jetzt, Vítor, mein Lieblingsteufel? Wie wirst du wohl nun deinen Kopf aus der Schlinge ziehen?

»Du hast mir die Worte aus dem Mund genommen, mein Sohn«, sagt Vítor. »Du hast mir die Worte in der Tat aus dem Mund genommen, mein Sohn.«

Meine Glückwünsche. Auch nicht schlecht. Wenn Vítor noch weitermachen könnte in dieser Welt, dann hätte er das Zeug dazu, eines Tages in ferner Zukunft zu einem Kollegen zu werden. Du hast Talent, alter Bursche. Mit einigen Jahrhunderten Berufsausbildung würdest du es schaffen. Ehrlich.

Pedro legt die Boxhandschuhe noch nicht ab. Er kehrt zur Technik der indirekten Konfrontation zurück, was in seiner Lage vernünftig ist.

»Horch nicht hin, Sofia. Das ist eben mein Vater, oder besser, mein Vítor«, korrigiert er sich mit rauher Stimme. »Warum sollte man ihn nicht Vítor nennen, vielleicht ist das besser. Darf ich, Vater? Oder möchtest du lieber, daß ich dich Papa nenne?«

Vítor ist zerstreut. Er versucht noch immer, sich daran zu erinnern, ob er in Pedros Alter seinen Vater ebenfalls so gehaßt hatte. Ob es am Alter liegt. Oder ob es an der Vaterrolle liegt, die er verkörpert?

»Nenn mich, wie du möchtest«, sagt er. »Wie es dir angenehmer ist.«

Pedro lächelt in die Luft. Sein Hals dreht sich auf eine Seite und dann auf die andere, in kleinen abgehackten Bewegungen. Warum schauen eigentlich alle chronisch Kranken wie Vögel aus? Weil sie frei sind wie Vögel? Das wohl eher nicht. Weil sie Krankheiten haben wie die Stadttauben? Weil sie von den lieben Dinosauriervögelchen abstammen?

»Danke, Papa. Das finde ich auch. Mein Vater, Pardon, mein Vítor, hätte Anwalt werden sollen. Das kannst du mir glauben, Sofia. Niemand kann ihm das Wort im Mund umdrehen. Außer, wenn es sein ureigenster Wunsch ist, klar.«

Sofia ist ein bißchen verloren im verbalen Ping-Pong. Auch kennt sie ja das familiäre Regelwerk nicht, hat keine Ahnung, ob es sich hier um einen Boxkampf handelt oder um griechisch-römisches Ringen. Obwohl Pedros fortschreitende Radikalisierung etwas Beunruhigendes hat, wagt sie wieder ein Lächeln.

»Du übertreibst«, protestiert Vítor ohne Überzeugung. »Sofia wird denken, daß du einen macchiavellischen Vater hast.«

Pedro prügelt wie im Blutrausch auf den Mann ein, der sein Vater gewesen wäre, der sich aber dieser Aufgabe ganz bewußt entzogen hat. Der in seiner Eigenschaft als typische Grille alle unangenehmen, weniger anziehenden Aufgaben der faden, aber fleißigen Ameise Jorge überlassen hat.

»Ganz im Gegenteil, mein Vítor«, sagt er, und betont den Namen des Grillenvaters, als wäre er eine Beleidigung. »Sofia wird erfahren, daß ich einen Vater habe, der es nie zulassen würde, daß irgend jemand seinen Platz einnimmt. Der nicht zuläßt, daß sich irgend jemand dessen bemächtigt, was mit vollem Recht ihm gehört.«

Pedro macht eine Pause, bevor er den letzten Schlag führt.

»Auch wenn er den Besitz schon lange aufgegeben hat.«

In diesem Augenblick geht ein Ruck durch Vítor. Er muß die Herausforderung einfach annehmen. Was bleibt ihm auch übrig? Selbst ein Bösewicht mit Alkalibatterien hat auf seine Weise Gefühle. Und wenn Pedro nicht aufpaßt, vergißt sein leiblicher Vater noch, daß er sein leiblicher Vater ist. Schließlich kostet das Vergessen auf die Vaterschaft nur beim ersten Mal eine Menge Kraft. Und das erste Mal, das war in diesem Fall vor gut zwanzig Jahren.

»Du bist heute sehr gut aufgelegt, Pedro«, sagt er mit dem gutmütigen Lächeln eines Tyrannosaurus Rex. »Hat er was getrunken, Sofia? Wissen Sie, daß er Alkohol gar nicht verträgt?«

Helena kommt, wie von der Vorsehung gesandt, mit einem Glas zurück, das sie Sofia in die Hand drückt.

»Danke«, bedankt sich Sofia und fühlt wie nie zuvor, daß ein einfaches Wort, wenn schon nicht ein Leben retten, so doch einen Erwürgungstod aufschieben kann. Kein Zweifel: Sofia bedankt sich für die kurze Auszeit, nicht für das Getränk.

»Wenn Sie noch etwas wollen, sagen Sie es nur«, versichert Helena, ganz perfekte Barbie. »Ich hoffe, er ist in Ordnung so.«

»Ausgezeichnet, danke«, sagt Sofia, von so viel Aufmerksamkeit erschlagen. »Es ist alles ausgezeichnet.«

Helena drückt aufs Gas, jetzt mehr auf Klaus Barbie als auf die simple Barbie.

»Auf jeden Fall werden wir sehr bald mit dem Essen anfangen können«, sagt sie und beginnt, Stacheldraht rund um das Wohnzimmer zu legen. »Mein Mann müßte eigentlich längst hier sein. Aber zur Zeit ist er ganz komisch drauf mit seinem Projekt. Manchmal kommt ihm das Zeitgefühl abhanden. Das kann sogar an einem Tag wie heute passieren. Sie wissen ja, wie sie sind – die Männer.«

Die Menschen sind ein beeindruckendes Beispiel von Gefühlstaubheit, das müssen doch selbst Sie als Mensch zugeben, oder? In der großen Festnacht schießen Vertreter Ihrer Spezies Wörter in die Luft, als wären sie ferngesteuerte Missiles, bestückt mit thermonuklearen Raketen. Anstatt daß Sie Feuerwerke in die Luft schießen und Champagnerflaschen öffnen! Es ist wirklich beeindruckend. Sie verwenden die Wörter als Werkzeuge, meine Wörter, die ich so gerne habe, um sich damit zu zerfetzen. Es mag ja ein spezielles menschliches Talent sein, und ich weiß das auch zu schätzen. Aber am Ende muß dann ich als Prügelknabe herhalten. Sie zeichnen mich mit Hörnern, Bärtchen, zweigeteiltem Schweif und flammendem Dreizahn. Als würden Sie meine Hilfe überhaupt noch brauchen! Es ist wahr, daß ich ein Profi bin, aber genau deshalb verspüre ich ja keine Freude, mich oder die anderen zu verletzen. Und Sie geben sich überhaupt keine Mühe, Ihre Aggressionen zu verstecken. Sie sind schon so daran gewöhnt, daß Sie gar nicht mehr genau wissen, was Vergnügen verursacht und was Schmerzen. Und wenn es nur das wäre, andere zu verletzen! Es gab in jedem Zeitalter Sadisten. Aber die Büttel und Henker der Inquisition konnten wenigstens zwischen Vergnügen und Schmerz unterscheiden. Schmerz nannten sie das, was sie den anderen zufügten und selbst nicht spüren wollten. Vergnügen war hingegen, was sie selbst verspürten und den anderen wegnehmen wollten. Vielleicht ist ihre Denkart unmoralisch gewesen, aber innerhalb ihrer Perversion war sie ziemlich gesund.

Mit den Vertretern dieser wirren und konfusen Familie ist es noch schlimmer: Jeder von ihnen entsichert den Bremsklotz seiner Granate und versucht sie dann so lange in der

Hand zu halten, bis sie explodiert. Und bricht in teuflisches Lachen aus im Vorvergnügen auf die Splitter, die in sein eigenes Fleisch dringen werden und in das Fleisch der anderen Wesen. Die zerfetzten Körperteile fliegen dann durch das Zimmer, kleben im Wohnzimmer, in der Küche, im Vorraum, im Kabinett, im Stiegenhaus, im Lift, an der Eingangstür, draußen auf der Straße, auf der Straße, auf der Straße.

Der Kampf geht weiter, Pedro ist an der Reihe:

»Und weißt du, an welchem Projekt Jorge gerade arbeitet? Nein, weißt du nicht? Ah, aber es ist sehr interessant. Du mußt ihn fragen.«

Vítor entzieht sich ganz leicht. Pedro braucht nicht zu glauben, daß er ihn wie eine Zielscheibe behandeln kann:

»Ich habe ihn gefragt, aber er war nicht sehr interessiert an Erläuterungen.«

»Mein Gatte ist sehr verschlossen«, sagt Helena ganz auf Fräulein, mit dem einzigen Zweck, Sofia zu chloroformisieren.

Pedro überhört das Geplapper seiner Mutter, sein Gegner ist Vítor:

»Dann hättest du eben nachbohren müssen. Ich bin sicher, wenn du dich wirklich interessiert hättest, hätte er es gesagt. Warum sollte er ein Geheimnis aus seiner Arbeit machen? Jeder schöpferische Mensch spricht doch gerne über sein Werk, oder?«

Vítor wäscht seine Hände in fremder Suppe:

»Das kann ich nicht beurteilen, ich bin kein schöpferischer Mensch. Jorge versteht da mehr von diesen Dingen.«

Diese Bescheidenheit ist mir sehr geläufig. Der Andere sagte auch immer, daß er kein Schöpfer gewesen sei. Aber er hatte das, was er zustande brachte, immerhin in nur sechs Tagen erschaffen. Klar, zu dieser Zeit, in diesen Zeiten vor der Zeit, konnte ein Tag länger dauern als heute. Ein Tag konnte ohne weiteres fünf oder zehn Jahre dauern. Es handelte sich um eine eher symbolische Einheit. Auch waren ja die Meßinstrumente jenes Zeitalters ziemlich inexistent. Die wahren Schöpfer sträuben sich also immer dagegen, als solche bezeichnet zu werden, und an diesem Sträuben erkennt man die wahre Bescheidenheit, und an dieser wahren Bescheidenheit erkennt man wiederum die scheußliche Gutheit der Schöpfer, die uns armen Teufeln gehörig auf die Nüsse geht. Vítor hat ja auch etwas geschaffen, oder etwa nicht? Also sollte er sich auch dazu bekennen. Die Menschenschöpfung ist die vornehmste aller Schöpfungen, sagte schon der Andere. Alles andere sind alte Teeblätter, die er noch einmal aufgegossen hat. Der Rest ist Geschwätz. Es kann interessantes oder langweiliges Geschwätz sein, aber es bleibt immer Geschwätz.

Es ist elf Uhr zwanzig. Das Spiel nervt mich langsam schon. Der Meister vertraut jedoch auf meine begrenzten Fähigkeiten, also Konzentration bitte. Keiner soll später behaupten können, ich hätte den wichtigsten Zeitpunkt verschlafen. Nun geht es vor allem um eines: Jorge muß endlich zurückkommen. Ich gebe den mentalen Befehl: *Jorge, verlaß die Bar. Das In-dich-Hineinschütten schadet dir ohnehin nur. Reiß dich zusammen. Bezahl deine Rechnung und komm nach Hause.*

Es läutet. Helena geht hin.

»Wenn man vom Teufel spricht ...«, sagt Helena und erhebt sich, um die Tür zu öffnen.

»Hat er keinen Schlüssel?« giftet Vítor.

Habe ich einen Gehörschaden, oder höre ich weit draußen die Sirene eines Schiffes?

9

Es war kein Kinderspiel, Jorge heimzuschleppen. Ich mußte ihm Riechsalz zu schnuppern geben und ihn huckepack nehmen, sonst wäre er mir auf der Straße liegengeblieben, mitten im Schnee. Ach ja, das habe ich noch gar nicht erwähnt: Es hatte zu schneien begonnen. Das ist nicht normal in Lissabon. Immerhin fiel hier seit fünfzig Jahren keine einzige Schneeflocke. Zum Ausgleich dafür hielt sich der Himmel am letzten Abend gar nicht zurück.

Falls Sie mir nicht glauben und sich zufällig in der Gegend befinden, gehen Sie zum Fenster – schauen Sie einfach hinaus. Schneeflocken fallen, blütenweiß, sinken sanft und gleichmäßig hernieder, betüpfeln die Straßen und verwischen die Unterschiede von Farben und Formen. Der Schnee ist (wie die Leere) die Abwesenheit von allem: von Farbe, Leben, Seele. Kein Wunder, daß ihn die Menschen zum Symbol der Unbeflecktheit erkoren haben. Es gibt nichts Reineres als die Abwesenheit von Leben.

Das Leben ist dreckig, verdorben, häßlich, es hat Schwielen an den Händen und eine eitrige Raucherlunge. Nehmen Sie es mir also nicht übel, daß es mir gefällt. Ich hatte immer schon ein Faible für das Verdorbene. Das geht bei mir weit über die Berufspflicht hinaus. Denken Sie nur an die Ästhetik des Lebens: das unaufhaltsame Voranschreiten des Leibes und des Geistes in Richtung Verwesung, hin zum Verlust aller Unterscheidungsmerkmale. Die Verwesung ist, wenn Sie es so nennen wollen, das innere Wesen des Lebens, ist das Um und Auf alles Lebendigen. Was für ein Drama! Ich pisse mir noch in die Hose vor Sehnsucht nach Euch, Menschenskinder! Das wollte ich immer sagen. Ich denke, es ist das erste und letzte Mal.

Ach Kinder.

Als wir ankamen, mußte ich an der Tür läuten – der Idiot fand seine Wohnungsschlüssel nicht. Er hätte mich beinahe vollgekotzt, und es bedurfte einer gehörigen Portion an Menschenliebe (nie hätte ich gedacht, daß soviel Liebe in mir steckt), ihn ins Bad zu schleppen und ihm eine kalte Dusche zu verpassen.

Inzwischen sitzen alle um den Tisch, alle außer Helena, die mit Gläsern, Schüsseln und Tabletts hin- und herrennt. Sofia hat ihre Hilfe schon angeboten, welche höflich abgelehnt wurde. Der Champagner, den Vítor gebracht hat, steht auch schon auf dem Tisch, in einem eleganten Metallkübel, inmitten von Eiswürfeln.

Man könnte nun sagen, daß ein schweres Schweigen über dem Tisch schwebt. Aber erstens wäre das ein Stabreim. Und zweitens schwebt auch das schwerste Schweigen keineswegs, sondern es okkupiert den Raum wie ein Invasionsregiment. Ein ungemütliches Schweigen mit Magengrimmen okkupiert also den Raum, ein Invasionsregiment, und seine Soldaten schlagen in den Ecken Wasser ab. Sie legen damit ihr Territorium fest und zeigen, wer innerhalb der geographischen Wohnungsgrenzen der neue Herr ist. Ein Invasionsregiment namens Schweigen und dahinter im Schützengraben auf der Lauer das Zwillingsbruderregiment: der Lärm.

Noch zwanzig Minuten.

Schließlich ist es Vítor, der das Eis bricht. Es hätte auch kein anderer sein können als er, der Herr des Eises.

»Hmmm ... Das sieht ja ausgezeichnet aus«, sagt er. »Riecht ihr den Braten schon?«

Helena wählt wie üblich eine Lieblingsfreundfeindin – die Wahl fällt mangels Alternativen auf Sofia.

»Hoffentlich schmeckt es Ihnen«, versucht sie sich in Hellseherei.

Sofia hat sich rasch auf ihre Rolle in dem Spiel eingestellt.

Die Zeit läuft ganz für sie. Wie sehr sich der Heimvorteil der anderen auch immer auswirkt, die Zeit ist auf ihrer Seite. Sie ist schließlich in den Zwanzigern. Die anderen sind schon im sogenannten besten Alter, also eher im zweitbesten. Und Pedro liebt sie.

Neunzehn Minuten und dreißig Sekunden.

»Sicher wird es mir schmecken«, sagt das Mädchen, und läßt damit dem Mythos Gerechtigkeit widerfahren, daß die Leute in ihrem Alter Zukunftshoffnung haben. Da lach' ich doch nur!

Vítor wägt die Qualitäten der Kleinen ab:

»Verstehen Sie etwas vom Kochen?«

Sofia klebt sich an ihren Teller, die Gabel und das Messer fungieren als Katzenkrallen, sind aber noch eingezogen. Eine gezähmte Katze:

»Nicht besonders viel«, antwortet sie eifrig. »Bloß das Übliche.«

»*Das Übliche?*« wundert sich Vítor. »Sie sind aber äußerst bescheiden.«

Um an Sofia ranzukommen, muß Vítor den Umweg über seinen Sohn nehmen.

»Pedro, vielleicht kannst du uns verraten, ob Sofia da nicht untertreibt?«

Die Antwort des Sohnes kommt trocken und beinhart. Er bemüht sich erst gar nicht, die Aggression zu verbergen:

»Nein. Weiß ich nicht.«

Achtzehn Minuten. Jorge schwebt im Alkoholkoma, aber keiner scheint davon Notiz zu nehmen. Niemand kümmert sich um ihn. Vítor nützt unverdrossen die psychische Abwesenheit seines Gegners aus, um Punkte zu sammeln. Ich habe keine Ahnung, welches Ziel er damit verfolgt. Wahrscheinlich hat einer wie er ohnehin keine Ziele. Außer eben dem Drang, die Luft zu verpesten und damit Punkte zu sammeln. Traurig genug, daß er am Rand des neuen Millenniums

Punkte sammelt. Was er wohl mit seiner Sammlung zu tun gedenkt in der ewigen Leere?

»Nein?« wundert sich Vítor. »Ich traue mich wetten, daß Sofia schon einmal für dich gekocht hat.«

Der Anwurf klingt nicht wie eine sexuelle Anspielung. Er ist einfach nur peinlich. Aber bei einem Kerl wie Vítor besteht kein Zweifel, daß diese Geschmacksverirrung kein Werk des Zufalls ist. Sofia wird rot. Vor Wut oder vor Scham?

Und nun, endlich, als schon alles verloren scheint, erhebt sich der Übermensch wie ein Phönix aus den Trümmern des zerbombten Hauses! In einer übermenschlichen Anstrengung stemmt er den enormen Eisenbalken in die Höhe, unter dem er begraben war. Unser Superman rüstet sich für den Endkampf:

»Sofia ist Sozialarbeiterin in Pedros Schule«, wirft Jorge dazwischen, und seine Stimme klingt etwas gellend vor nervöser Anspannung. Sein Herz spielt den Hardcorerhythmus eines Preßluftbohrers und schleudert ihn fast ins Koma zurück. »Soweit ich das beurteilen kann, ist sie eine erstklassige Fachkraft. Aber Kochen gehört nicht zu ihrem Aufgabenbereich. Es gibt keinen Grund, weshalb sie für Pedro kochen sollte.«

Siebzehn Minuten. Vítor ist baff von Jorges Ausfall. Aus strategischen Gründen zieht er sich einen Schritt zurück. Welch Wunder! Niemand hat damit gerechnet, daß sich dieser Fettsack wieder ins Spiel bringt.

»Jorge! Jorge, mein Lieber!« ruft er, als ob ihn die Ahnungslosigkeit seines besten Freundes verletzen würde. »Das Leben besteht nicht nur aus Arbeit.«

Vítor legt mit geradezu bekenntnissüchtiger Inbrunst die offene Hand auf die linke Seite seiner Brust. Die Seele offen und durchsichtig, das Herz auf der Zunge, der Geist allzeit bereit, sich zu ergeben, undsoweiter undsofort.

Auge in Auge kriecht er Sofia in die Augen hinein. Alles an ihm ist Augen.

»Entschuldigen Sie, Sofia«, sagt er. »Ich wollte Sie nicht beleidigen.«

Sofia möchte sich der makabren Augenpartie entziehen. Mit einer abrupten Bewegung schafft sie das auch. Sie konzentriert sich auf das Essen und antwortet mit gepreßter Stimme.

»Keine Ursache für Entschuldigungen.«

Ich glaube nicht, daß Sofia je auf Vítor stehen könnte. Aber wenn keiner eingreift, dann endet es noch so, daß der alte Schwerenöter die Nacht mit ihr verbringt. Oder besser, *verbringen würde.* Wenn es noch eine Nacht gäbe. Nein, das ist kein Widerspruch. Einer wie Vítor holt sich, was er möchte. Egal ob es den anderen recht ist oder nicht. Er besitzt den Charme eines verschlagenen rosaärschigen Pavians, und die stecken ihr bestes Organ überall rein, wo sie Platz finden. Vítor ist ja wirklich abscheulich, und Sofia kann ihn um Himmels Willen nicht mögen! Wenn sie sich schon mit einem älteren Mann einlassen würde, dann wäre doch bitte Jorge die logische Lösung! Einer, der ihr verborgenermaßen seit vier Monden zärtlich zugetan ist, das heißt, eben solange, wie er sie kennt. Jedoch fürchte ich sehr, daß die Chancen des armen Jorge fatal gegen Null tendieren. Übrigens, wie könnte er auch nur irgendeine Chance kriegen, wenn er keinen Versuch unternimmt? Ja, ich weiß schon. Jorge respektiert Pedro. Er liebt ihn wie einen Sohn. Es macht ihn stolz, daß Pedro eine Freundin hat, noch dazu eine hübsche, die auf ihn steht, trotz seines Pedroproblems. Aber jedes Mal, wenn sich Jorge das vorsagt, flüstert ihm ein kleines Tier in seinem Inneren (nicht ich, großes Ehrenwort mit oder ohne Pfadfindersegen) die Perversion dieser Überlegung zu: Wenn sie es schafft, Pedro trotz seines Wirbelsäulenproblems zu lieben, könnte sie dann nicht genauso gut ihn lieben, trotz seines Projektproblems? Unglücklicherweise irrt Jorge an diesem Punkt. Und allerunglücklicherweise weiß Jorge sehr wohl, daß er an diesem Punkt irren muß.

Werfen Sie also in aller Ruhe einen Blick auf die beiden älteren Herren, die in der Realität bzw. in Gedanken versuchen, ihrem gemeinsamen Sohn die Freundin auszuspannen. Ein klarer Nachteil für Jorge: Liebe und Verlangen entstehen und vergehen ohne Rücksicht auf moralische Verdienste.

»Ich hatte auch nicht erwartet, daß Sofia Berufsköchin wäre«, schwört Vítor, und gibt sich nicht besonders viel Mühe, überzeugend zu klingen.

Worum es in Wahrheit geht, weiß keiner besser als er. Er muß nur die Leere füllen – der Rest kommt von selbst.

»Aber das eine oder andere Mal«, fährt er fort, »ich meine, nur so aus Freundschaft, könnte Sofia irgend etwas mitgebracht haben, um es Pedro zu schenken. Irgendwelche Kekse oder Kuchen zum Beispiel. Aus Freundschaft. Schließlich ist doch die Beziehung zwischen Pedro und Sofia nicht nur rein beruflich … oder irre ich mich?«

Sofia schaut zu Pedro hinüber, etwas in die Enge getrieben. Vítor nimmt ihnen alles. Er nimmt ihnen das Vergnügen, ihr Geheimnis zu lüften. Er nimmt ihnen die Phantasie der knospenden Liebe, an die beide glauben. Er vernichtet Sofias mühsam zusammengebastelte Fiktion der Unschuld, ihre frisch erträumte allererste unschuldige Beziehung. Besonders ärgerlich ist, daß dieser Mann sich anmaßt, irgend etwas über sie zu wissen, daß er so tut, als würde er sie kennen. Es verletzt sie, daß dieser widerwärtige Kerl, der offensichtlich fähig wäre, seinen eigenen Sohn zu zerstören, alles über sie erfahren möchte. Daß er so tut, als würde er sie bald besser kennen als sie sich selbst kennt.

Eine Sache durchschaut Sofia aber nicht: daß es Vítor keinesfalls darum geht, seinen eigenen Sohn zu fressen. Er möchte ja nur Zeit gewinnen. Um nicht vorzeitig zu altern. Es ist nicht seine Schuld, daß ihm die jungen Frauen wie hübsche Fläschchen mit Jugendlichkeitselixier vorkommen. Es liegt außerhalb seines Bereichs, wenn sich sein Sohn zwischen ihn und dieses Elixier stellt.

Vierzehn Minuten.

Nun möchte Pedro, der völlig aus dem Takt gekommen ist, mit einem pathetischen Ausfall verlorenes Terrain zurückgewinnen.

»Was soll das heißen, daß unsere Beziehung nicht nur rein beruflich sein soll? Was willst du damit andeuten, Vater?«

Vater. Pedro hat *Vater* gesagt. Vítor muß die Lippen mit Gewalt zusammenpressen, damit er nicht in triumphierendes Lachen ausbricht.

»Nichts will ich damit andeuten«, sagt er. »Ich habe nur eine Tatsache festgestellt.«

Pedro erkundigt sich umgehend nach der Tatsache.

Vítor zuckt mit den Schultern:

»Daß du Sofia zum Abendessen mitbringst.«

Die Stille, die nun folgt, hat zwei Funktionen. Pedro hilft sie, das Sinken seiner Flotte zu verkraften und an alternative Angriffsmöglichkeiten zu denken. Vítor erlaubt sie, sich am Ergebnis seines Massakers zu ergötzen. Die übrigen Anwesenden beobachten die Waffenpause mit verstörten Mienen. Eine Zeitlang geschieht nichts. Doch auf einmal entdeckt Pedro einen intakten Panzer, dessen Kanonenrohr bereits in die richtige Richtung weist. Mein Gott, es ist so einfach! Es genügt, das Argument umzukehren:

»Du kommst ja auch zum Abendessen, Vítor«, dreht Pedro kurzerhand den Spieß um.

»Nennst du mich plötzlich nicht mehr Vater?« klagt Vítor und zieht einen Flunsch. Vielleicht ist er tatsächlich gekränkt, doch kehrt er dieses Gekränktsein so sehr nach außen, daß er eine eventuelle Kränkung gar nicht bemerken würde.

»Wir hatten doch vorhin ausgemacht, daß ich dich Vítor nennen darf. Erinnerst du dich nicht mehr? Um dich nicht mit Jorge zu verwechseln.«

Helena säuselt Sofia zu, daß ihr Sohn in früheren Jahren *Vater* zu Jorge gesagt habe.

Jorge und Sofia kauen nebenbei weiter vor sich hin. Jeder auf seine deprimierende Art. Der eine mit noch weniger Appetit als die andere. Sie füttern ihre Münder lustlos mit Gabelbissen, nur um sie zu stopfen. Als wäre es ihr Galgenmahl. Zufällig ist es das ja auch – aber sie dürften sich trotzdem nicht so gehen lassen. Dieses Festessen hat den morschen Rhythmus eines Massenbegräbnisses. Zufällig ist es ja auch eines. Aber so mies bräuchte die Stimmung nun auch wieder nicht zu sein!

»Genau«, bekräftigt Pedro. »Ich sagte *Vater* zu beiden.«

»Aber jetzt als Erwachsener sagt er zu keinem mehr *Vater*«, sagt Vítor mit einem Bissen im Mund. Er nimmt noch eine Gabel. »Was auch seine Logik hat.«

Ihm bereitet es kein schlechtes Gewissen, mit vollem Mund zu sprechen. Der erfahrene Mann zählt für drei Männer. Und wenn man drei Männer in sich fühlt, kann man schon einmal schmatzen. Abgesehen davon gibt es nur eine einzige gesellschaftliche Regel, die einer wie Vítor wirklich beachten muß: alle anderen niederzuwalzen und für sich selbst alle Rechte einzufordern. Attila der Hunnenkönig als Modell der guten Erziehung. Was mich betrifft, alles in Ordnung.

Sofia lacht. Es kommt gar nicht schlecht. Ihr Lachen trifft zwar nicht den richtigen Ton, aber aufgrund des Playbacks bemerkt man es kaum.

»Logisch«, sagt sie. »Immer noch besser, als beide Jorge zu nennen. Oder Vítor.«

Pech für Sofia, daß sich keiner vor Lachbrüllen auf die Schenkel klopft. Im Gegenteil. Die Mütterlichkeit, mit der sich Helena ihr zuwendet, läßt eher darauf schließen, daß sie irgendeinen Blödsinn von sich gegeben hat.

»Nehmen Sie doch noch etwas vom Salat, Sofia.«

Sie gehorcht, bewußt, einen weiteren Fauxpas geliefert zu haben, noch dazu einen, der ihr eine Haftstrafe von dreißig

Jahren schwerer emotionaler Misere eintragen könnte. Die Familie besteht unterdessen nur noch aus einer Symphonie von Kaugeräuschen über peinlicher Stille.

Dreizehn Minuten und sechzehn Sekunden. Dreizehn Minuten und fünfzehn Sekunden. Dreizehn Minuten und vierzehn Sekunden …

Helena stellt ihr inneres Plapperradio auf eine Station, in der Jovialität Trumpf ist:

»Jorge, willst du nicht irgendeine Musik auflegen? Weiß jemand, wie lange es noch ist bis Mitternacht?«

»Fünfzehn Minuten«, sagt Vítor.

»Ich glaube, deine Uhr geht nach«, korrigiert Pedro. »Auf meiner ist es zwölf vor zwölf.«

Und deine Uhr geht vor, mein lieber Pedro. Das ist ganz typisch für die Uhren der zweigespaltenen Wirbelsäulchen! Jorge nimmt sich seufzend die Serviette vom Schoß und erhebt sich. In aller Höflichkeit fragt er, ob irgend jemand etwas Besonderes zu hören wünscht.

»Mir ist alles recht. Solange es keine Rockmusik ist«, sagt Vítor.

Er streckt die Arme aus, fuchtelt im Raum herum und sagt mit einer Grimasse:

»Ich weiß nicht, wie es euch geht, aber ich hasse es zu essen, während meine Eingeweide tanzen.«

Vítors Wunsch ist Helena Befehl. Sie übersetzt ihn für ihren Gatten:

»Eine ruhige Musik, Jorge. Nur für das Ambiente.«

Jorge begibt sich zum Apparat und wählt eine CD mit Flughafengedudel, abgeschmackt und in homöopathischen Dosen. Vítor klatscht sarkastisch in die Hände:

»Gratulation, Jorge. Einmal im Leben eine gute Auswahl.«

Sofia schaut schockiert in Vítors Richtung. Von meinem Blickwinkel aus erkennt man nicht, ob sie nur verdutzt ist über die Art, mit der Jorge behandelt wird – oder ob sie gleichzeitig Hilfe von ihrem Freund erbittet. Er könnte ja dazwischenfahren und sie retten, er könnte sie rausholen aus dieser Folterkammer. Doch unserem Wirbelsäulchen liegt momentan nichts ferner, als jemand anderem zu helfen.

»Das war ein Witz«, lacht Vítor. Entweder lacht er über die Panik in Sofias Miene oder über seinen eigenen Witz. »Jorge und ich sind schon so lange befreundet, daß es schon gar nicht mehr wahr ist. Stimmt's, Jorge?«

»Verwachsen wie der Nagel und mit dem Fleisch«, kommentiert Pedro.

Vítor schaut noch immer Jorge an:

»Ganz so würde ich es nicht ausdrücken. Aber zwischen uns gibt es kein Mißtrauen. Oder, Jorge?«

Ich muß gestehen: An der Stelle von Jorge würde ich in die Luft gehen. Ich würde explodieren wie ein Flugzeug, das in eine Erdölraffinerie stürzt. Aber keinesfalls würde ich Schluß machen mit dem eigenen Leben!

Selbstmord ist das Dümmste, was es gibt. In diesem Punkt hatte der Obdachlose schon recht. Es gibt keine idiotischere Vergeltungsmaßnahme als *Wenn sie mir das alles antun, dann mache ich Schluß mit mir.* Viel ratsamer und naheliegender ist es, das Leben anderer zu beenden. Doch es existieren auch weniger radikale Lösungen. Für die würde ich in vorliegendem Fall plädieren. Er könnte Vítor zum Beispiel seinen Stuhl an den Kopf werfen. Er könnte ihm den Champagner über das blütenweiße Hemd leeren. Er könnte auf den Tisch kotzen. Egal was, nur bitte nicht mehr länger diese impotente, selbstbemitleidigende, bleierne Schlaftrunkenheit!

»Nehmen Sie doch noch etwas vom Salat, Sofia«, schlägt Helena vor, und es klingt wie: *Du hast nichts gesehen, Mädchen. Wenn sie dich fragen, gesehen hast du nichts.* Und sie schiebt ihr die Salatschüssel hin. »Zieren Sie sich nicht.«

Ist Vítor schon total betrunken? Denn nur ein Vollrausch würde sein Benehmen rechtfertigen.

»Genau«, sagt er, hebt das Glas, stellt es nieder und füllt es wieder auf, wobei er zum Zeichen seiner Glückseligkeit etwas Wein auf dem Tisch verschüttet. »Zieren Sie sich nicht. Machen Sie es wie ich. Fühlen Sie sich wie zu Hause.«

Noch zehn Minuten.

»Es ist eine seltsame Vorstellung.«

War das zum Teufel Sofia, die das eben gesagt hat? Das ist ja genauso erstaunlich wie der Zwischenruf unseres glatzigen Supermans Jorge! Sofia, die schöne Fee, die begehrenswerte Frau, die weise Priesterin, hat sich tatsächlich zu Wort gemeldet. Weil sie auch etwas zu sagen hat:

»Es ist eine seltsame Vorstellung, zwei Väter zu haben.«

Sie spricht beinahe ohne Betonung, als würde sie mit sich selbst reden. Auf diese Art erweckt man die Aufmerksamkeit der anderen. Und ich denke, sie ist sich dessen bewußt. Dieses Mädchen hat eine Menge drauf. Guter Geschmack, Jorge! Nun muß ich dir einmal gratulieren. Aus dieser Welt nimmst du nichts mit – du bist ein alter Pechvogel – aber einen gewissen Geschmack kann man dir nicht absprechen. Sofia hat Klasse. Wenn alle der Meinung sind, sie liegt zerstört am Boden, dann marschiert sie los: Auf in den Kampf! Mir gefällt das. Glatzkopf Jorge, du könntest beispielsweise ihrem Beispiel folgen. Wär' das nicht ein Vorschlag?

Vítor gruppiert die Kräfte oben auf dem Hügel. Er legt dabei eine bemerkenswerte Agilität an den Tag:

»Zwei Väter, das hat auch seine guten Seiten. Als er ein kleines Kind war, kamen wir irgendwann drauf, daß Pedro mich und Jorge immer für die gleichen Sachen um Geld bat – und es doppelt bekam«, lacht er, mit einer gewissen Befriedigung, daß der Sohn schon als Kleiner die Defekte der großen Welt hatte. »Er kriegte immer alles doppelt.«

Wenn ich Jorge wäre, wüßte ich eine Antwort. Ich würde sagen: *Aber es hatte auch seine schlechten Seiten. Vermutlich wurde er von der einen und von der anderen Seite geschimpft.*

Oder etwas ähnliches. Aber ich bin nicht Jorge. Der wäre ich sogar äußerst ungern. Da reißt sich keiner drum, ein Kerl zu sein, der nicht weiß, wo er seine Beine unterbringt und seine Hände hintun soll. Ich besitze weder Beine noch Hände – und sogar ohne Extremitäten wäre ich ein besserer Jorge. Deprimierend. Wie auch immer, der Trost (für mich, für Jorge, für alle hier, und für Sie daheim) ist, daß die Depression zu Ende geht. Die Hölle auf Erden wird wegen Bauarbeiten geschlossen, und sie wird weder in flüssigem, noch festem oder gar gasförmigem Zustand je wieder geöffnet. Viele Tränen wird man euch Menschen nicht nachweinen. Was mich betrifft, ich lasse Sie alle guten Gewissens in die ewigen Jagdgründe ein. Ich habe meine Aufgabe erfüllt, die da war: Keiner soll vorzeitig abgehen. Und ich habe meinen Bericht geliefert. Den könnt ihr ja vielleicht verwenden. Blödsinn, ihr könnt ihn nicht mehr verwenden, eher schon wir. Falls es irgendwann einmal nützlich oder interessant sein wird, eine prähistorische Untersuchung zu machen. Na sicher, noch immer fehlen zehn Minuten, und in zehn Minuten kann sehr viel passieren. Ein Erdbeben dauert im allgemeinen weniger als zehn Sekunden und kann eine Stadt zerstören, einen Kontinent – eine unheimliche Masse von Menschen kann getötet werden. Das Maximum an Zerstörung in einem Minimum von Zeit. Ob der Meister für seine Weltzerstörung wohl die Technik des Erdbebens benützen wird? In diesem Fall müßte es schon ein riesiges Erdbeben sein. Oder wird er auf etwas Technologischeres zurückgreifen, auf eine eher thermonukleare Vorrichtung, auf eine vom Stil her psychodigitale? Was für eine Waffe auch immer gewählt wird, ich zweifle nicht, sie wird schrecklich effizient sein. Wenn es ihm Spaß macht, nimmt der Meister einfach einen riesigen Radiergummi und löscht sorgsam die Welt aus, Streifen für Streifen. So wie ein Kind eine Strichzeichnung ausradiert, die ihm nicht mehr gefällt. Was dann übrigbleibt, sind nur kleine Fetzen aus Gummi. Und ein kleiner Schmutzhaufen auf dem Papier. Das Papier war vorher weiß – und nun ist es überhaupt nicht mehr weiß.

Sicher, Jorge könnte noch immer Unsinn machen. Er könnte das elektrische Messer packen und sich die Pulsadern aufschneiden. Aber mir scheint, dafür fehlt ihm der Mut. Größere Vorsichtsmaßnahmen, wenn überhaupt, muß ich für den Fall treffen, daß er einen Wahnsinnsanfall bekommt und Vítor die Kehle durchschneiden will. Vítor würde sich ein solches Ende durchaus verdienen. Auf dem Boden zu liegen, mit dem Kopf an das Sofa gelehnt, ein großer roter Fleck würde ihm aus dem Hemd sickern, und er würde versuchen zu verstehen, was da passiert ist und aus welchem Grund er die Füße nicht mehr spürt. Aber Befehl ist Befehl. Hier kommt keiner raus, lebendig oder tot. Hier kommt keiner raus bis zum Moment, da die Glocken des Jüngsten Gerichts läuten.

Das gilt auch für Sie daheim auf ihren Polstergarnituren, für Sie in der Straßenbahn, für Sie mit dem Buch in der Hand, ja Sie, genau, Sie persönlich. Wenn Sie abhauen wollen, hätten Sie das früher tun müssen. Jetzt ist es zu spät. Sie müssen sich den Horrorfilm schon bis zum Ende reinziehen.

Da können Sie unternehmen, was Sie wollen. Das Ende des Films ist nahe. Wenn sie meinen Blickwinkel genießen dürften, dann könnten Sie schon den Kinogehilfen um die Ecke kommen sehen, der sich in aller Ruhe bereitmacht, die letzte Filmrolle einzulegen.

»Im Grund glaube ich, es war eine Art von Kompensation«, meint Pedro. »Ich war ein krankes Kind. Aber zum Ausgleich hatte ich doppelten Schutz. Was auch seine Logik hat.«

Helena kneift die Lippen zusammen, wenn sie hört, daß Pedro sich selbst als krank bezeichnet. Hingegen bemerkt Sofia frohlockend:

»Es ist witzig, daß du das sagst.«

Pedro versteht nicht. Runzelt die Brauen.

»Was?« fragt er.

Sofia legt ihm die Hand auf den Arm. Die Hand sagt: *Es ist alles gut, ich liebe dich, wir sind stark, was wir beide haben, ist so stark, daß man sogar das überleben kann. Ein Horrorabendessen mit deiner Familie.*

»*Was auch seine Logik hat.* Es ist der gleiche Ausdruck, den dein Vater vorhin verwendet hat.«

»Den Vítor verwendet hat«, korrigiert Vítor, der nur gegenüber Jorge der Vater von Pedro sein, für das nette Stück Fleisch namens Sofia jedoch erwiesenermaßen Vítor bleiben möchte. Interpretieren Sie mich nicht falsch, ich rede keiner Moral das Wort, ich beschreibe nur die Tatsachen.

Sofia akzeptiert die Korrektur.

»Den Vítor verwendet hat«, lenkt sie ein. »Es ist ein Zeichen, daß sie sich ähnlich sind.«

Jorge wirkt so, als wäre er nur noch seine eigene Totenmaske. Er überläßt Vítor den gesamten Raum. Helena sagt nichts, weil sie keinen Grund dafür sieht. Eine echte Hausfrau braucht im Prinzip nichts zu reden, und diese hier hat, was sie will: ihre drei Männer, versammelt vor ihrem Taktstock. Und die Frau, die ihr den Sohn wegnehmen möchte, sitzt ganz nahe bei ihr, dort wo man eben einen Gegner gerne hat: keinen Kaninchensprung entfernt, in bequemer Watschen-Distanz. Und was Vítor betrifft, kann er vordringen, sich zurückziehen, vordringen, sich zurückziehen, er ist immer der Herr auf dem gesamten Feld. Was für ein hübsches Paar die beiden doch abgeben, Helena, die Hausfrau, und Vítor der Kriegsherr.

»Es ist witzig, daß Sofia das sagt«, nimmt der Kriegsherr den Faden auf. »Ich dachte immer, daß mein Sohn dem Jorge viel ähnlicher wäre als mir.«

Es ist eine falsche Höflichkeit. Aber ich muß es bei Sofia nicht wie die Kinder machen, die vor dem Fernseher sitzen und bei Gefahr den Helden vorwarnen möchten. Dieses Mädchen hat nicht nur Leben in sich, sie hat auch eine Menge Erfahrung.

»Warum dachten Sie das?« gibt sie zurück.

Es ist wohltuend, zu sehen, wie der unglückliche Kriegsherr erwürgt wird.

»Ich weiß nicht«, stottert er. »Vielleicht hing es mit einem gewissen Schuldkomplex zusammen.«

Der Zauber wendet sich nun gegen den Zauberer, denn der Zauberer wußte nicht, daß er es mit einer Zauberin zu tun hatte.

»Das verstehe ich nicht«, sagt Sofia.

Und du wolltest etwas mit diesem Mädchen haben, Jorge? Wach auf, Mann, schau, du steckst mit dem Kopf schon fast im Teller. Siehst du nicht, daß sie in einer anderen Galaxie schwebt, Lichtjahre über deinen Fähigkeiten? Du würdest keine drei Tage in ihren Klauen aushalten.

Vítor wird schließlich doch noch gerettet. Und zwar von seinem eigenen Sohn, der ihm unfreiwillig eine letzte Chance gibt, indem er eine behäbige, überflüssige Ironie in das Duell einbringt:

»Was Vítor sagen will, ist, daß er wenig Zeit mit mir verbracht hat, als ich ein Kind war.« Was heißt *wenig Zeit*? *Überhaupt keine Zeit* wäre ein treffenderer Ausdruck.

Der Vater bedankt sich für die Erklärung.

»Pedro hat recht«, sagt er. »Ich war viele Jahre in Afrika.«

Seine Zeit für Danksagungen ist jedoch knapp bemessen. Neun Minuten und sechsunddreißig Sekunden. Mag sein, daß Pedro nicht das Talent von Sofia hat, aber zum Ausgleich hat er Jahre und Jahre der angehäuften Wut.

»Und auch nachdem er wieder in Lissabon war, blieb er in Afrika. Viele Jahre.«

Helena reißt die Augen weit auf. Nun muß sich die Hausfrau aber wirklich einschalten, so dreist ist das alles:

»Pedro!«

Zum Zeichen seiner Entmutigung hebt Vítor die Arme und läßt sie wieder fallen. Wie soll er sich nur verständlich machen, vor Leuten, die sich derartig sträuben, seine Gedankengänge zu begreifen?

»Pedro, Pedro. Was soll man dazu sagen?« faselt er. »Es stimmt schon, daß ich nie den Preis für den besten Vater Portugals kriegen wollte. Aber ich glaube, du bist auch etwas ungerecht.«

Pedro hebt die Hand an die Brust, eine Imitation der Gebärde, die Vítor vor kurzem gemacht hat. Heraus kommt allerdings eine vorsichtige Light-Version – das Wirbelsäulchen darf sich ja nicht fest an die Brust schlagen.

»Wenn ich ungerecht bin, entschuldige bitte«, sagt er in einem derart verlogenen Tonfall, daß es klingt wie das Kratzen eines Nagels auf der Tafel, wenn die Kreide bricht. »Vater. Oder bevorzugst du Papa?«

Die große Schiedsrichterin Helena fühlt zum zweiten Mal hintereinander den unstillbaren Drang, allen zu zeigen, für welche der Mannschaften sie die Daumen hält.

»Pedro!«

»Ich dachte, wir hatten uns auf Vítor geeinigt«, beklagt sich Vítor.

Der Mann ist auch am Rand der Niederlage ein Künstler. Ich frage mich nur, was man anstellen muß, um diesen Kerl auf den Boden zu zwingen? Braucht es dafür einen Weltuntergang? Kein Problem, wird gemacht. Schaffen wir schon. Hier heroben schaffen wir alles.

»Vítor ist eine gute Lösung«, bekräftigt Pedro, um gleich zu entkräften. »Aber wir wollen die beste Lösung, oder? Wieso begnügen wir uns hier mit einer mittelmäßigen *guten*, wenn wir doch die beste Lösung erhoffen können? Die Allerbeste?«

Vítor kann nicht glauben, was ihm da widerfährt. Was ist denn heute in Pedro gefahren, scheint er zu fragen. Woher nimmt der diese unvermutete Energie? Vermutlich nimmt er sie von beiden Seiten. Die eine heißt Sofia. Die andere heißt

Weltuntergang. Chronisch Kranke besitzen ein fast animalisches Gespür für nahende Katastrophen.

Acht Minuten.

»Pedro, ich glaube, du verwirrst mich jetzt. Ich weiß nicht worüber ...«

Vítor versucht sich zu retten und greift auf einen alten Trick zurück: Er zwingt den Gegner, seinen Schlag zu wiederholen. Nur hat er die Tiefe des Wassers falsch berechnet. Eine Mörderbande namens Pedro wirft sich über ihn, dreißigtausend Springmesser mit geschärften Klingen, die lebendes Fleisch rasieren.

»Über nichts Besonderes«, schießt Pedro heraus. »Ein Sohn ist ein Projekt wie jedes andere. Oder? Ein Projekt wie jedes andere. Das gelingen kann. Oder mißlingen. Und mein Vater, Verzeihung, mein Vítor, Vítor wie Victory, zum Teufel, wie gut ihm der Name steht, war nie einer, der viel Zeit verloren hat mit Projekten, mit ... wie sage ich am besten? ... mit mißlungenen Projekten.«

Es ist schade, daß Sie nicht das gleiche sehen wie ich. Denn wenn Sie es könnten, würden Sie mit großer Deutlichkeit die Aura von Pedro bemerken, die jene von Vítor niedermetzelt.

»Pedro!« ist das einzige, was der verblüfften Helena zum Thema einfällt. Sechs Minuten und fünfzig Sekunden.

Helena dreht sich zu Jorge hinüber, auf der Suche nach irgendeinem Schuldigen für die Katastrophe, zu der das Festessen geworden ist. Jorge befindet sich jedoch derartig jenseits von Gut und Böse, daß Helena keine andere Wahl bleibt, als sich zu Sofia zu drehen und mit idiotischer Vehemenz anzumerken:

»Sie müßten doch wissen, daß er nicht trinken darf!«

»So wie ich.«

Ist es nur mein Eindruck, oder war es Jorge, der das gesagt hat? Haben Sie es auch gehört? Kommt etwa der nächste Überraschungscoup unseres glatzigen Übermenschen?

Vítor leckt inzwischen seine Wunden.

»Du bist ungerecht«, beklagt er sich.

Von mir aus kann er sich ruhig bei der Polizei beklagen. Wenn er es in der kurzen Zeit noch bis zum nächsten Wachzimmer schafft.

»Mehr fällt dir nicht dazu ein? Nur, daß ich ungerecht bin?«

Vítor ist tatsächlich verletzt. Es ist zu befürchten, daß er eine gebrochene Rippe davongetragen hat. Großartig. Schadet ihm gar nicht. Nur mit Mühe hebt er das Glas an die Lippen, um die Zunge zu befeuchten, die sich wie Kork anfühlt.

»Du bist ungerecht«, lamentiert er weiter. »Ich kann nur das sagen. Daß du ungerecht bist. Was soll ich sonst sagen?«

Pedro macht das fiese Lächeln des Illusionisten, der einen Magierhut aus einem Hasen holt.

»Wie wäre es denn mit einer Entschuldigung?« schlägt er vor.

Vítor versteht nicht. Er klappt die Augen auf und zu, um die Betäubung zu kontrollieren. Trotz des Weines bleibt ein unangenehmer Geschmack in seinem Mund. Was ist das eigentlich für ein verdammter Wein? Garantiert nicht jener, den er gebracht hat. Er selbst hätte zu einem Festabend nur guten Wein gebracht.

»Entschuldigung?« staunt er. Und erhebt die Stimme. »Entschuldigung wieso? Habe ich dir die Wirbelsäule gespalten, oder was? Ist es meine Schuld, daß du ein behindertes Rückenmark hast? Ich selbst habe keine brüchige Wirbelsäule. Ich hatte nie im Leben eine ernste Krankheit. Ich habe keine Drogen genommen, als ich dich zeugte«, lügt er. »Zumindest keine starken Drogen, die sicher nicht. Und für deine Mutter gilt das gleiche.«

Die Muskeln in seinem Gesicht und in den Händen ziehen sich in abrupten, gewalttätigen Krämpfen zusammen.

»Eine Entschuldigung? Eine Entschuldigung wofür? Wer

bist du, daß ich mich bei dir entschuldigen soll? Ohne mich wärst du gar nicht auf der Welt.«

Es gibt nichts, was die Menschen so respektieren wie das Ausrasten von jemandem, von dem man erwartet hat, daß er jede Situation unter Kontrolle kriegt. Es ist etwas Homerisches, so wie ein Formel-1-Champion in Vollbremsung. Da kommt dann ein Augenblick des Respekts, der dem totalen Verlust des Respekts vorausgeht.

»Dafür könntest du dich zuerst einmal entschuldigen ...«, sagt Pedro sanft.

Pedro ist ganz ruhig. Siegreich ruhig. Er hat ihn besiegt. Er hat den Vater nicht getötet. Doch er hätte es tun können. Wenn er es gewollt hätte. Und beide wissen das. Das ist praktisch das gleiche wie eine vollzogene Tötung.

Nein, es ist nicht das gleiche. Es ist viel schlimmer.

Vier Minuten und dreißig Sekunden. Es fehlen exakt vier Minuten und neunundzwanzig Sekunden bis zum Ende der Welt. Achtundzwanzig Sekunden.

Helena:

»Pedro, es ist wirklich nicht der richtige Zeitpunkt, um ...«

Pedro schaut die Mutter mit einer traurigen, ironischen, müden Liebe an. In der Luft kreisen Geier, warten auf den richtigen Moment, um auf die zerpflückten Kadaver der Menschentiere herabzustoßen.

»Nicht der richtige Zeitpunkt wofür, Mutter?« sagt er. »Um zu sprechen? Weil die Sofia hier ist? Aber wenn sie Teil der Familie werden möchte, muß sie sich doch dran gewöhnen, oder?«

Helena sagt gar nichts. Und sie tut gut daran. Was kann sie schon antworten?

»Ich bin es, der um Entschuldigung bitten muß. Bei allen.«

Jetzt bin ich mir ganz sicher. Das war Jorge. Es ist Jorge, und er sagt mit leiser, aber vernehmlicher Stimme:

»Ich bin es, der um Entschuldigung bitten muß. Bei allen.«

Er erhebt sich, legt die Stoffserviette neben seinen Teller, den er während des Abendessens kaum berührt hat.

Helena wird ihn noch einmal zurechtweisen. Sie spielt eher die Mutter und Kerkermeisterin als die liebende Gattin.

»Jorge, bitte. Ich glaube, es ist jetzt wirklich nicht der richtige Zeitpunkt für deine Selbstmitleidsnummer. Von Zeit zu Zeit macht sie Spaß, aber jetzt sicher nicht.«

Es macht mir nichts aus, wenn sich Helena gegenüber Jorge wie eine Mutter benimmt, aber Kerkermeister gibt es hier schon einen.

Jorge wirkt zerbrechlich, er ist leichenblaß.

»Helena, ich wollte nur ...«

Helena kreuzt die Arme und wählt Sofia als Komplizin, ohne sich darum zu kümmern, ob die nun möchte oder nicht.

»Er macht das immer«, stellt sie ihren Gatten bloß. »Ich habe noch nie einen Mann gesehen, der sich mit einer solchen Leidenschaft selbst zerfleischt. Es ist wie ein Laster.«

»Es ist ein Laster«, gibt Pedro zu. »Du hast völlig recht, Mutter. Aber es ist ein harmloses Laster.«

Und er fixiert Helena und Vítor. Klarer als das geht's nur mit Untertiteln.

»Ich glaube, daß nicht alle Anwesenden hier das gleiche behaupten können«, setzt er nach.

Vítor ist nahe am Zerspringen. Na gut, hat er eben verloren. Einmal mußte das ja passieren. Auch andere große Männer mußten große Niederlagen einstecken. Napoleon. Rommel. Chiang Kai-Shek. Pol Pot. Er erhebt sich. Pedro und Sofia – die Jungen – bleiben ruhig sitzen. Helena, Vítor und Jorge stehen da wie hilflose Vogelscheuchen.

Ich sollte nicht sagen *die Jungen*. Sie sind mittlerweile alle im gleichen Alter: Jorge, Helena, Vítor, Pedro, Sofia, der Chef, der Obdachlose, Sie alle daheim vor den Fernsehgeräten, die ganze verdammte Welt. Denn Sie werden alle zum gleichen Zeitpunkt sterben. Sie sind ohne Unterschied plus zwei Minuten alt.

»Helena«, sagt Vítor, »ich glaube es war ein Fehler, hierherzukommen. Offenbar bin ich hier weder besonders erwünscht noch ist meine Anwesenheit nötig. Gibst du mir bitte meine Jacke?«

Helena hat die allerdümmste Antwort des Abends auf Lager:

»Jetzt, wo ich gerade den Champagner öffnen wollte?«

Und auch Sofia, die aufgeweckte Totgeglaubte, ist alarmiert. Adieu, Jahrtausendwende. Aber andererseits, kann sich irgend jemand von Ihnen vorstellen, eine Jahrtausendwende so richtig zu genießen? Nicht einmal der besoffenste Vollidiot wird das schaffen.

»Pedro, so haben wir das nicht ausgemacht«, sagt die kleine, hübsche Sofia.

Der antwortet nicht. Dafür möchte Helena Vítors Befehl nachkommen. Zu etwas anderem sind die Frauen nicht geboren als den Männerbefehlen nachzukommen, scheint mir. Doch Jorge hält sie mit einem imaginären Metallarm fest. Was es nicht alles gibt in dieser kleinen überraschenden Privatarena! Nachdem wir Sofia als aufgeweckte Frau sahen, sehen wir jetzt Jorge als zu allem entschlossenen Mann. Gut so.

»Vítor, sag keinen Blödsinn«, befiehlt Jorge und rückt seinen Stuhl zurecht, »mach es so, wie ich es gemacht habe. Setz dich hin und halt den Mund.«

Der lebensgefährlich verletzte Löwe wagt ein letztes Röcheln. Es ist schon nicht mehr wahr – jeder hier durchschaut das – er röchelt nur noch fürs Fotoalbum:

»Mich hinsetzen und den Mund halten? Mit wem glaubst du eigentlich hier zu sprechen? Ich bin doch nicht dein Sohn.«

Zum Teufel, Vítor, wie kannst du so dumm sein? Das tut sogar mir weh:

»Aber ich bin dein Sohn«, sagt Pedro.

Jorge gibt zu verstehen, daß er dankbar wäre, wenn es keine weiteren Unterbrechungen mehr gäbe.

»Oder setz dich hin und halt den Mund nicht. Wie du willst. Nur gibt es absolut keinen Anlaß, die Ruhe zu verlieren. Siehst du mich die Ruhe verlieren? Eben. Ich werde entmündigt in meiner eigenen Wohnung, ich werde fertiggemacht in meiner eigenen Wohnung. Aber sieht mich jemand die Ruhe verlieren?«

Er nimmt sein Glas in die Hand. Er bemerkt, daß es leer ist. Er füllt es mit dem Rest des Weines. Er gibt Helena ein Zeichen. Sie weiß zwar nicht mehr, wo ihr der Kopf steht, aber dieses Zeichen versteht sie perfekt. Es ist höchste Zeit, den Champagner zu holen.

»Keineswegs«, setzt Jorge fort. »Niemand sieht mich die Ruhe verlieren. Und wißt ihr wieso? Wenn ich die Ruhe verlieren möchte, dann gehe ich woanders hin. Die einzige Sache, die mich aus der Ruhe bringen könnte, ist mein Projekt. Meine Projekte. Und keiner von euch weiß ja, worum es in meinem Projekt geht. Ihr seht mich hier zwischen euch. Ich mache einen vollständig ruhigen Eindruck, oder? Aber vielleicht wollt ihr die Wahrheit wissen? Ich bin gar nicht ruhig. Ich bin sogar äußerst aufgeregt. Übermorgen muß das Projekt eingereicht werden. Ich weiß, die Welt kann morgen schon untergegangen sein. Und mir ist auch klar, daß meine Papiere im Normalfall nur ein weiteres trockenes Holzscheit sein werden im Lagerfeuer eines öffentlichen Wettbewerbs, dessen Ergebnis normalerweise schon von vornherein feststeht. Aber egal. Erfolg oder Mißerfolg ist ein anderes Thema. Das einzige, worauf es ankommt, ist mein Recht auf meine eigenen Probleme. Ich habe ein Recht auf mein Leben.«

In diesem Moment blickt Jorge gefährlicherweise, bezeichnenderweise, auffälligerweise in Richtung Sofia. Adieu meine große Liebe. Es ist zum Heulen wie in Hollywood.

»Ich hätte gerne mein eigenes Leben. Aber bis übermorgen muß ich dieses Projekt abgeben. Wißt ihr eigentlich, was das ist, der Zeitdruck, das Gefühl, daß euch die Minuten davonrennen, daß ihr nicht mehr genug Zeit für die Dinge habt, die ihr unbedingt machen wollt?«

Mein lieber großer Jorge. Du hast – laß mich mal nachsehen – du hast noch eine Minute. Etwas mehr als eine einzige Lebensminute.

»Und trotzdem bin ich hier. Und trotzdem esse ich mit euch zu Abend. Jetzt werdet ihr mich fragen: Aus welchem Grund setzt sich der alte Depp mit uns an diesen Tisch? Wo er doch arbeiten könnte, ja, sollte? Auch dafür gibt es eine Antwort: Weil ich glaube, daß es wichtig ist! Weil ich glaube, daß es für Pedro und für Sofia wichtig ist, hier mit uns abendzuessen.«

Pedro und Sofia haben sich an der Hand genommen und bitten mit einer vagen Geste um das Wort. Aber für Worte ist kaum noch Zeit. Tut mir leid.

»Nein, nein, protestiert bitte nicht.« Jorge blickt mit Zartgefühl auf den Mann, den er an Kindes Statt angenommen hat. »Du mußt uns vertrauen, Pedro. Wir alle hier haben nicht die Gesundheit, die einem nur eine ordentliche Krankheit geben kann. Außerdem glaube ich, daß meine Anwesenheit für Helena und für Vítor wichtig ist. Vielleicht ist es meine Laune, eine weitere meiner Dummheiten, aber ich glaube, daß meine Anwesenheit hier auch wichtig für die beiden ist. Irgendwie müssen sie spüren, daß ich hier bin, um sie zu beruhigen. Oder um sie zu erregen, wer weiß. Ihnen einen Vorwand zu geben, daß sie nicht alleine sind.«

Helena hat in dieser Lage noch immer die Kraft für einen Protest. Bemerkenswert. Sie ist eine echte Dame.

»Jorge, du schwebst im Delirium. Du bildest dir Sachen ein.«

Ihr Pech ist, daß Jorge sie nicht beachtet.

»Und wißt ihr was? Vielleicht ist es gerade das, was mich tröstet. Mein Wissen, daß die beiden Angst haben, miteinander alleine zu sein. Ich weiß, daß sie ebensogut wie ich wissen, daß sie ohne mich verloren wären. Daß sie gescheitert wären. Genauso, wie sie vor zwanzig Jahren gescheitert sind. Ich bin die einzige wirkliche Verbindung zwischen ihnen. Ohne mich hätten sie absolut kein Gesprächsthema. Und sie hätten keinen Grund, sich zu treffen.«

Pedro macht Anstalten, den Champagner zu öffnen. Und das halte ich für richtig. Ein letzter Veuve Cliquot ist nicht zu verachten. Jorge lächelt:

»Deshalb bin ich auch ganz auf deiner Seite, Vítor. Wenn du sagst, du besuchst uns, oder besser, wenn du sagst, du besuchst mich, also *mich persönlich*, wenn du Neugier heuchelst für meine momentanen Projekte, dann ahnst du gar nicht, wie wahr deine Worte sind. Dann ahnst du gar nicht, wie wahr deine eigene Lüge ist.«

Kaum zu glauben: Auf diesen Abschluß ist der Glatzkopf selbst gekommen. Schauen Sie mich also nicht schief an. Nicht ich habe ihm diese Worte in den Mund gelegt. Wenn das jemand tun hätte können, dann der Meister. Aber der kann es nicht gewesen sein. Der hat momentan Wichtigeres zu tun. Der muß eine ganze Welt zerstören. Ein Universum erobern. Es sind tatsächlich originäre Jorgeworte gewesen, die aus dem Mund des Glatzkopfs kamen.

Vítor macht eine fahrige Geste. Helena zuckt zusammen, weil sie fürchtet, daß nun die Gewalt ausbricht. Aber Irrtum. Er erhebt einfach sein halbleeres Glas:

»Ich schlage einen Trinkspruch vor«, verkündet Vítor. »Auf die großartige Rede von Jorge.«

Acht Sekunden.

Sie blicken sich in die Augen. Keiner weiß so recht, wie das hier weitergehen soll. Bis Pedro, kerzengerade aufgerichtet, ganz langsam ebenfalls sein Glas hebt.

»Einen Trinkspruch«, bekräftigt er. »*Auf den Vater.*«

Wie hübsch. Ich selbst möchte auch noch meine letzten Worte anbringen, bevor ich die Sprache wieder verlernen muß. Aber so eine Generalzusammenfassung in einem Satz ist verdammt schwer. Vielleicht könnte man es so sagen: *Wir alle hatten unsere großen Momente.*

Eine Sekunde noch.

Ich schließe die Augen. Mit diesem Trick kann man die Auswirkungen des Aufpralls minimieren. Auf Wiedersehen, Welt, auf Wiedersehen, sagt dir der Grausame. Und der Grausame bin in diesem Fall wieder einmal ich. Ich werde dich wirklich vermissen. Auf meine Art werde ich dich vermissen, ich schwöre. Mit geschlossenen Augen erwarte ich den Aufprall.

Da k
o
m
m
t

e
r

PPPPPschh!...

0

Und nichts. Das Wohnzimmer ist immer noch da, seine Bewohner sind auch noch da. Ich überprüfe die Uhrzeit. Wir schreiben das Jahr 2000. Es ist eine Minute nach Mitternacht. Eine Minute nach Null Uhr! Und der Sekundenzeiger tickt Zeit und Leben in dieses neue Millennium. So als wäre gar nichts geschehen. Irgend etwas läuft da schief. Irgend etwas läuft da verdammt schief.

Lassen Sie mich rasch überprüfen, woran das liegt. Ob es sich nur um eine momentane Havarie in meinem Sektor handelt, die gleich in Ordnung gebracht werden wird – und ob der Weltuntergang in ein paar Momenten folgt. Oder ob es andere Gründe gibt dafür.

Das Ding, das ich da aus der Tasche ziehe, sieht aus wie ein Handy. Es funktioniert nach einem ähnlichen Prinzip, aber seine Potenz ist um ein Vielfaches höher. Man nennt es den Dreidimensionalen Interkommunikator – mein direkter Draht zur Zentrale.

Ja?, antwortet die Stimme des Meisters.

Ich bin's, sage ich. Mehr muß ich nicht sagen. Der Meister kennt mich, er weiß genau, wer ich bin. Der Meister kennt uns alle. Er kennt jeden einzelnen, bei uns läuft das nicht wie bei den menschlichen Schulmeistern. Unser Meister vergißt unsere Namen nie.

Ah, Jupp. Das mußtest ja du sein. Ich wette, du bist überrascht.

Überrascht ist gut, hätte ich eigentlich antworten wollen. Aber statt dessen antworte ich nur: *Ja.*

Der Meister läßt ein dröhnendes Lachen los. Dem wird doch nicht etwa irgendwas peinlich sein?

Was soll ich da noch sagen, Jupp? donnert der Meister.

Sein Lachen, ich weiß nicht wieso, quält mich.

Ich ziehe einen Schmollmund.

Sie haben uns doch die Zerstörung versprochen, Meister. Sie haben uns doch auf der letzten Sitzung gesagt, daß die Welt heute demoliert wird.

Ach du mein Jupp. Lernst du es denn nie? In seiner Stimme liegt eine gönnerhafte Väterlichkeit, die mir gar nicht gefällt.

Verstehe ich nicht, sage ich, und da bin ich ehrlich.

Der Meister schüttelt seine Kurzantwort aus dem Handgelenk:

Die Menschen verdienen eine zweite Chance.

Aber Sie haben doch auf der Sitzung extra betont, sie würden keine zweite Chance mehr verdienen! protestiere ich.

Okay Jupp, mag schon sein, das habe ich vielleicht wirklich gesagt. Und in Wahrheit verdienen sie ja auch keine, erläutert der Meister gelangweilt, *aber sie werden eine bekommen.*

Klick.

Das ist doch nicht zu packen.

Die kriegen so mir nichts dir nichts eine zweite Chance! Zuerst all die Giftmüllhalden, die atomaren Unfälle, die chemischen Waffen, die verschmutzten Flüsse, die Gemetzel und Massaker, dann noch ihre räuberische und kindisch-kretinhafte Dummheit, das Fehlen jeglichen Talents für ein halbwegs dezentes Leben. Und dann bekommen Sie, meine Herrschaften, alle zusammen noch eine zweite Chance!

Hätten Sie sich gedacht, daß Ihre Weltgeschichte heute gar nicht endet? Was für ein Glück für Sie daheim! Die für Sie bestimmte Weltuntergangsbombe hat p-p-p-p-pschhh gemacht, aber sie wurde nicht gezündet.

Und nun?

Keine Ahnung, wie lange ich noch mit dem Meister gesprochen habe. Der Schock sitzt mir so tief in den Gliedern, daß ich eine Zeitlang nicht klar denken kann. Als ich mich wieder besinne, liegt das Wohnzimmer im Dunkel. Essensreste, schmutzige Teller, leere Flaschen stehen auf dem Tisch herum. Die Flasche Veuve Cliquot ist offen, wurde aber nicht vollständig ausgetrunken, was ein zusätzliches Verbrechen gegen die Menschlichkeit ist. Sogar in den Tassen, die vermutlich während meiner Abwesenheit aus der Küche geholt wurden, ist noch ein kleiner Rest vom Champagner. Jammerschade.

Ich werfe einen Blick in das Zimmer von Pedro. Uff, welche Erleichterung: Sofia ist bei ihm. Sie schlafen umarmt. Ganz wie es sich gehört für ein Liebespärchen. Auf Pedros Stirn zeichnen sich einige Schweißtropfen ab, aber es sieht nicht so aus, als würden sie von einem bösen Traum stammen. Ich lasse die beiden in Frieden und begebe mich zum ehelichen Schlafzimmer.

Helena befindet sich alleine im Raum. Sie liegt angezogen auf dem Bett. Sie ist in sich selbst eingerollt, was zwei Dinge bedeutet. Erstens, daß sie geweint hat. Zweitens, daß sie alleine eingeschlafen ist. Das heißt, Vítor ist nach Hause gegangen. Also fehlt nur noch Jorge.

Und in diesem Augenblick höre ich das trockene Geräusch.

Aus der Küche.

Helena wacht sofort auf. Nach all den aufregenden Ereignissen sollte sie völlig verschlafen sein, aber irgend etwas in ihr, nennen wir es Instinkt, befiehlt, daß sie ohne Verzug zu Hilfe eilen muß. Ich bin der gleichen Ansicht. Denn hier ist das Schlimmste zu befürchten. Was heißt befürchten? Natürlich tritt gerade das Schlimmste ein. So wie jedesmal, wenn man sie allein läßt. Und das alles ist meine Schuld! Ich habe vergessen, Jorge zu bewachen!

Ich habe vergessen, daß ich sein Rund-um-die-Uhr-Teufelchen bin!

Helena eilt mir voran, in Richtung Küche, woher das Geräusch gekommen ist. Wir stoßen beinahe gleichzeitig auf Jorge. Er liegt am Boden und hustet, mit krebsrotem Kopf. Um seinen Hals windet sich eine Schnur, an der die Hängelampe befestigt ist. Sowohl ich als auch Helena begreifen sofort, was geschehen ist. Die alte Lampe hat das Gewicht der Kilogramme, die Jorge so im Lauf der Jahre rund um die Hüften angesammelt hatte, einfach nicht ausgehalten. Glassplitter der Lampe sind über den ganzen Boden verstreut. Einer von ihnen hat Jorge offenbar geschnitten, denn er blutet an einer Hand.

»Jorge!« ruft Helena und hält sich die Hände vor den Mund.

Jorge setzt sich auf. Er macht eine triste Figur, mit seiner blutigen Hand und nach Luft ringend, die Haare voll vom Staub der Stuckdecke. Aber er lebt.

Danke, Meister!

»Ich habe versagt«, sagt er mit neutral tonloser Stimme.

Helena lacht. Jorge versteht nicht, was es da zu lachen gibt. Aber sie hat ganz recht. Ich begleite sie auf meine Art bei ihrem Gelächter.

Da sitzt ein fünfzigjähriger Mann am Boden. Und zwar einer, der es für die beste Selbsttötungsmethode hielt, sich am alten Küchenluster aufzuhängen. Das ist doch wohl komisch?

»Das ist überhaupt nicht komisch«, protestiert Jorge. Er zieht ein gequältes Gesicht, aber er reklamiert nicht besonders nachdrücklich. Vor allem, weil er begreift, daß er später selbst darüber lachen wird. Bis zum heutigen Tag waren alle seine Projekte fehlgeschlagen. Die Geschichte eines Mannes, der im Leben so existentiell scheiterte, daß er es nicht einmal schaffte, zu sterben. Was für ein Plot!

»Entschuldige bitte meinen Auftritt beim Abendessen«, sagt Jorge. »Ich denke, ich habe zuviel getrunken.«

Jede andere Frau würde sich wundern, daß sich Jorge dafür

entschuldigt, was beim Essen passiert ist – vor allem, weil er ja gerade einen gescheiterten Selbstmordversuch hinter sich hat. Aber Helena lächelt nur mit müder Zärtlichkeit:

»Du brauchst dich nicht zu entschuldigen. Ganz im Gegenteil. Du hast den Abend gerettet.«

Jorge versteht nicht.

»Gerettet?«

»Gerettet«, pflichtet Helena bei. »Im allgemeinen mag ich nicht, wenn du mit so einem Sermon beginnst, aber diesmal war es gut. Du hast geholfen, die Spannung zu lösen.«

Jorge interpretiert Helenas Worte gänzlich verkehrt.

»Ich bin froh, wenn ich nützlich sein konnte«, sagt er mit all der Bitterkeit, die die roten Striemen an seinem Hals zulassen.

Helena schüttelt den Kopf.

»Du weißt doch, daß zwischen mir und Vítor nichts ist. Nicht mehr. Neues Jahr, neues Leben.«

Jorge bringt keine Antwort heraus.

»Beim Abschied hat er mir gesagt, daß er wahrscheinlich zurück nach Afrika geht. Für einige Zeit. Und du weißt ja, wie Vítor ist. Er wird die Gelegenheit ausnützen, dort einige Geschäfte in die Wege zu leiten. Also kehrt wieder Ruhe ein bei uns.«

Jorge platzt schon wieder fast mit etwas Unbedachtem heraus. So etwas wie: *Sicher wird er reich werden. Pardon, tut mir leid. Er ist ja schon reich.* Doch ich ziehe die Schnur rechtzeitig an. Nur ein bißchen, nicht mehr als nötig. Daß ihm kurz die Luft wegbleibt.

»Glaubst du, daß das zwischen Pedro und dem Mädchen für länger ist?« fragt Helena.

Jorge massiert sich seinen verletzten Hals. Ich halte die Schnur schön fest, für den Fall, daß er sich wieder wie ein Idiot aufführen möchte.

»Was denkst du?« sagt er.

Helena spürt, wie ihre Augen feucht werden.

»Sie sind noch so jung ...«

»Auch du und Vítor wart damals jung. Und schau, wohin das geführt hat.«

Helena führt die Hand zum Mund.

»Es war das allergrößte Fiasko.«

Jorge deutet mit dem Kopf an, daß sie sich irrt.

»Pedro kam auf die Welt.«

Helena ist überrascht. Aber sie versteht.

»Glaubst du also, es wird alles in Ordnung kommen?«

Jorge zuckt mit den Achseln.

»Ich glaube, daß es von geringer Bedeutung ist, was du und ich glauben.«

Jorge versucht aufzustehen, bemerkt aber, daß das zuviel Kraftanstrengung wäre. Statt dessen fällt ihm ein Grußwort ein:

»Also schönes Millennium, Helena. Tausend Jahre Glück.«

Sie antwortet:

»Schönes Millennium, Liebling. Tausendundein Jahre Glück für dich.«

Helena nimmt ihn an der Hand und zieht ihn hoch.

»Jetzt leg dich hin.«

Jorge folgt ihr wie ein Hund mit Schlappohren. Er überlegt sich einen Augenblick, wie er mit Sofia hätte leben können. Und kommt zu dem Schluß: überhaupt nicht. Was würde Sofia schon mit ihm anfangen können? Das wäre ein schöner doppelter Betrug gewesen – nicht nur an Helena, auch an sich selbst. Es hat mit der verlorenen Jugend zu tun: etwas, das nie mehr zurückkommt. Wer das Schiff rechtzeitig erwischt hat, herzlichen Glückwunsch. Die anderen, die Bitter und Bettler, die ewigen Raunzer, die sollen schauen, wo sie bleiben. Die sollen ihr Bestes tun, um sich das Betteln und Raunzen abzugewöhnen. Sonst leben sie bis zum Ende der Tage ihre kleinen Winzlingsleben, ihre kläglichen unwesentlichen Magengeschwürsleben. Und was dieses Ende betrifft, dessen Zeitpunkt kennt keiner. Der Tod hat ein sehr mieses Timing.

Jorge ist außerstande, irgendwas zu versprechen. Aber er wird versuchen, alles weitere so wenig schlecht wie möglich zu machen. Und wenn Sie mich fragen, also für mich ist das ein vernünftiges Versprechen. Für einen Menschen, klar. Für mich gilt das Gegenteil. Mir obliegt bis zur jüngsten Nacht eine undankbarere Aufgabe: so wenig Gutes wie möglich zu tun. Schlechtes tun, Verbrechen begehen, ohne groß zu schauen, wieso und an wem.

Wie ich schon vorausgesehen hatte, wurde mir ein neuer Job zugeteilt, in einem anderen Land, in einer anderen Stadt, sogar auf einem anderen Kontinent: Newport, Australien. Ich bin bereits in früherer Zeit in Australien gewesen, als die Insel noch ein Gefängnis war, und ich muß sagen, daß ich sie damals schon liebte. Die Aborigenes sind phantastisch. Allerdings war ich noch nie in Newport. I'm looking forward to it, wie die Australier zu sagen pflegen.

Und auch den anderen wird das Leben gestundet. Wird Jorge sein Projekt fertigbringen? Natürlich nicht. Ich meine, vermutlich eher nicht. Ich würde jedenfalls keine Wette auf ihn abschließen. Zumindest, solange es mir was ausmachen würde, zu verlieren. Aber man kann nie wissen. Wenn ich genauer nachdenke, glaube ich, man könnte vielleicht doch eine kleine Wette riskieren. Einen kleinen Geldbetrag setzen. Auf ihn und auf Helena. Und auf Pedro. Und auf Sofia. Und auf Vítor, wenn schon auf die anderen, warum dann nicht genausogut auf ihn? Das Schlimmste, was geschehen kann, ist ja nur der Weltuntergang. Also nichts Dramatisches. Kommt in den besten Familien vor.

Die portugiesische Originalausgabe erschien 1996 unter dem
Titel *Apocalipse Nau* bei Publicações Europa-America.

Deutsche Erstausgabe

Umschlaggestaltung: Robert Hollinger
Umschlagfoto: © Paul Souders / Tony Stone
Druck: Wiener Verlag, Himberg
Printed in Austria
ISBN 3-216-30483-3